新日檢 絕對合格

N5

n1
n2
n3
n4
n5

單字

比較辭典

吉松由美・小池直子 合著

內附
MP3

社

San Tian She
★★★★★

史上第一本！
專為臺灣人設計，超強N5單字比較整理書！
就是要您秒讀、秒答，一舉拿下高分！

日語單字只背相對的中文詞義，就夠嗎？下面的單字意思都一樣，您知道怎麼區分嗎？

□ すくない vs. すこし：「最近『很少』正面的新聞」用哪個『少』呢？

□ つくえ vs. テーブル：「鄰『桌』的菜起來真好吃」用哪張『桌子』呢？

□ さつ vs. ほん：「請借我一『本』辭典」，哪個才是「本」的意思呢？

□ わかる vs. しる：「我不『懂』四號選項是什麼意思」哪個才是真『懂得』呢？

看到上面的問題，卡住了嗎？

為什麼背完N5單字了，填寫答案還是這麼猶豫不決？

是單字沒背熟，還是用法不正確？不想再掉入考題陷阱啦！

該怎麼擺脫單字模稜兩可的頭痛問題呢？

千呼萬喚！史上第一本《新日檢 絕對合格N5單字比較辭典》誕生了！

比起努力背，方法更重要！

本書透過單字比較的方式，讓您從比較中精準掌握單字的意思，使用起來更道地。並精選大量試題，幫您增加答題熟悉度與速度，讓您在考場上交出漂亮成績單！

特色如下：

1 山田社獨家！以讓您「合格」為最高原則！精心策劃單字「分類&比較」學習法！

　　山田社獨家設計！以「活用」為方向，以「合格」為最高原則！將所有N5單字分為『基本單字』、『動植物跟大自然』、『日常生活』、『形容詞』、『動詞』、『時間、接頭詞等附錄』六大單元。不僅能靈活運用於生活中，讓您溝通表達更精準，還一次系統化釐清兩個易混及相似單字，讓您全面掌握新日檢N5考試！

2 山田社精選！高出題易混、相似單字組，搭配最精闢用法說明及情境例句，作答熟悉度百分百！

　　根據新制規格，本書由日籍金牌教師群，精心挑選出最常出現在日檢考試中的易混及相似單字組。每個單字不只包含詞性、單字中譯，還精闢解釋每個單字的用法，目的就是要您能舉一反三，只要記住一個基礎概念，就容易掌握住延伸出去的相關用法。除此之外，為了達到長期記憶的功效，還搭配常用例句，讓例句帶您進入情境之中，理解易混、相似字的使用情境，及日本人的習慣表達法。這麼詳細的N5單字全集，絕對讓您驚呼連連！

3 山田社限定！幫您將難分難解的單字，輕輕鬆鬆一刀兩斷！

　　書中特別將難分難解的易混、相似單字，依時間、原因、意思、內容、情況、存在……等用法，進行整理、比對，點出單字意義上、用法上、語感上、表達習慣上……等的微妙差異。透過精闢點撥，輕鬆切割，幫您百分百提升作題熟悉度。學習只要找對方法，考場就不再「剪不斷理還亂」。秒讀、秒答，一舉拿下高分！立馬成真！

4 山田社錘鍊！考試如線上遊戲，累積實力點數，讓您贏在考場

　　別怕面臨「二選一」的窘境！《新日檢 絕對合格N5單字比較辭典》在每組比較單字後，都加入量身訂做的「練習問題」，立即檢測您對字義的瞭解度。豐富的考題，以過五關斬六將的方式展現，讓您寫對一題，好像闖過一關，就能累積實力點數。

5 山田社攻略！提煉解題線索，讓您做對、做全、得滿分

　　　　沒通過「過五關斬六將考試」的話，還有文法博士，為您解說通關訣竅，點出考點為何，並將各選項逐一解說，讓您充分弄懂題意，徹底理解混淆字的使用方法，提升考試臨場反應。也就是讓您做對、做全、得滿分，最後贏在考場上！

　　　　本書單字及例句音檔都收錄於隨書附贈的朗讀MP3中，由專業的日籍教師錄製而成，純正的日語發音，讓您在學習易混、相似詞的同時，也能不受時空限制，隨時隨地累積實力，打造堅實的日檢耳！

目錄 Contents

詞性說明

詞性	定義	例（日文／中譯）
名詞	表示人事物、地點等名稱的詞。有活用。	門^{もん}／大門
形容詞	詞尾是い。說明客觀事物的性質、狀態或主觀感情、感覺的詞。有活用。	細^{ほそ}い／細小的
形容動詞	詞尾是だ。具有形容詞和動詞的雙重性質。有活用。	静^{しず}かだ／安静的
動詞	表示人或事物的存在、動作、行為和作用的詞。	言^いう／說
自動詞	表示的動作不直接涉及其他事物。只說明主語本身的動作、作用或狀態。	花^{はな}が咲^さく／花開。
他動詞	表示的動作直接涉及其他事物。從動作的主體出發。	母^{はは}が窓^{まど}を開^あける／母親打開窗戶。
五段活用	詞尾在ウ段或詞尾由「ア段＋る」組成的動詞。活用詞尾在「ア、イ、ウ、エ、オ」這五段上變化。	持^もつ／拿
上一段活用	「イ段＋る」或詞尾由「イ段＋る」組成的動詞。活用詞尾在イ段上變化。	見^みる／看 起^おきる／起床
下一段活用	「エ段＋る」或詞尾由「エ段＋る」組成的動詞。活用詞尾在エ段上變化。	寝^ねる／睡覺 見^みせる／讓…看
變格活用	動詞的不規則變化。一般指カ行「来る」、サ行「する」兩種。	来^くる／到來 する／做
カ行變格活用	只有「来る」。活用時只在カ行上變化。	来^くる／到來
サ行變格活用	只有「する」。活用時只在サ行上變化。	する／做
連體詞	限定或修飾體言的詞。沒活用，無法當主詞。	どの／哪個

副詞	修飾用言的狀態和程度的詞。沒活用，無法當主詞。	余（あま）り ／不太…
副助詞	接在體言或部分副詞、用言等之後，增添各種意義的助詞。	～も ／也…
終助詞	接在句尾，表示説話者的感嘆、疑問、希望、主張等語氣。	か ／嗎
接續助詞	連接兩項陳述內容，表示前後兩項存在某種句法關係的詞。	ながら ／邊…邊…
接續詞	在段落、句子或詞彙之間，起承先啟後的作用。沒活用，無法當主詞。	しかし ／然而
接頭詞	詞的構成要素，不能單獨使用，只能接在其他詞的前面。	御（お）～ ／貴（表尊敬及美化）
接尾詞	詞的構成要素，不能單獨使用，只能接在其他詞的後面。	～枚（まい） ／…張（平面物品數量）
造語成份（新創詞語）	構成復合詞的詞彙。	一昨年（いっさくねん） ／前年
漢語造語成份（和製漢語）	日本自創的詞彙，或跟中文意義有別的漢語詞彙。	風呂（ふろ） ／澡盆
連語	由兩個以上的詞彙連在一起所構成，意思可以直接從字面上看出來。	赤（あか）い傘（かさ） ／紅色雨傘 足（あし）を洗（あら）う ／洗腳
慣用語	由兩個以上的詞彙因習慣用法而構成，意思無法直接從字面上看出來。常用來比喻。	足（あし）を洗（あら）う ／脫離黑社會
感嘆詞	用於表達各種感情的詞。沒活用，無法當主詞。	ああ ／啊（表驚訝等）
寒暄語	一般生活上常用的應對短句、問候語。	お願（ねが）いします ／麻煩…

寒暄語

1　どうぞ vs. どうもありがとうございました

どうぞ

副 請；可以，請

說明 向對方恭敬地表示勸誘，請求，委託的心情；或答應對方的要求時使用。

例句 どうぞ、そこに 座って ください。
／請進，請坐在那邊。

● 比較

どうもありがとうございました

寒暄 謝謝，太感謝了

說明 非常謝謝。「どうも」加在「ありがとう」（謝謝）等客套話前面，起加重語氣的作用。

例句 いただいた 本、とても おもしろかったわ。どうも ありがとう。
／您送我的書非常好看，謝謝您。

☞ 哪裡不一樣呢？

- どうぞ：請求對方做某事。
- どうもありがとうございました：強調感謝。

2　いただきます vs. ごちそうさまでした

いただきます【頂きます】

寒暄 我就不客氣了

說明 吃飯前所使用的客套話，含有感謝做飯的人的心情。

例句 いただきます。これは、おいしいですね。
／那我就不客氣了。這個真好吃呀！

比較

ごちそうさまでした【御馳走様でした】

寒暄 多謝您的款待，我已經吃飽了

說明 吃完飯後，表示感謝對方的招待及做飯的人說的客套話。

例句 ごちそうさまでした！ああ、おいしかった。
／謝謝招待！哎，真是太好吃了。

☞ 哪裡不一樣呢？

• いただきます：用餐前表示感謝說的客套話。

• ごちそうさまでした：用餐後表示感謝說的客套話。

3　いらっしゃい（ませ）vs. どうぞよろしく

いらっしゃい（ませ）

寒暄 歡迎光臨

說明 店員、銀行、公司等招呼顧客時的用語，在家迎接客人時也可以使用。

例句 いらっしゃいませ。何になさいますか？
／歡迎光臨！請問您需要什麼樣的服務呢？

比較

どうぞよろしく

寒暄 指教，關照

說明 初次見面，請對方以後多多關照時說的話。

例句 山田です。どうぞ　よろしく。
／敝姓山田，請多指教。

☞ 哪裡不一樣呢？

• いらっしゃい（ませ）：歡迎他人來訪。歡迎光臨。

• どうぞよろしく：請對方以後多多關照。

4 ではおげんきで vs. では、また

ではおげんきで【ではお元気で】

(寒暄) 請多保重身體

説明 長久的離別、道別時，請對方多保重時使用。

例句 さようなら。では　お元気で。／再見。那麼，請保重。

● 比較

では、また

(寒暄) 那麼，再見

説明 短暫的離別，大多用在熟悉的朋友之間。

例句 授業を　終わります。では、また　明日。／下課了。那麼，明天見。

☞ 哪裡不一樣呢？

- ではお元気で：長時間不會見到對方。
- では、また：短時間能見到對方。

5 おねがいします vs. ください

おねがいします【お願いします】

(寒暄) 麻煩，請

説明 請求別人時，有禮貌的說法。懇求對方去做自己所期望的事。

例句 「日曜日　ドライブに　行きませんか。」「ええ、お願いします。」
／「星期天要不要開車去兜風？」「好呀，請帶我一起去。」

● 比較

ください【下さい】

(補助) 請給（我）；請…

説明 向對方請求某事，「給（我）」的恭敬說法；又指請求別人做某行為。

例句 これと　それを　ください。
／請給我這個和那個。

10

6 おはようございます vs. こんにちは

おはようございます

寒暄 早安，您早

說明 早晨見面時的寒暄、問候語。説法比「おはよう」更有禮貌。

例句 皆さん、おはようございます。さあ、始めましょう。
／大家早安。來，開始囉。

●比較

こんにちは【今日は】

寒暄 你好，日安

說明 白天遇見人、或到別人家訪問時，見面打招呼的寒暄語。

例句 こんにちは。どこかへ 行くのですか？／您好，請問要去哪裡嗎？

☞ 哪裡不一樣呢？
- **おはようございます**：早晨的問候語，早安。
- **こんにちは**：白天的問候語，你好。

7 おやすみなさい vs. さよなら・さようなら

おやすみなさい【お休みなさい】

寒暄 晚安

說明 就寢時的寒暄語。

例句 「おやすみなさい」は 寝る 前の あいさつです。
／「晚安」是睡覺前的問候語。

さよなら・さようなら

感 再見，再會；告別

說明 分手時的寒暄用語；或指最後的離別。

例句 さよなら。また 会いましょう。／再見，下回碰面囉。

☞ **哪裡不一樣呢？**

- おやすみなさい：就寝時的寒暄語。
- さよなら・さようなら：離別時的寒暄語。

8 こちらこそ vs. ようこそ

こちらこそ

寒暄 哪兒的話，不敢當

說明 持相反的立場回應對方，表示在兩個人之中，自己更需要對方予以照顧之意。是一種謙讓的寒暄語。

例句 「どうぞ よろしく お願いします。」「こちらこそ よろしく。」
／「請多指教。」「也請您多指教。」

比較

ようこそ

副 歡迎，熱烈歡迎

說明 對來訪者表示歡迎的詞。

例句 新しい 世界へ ようこそ。
／歡迎來到嶄新的世界。

☞ **哪裡不一樣呢？**

- こちらこそ：更需要對方關照之意。
- ようこそ：對他人來訪，表示歡迎，含感謝之意。

9　ごめんください vs. ごめんなさい

ごめんください【御免ください】

寒暄 有人在嗎

說明 訪問他人在門口敲門及辭去時表示「打擾了」的寒暄用語，也用在一般道別的時候。

例句 ごめんください。朝日新聞です。
　　　　／打擾了，我是《朝日新聞》的員工。

●比較

ごめんなさい【御免なさい】

寒暄 對不起

說明 做錯事情時請求對方原諒的道歉用語。

例句 ごめんなさい。私、好きな 人が いるんです。
　　　　／對不起，我有喜歡的人了。

☞ 哪裡不一樣呢？

- ごめんください：詢問別人在不在家。
- ごめんなさい：用在致歉。

10　すみません vs. ごめんなさい

すみません

寒暄 對不起，抱歉；謝謝

說明 做錯事情請求對方原諒時使用這句話；也用在打聽詢問、請人辦事或借過的時候；要表達感謝對方為自己做某事也用這句話。

例句 すみません。電車の 中に かばんを 忘れました。
　　　　／不好意思，我把提包忘在電車上了。

ごめんなさい【御免なさい】

寒暄 對不起

説明 做錯事情請求對方原諒的道歉用語。

例句 「あれ、かぎが　ない。」「あっ、ごめんなさい。テーブルの　上に　置いた。」／「咦，沒有鑰匙？」「啊，對不起，我放在桌上了。」

☞ 哪裡不一樣呢？

- **すみません**：用在致歉及道歉，也用在搭話時。
- **ごめんなさい**：用在致歉。

---

11 こんばんは vs. こんばん

こんばんは【今晩は】

寒暄 晚安，晚上好

説明 晚上遇到人，或是到別人家登門拜訪時，首先說的寒暄語。

例句 こんばんは。今日は　暑くて　たいへんでしたね。
／晚上好。今天天氣熱，很不舒服吧？

● 比較

こんばん【今晩】

名 今天晚上，今夜

説明 「きょうの夜」，指今天晚上。

例句 今晩　仕事の　あと、ちょっと　ビールを　飲みに　行きませんか。
／今天晚上工作結束後，要不要去喝杯啤酒呢？

☞ 哪裡不一樣呢？

- **こんばんは**：指晚上的問候語。
- **今晩**：指今天晚上。

12 しつれいします vs. しつれいしました

しつれいします【失礼します】

(寒暄) 告辭，再見，對不起；不好意思，打擾了

說明 禮節上應遵守而未遵守，打擾到別人致意時的寒暄語；有事請求對方，事先致意的寒暄語。準備進入或離開某場所，尊敬地跟對方致意的寒暄語。

例句 夜遅くの電話失礼します。
／很抱歉，這麼晚還致電打擾。

● 比較

しつれいしました【失礼しました】

(寒暄) 請原諒，失禮了

說明 道歉或告辭時說的話。

例句 失礼しました。この道は違いました。
／對不起，走錯路了。

☞ 哪裡不一樣呢？

- 失礼します：致歉或告辭，掛電話時也會使用。
- 失礼しました：致歉或告辭。

13 どういたしまして vs. だいじょうぶ

どういたしまして

(寒暄) 沒關係，不用客氣，算不了什麼

說明 回答「ありがとうございました」，表示算不了什麼，不用謝的寒暄語。

例句 どういたしまして。私はなにもしていませんよ。
／不客氣，我什麼忙都沒幫上呀。

だいじょうぶ【大丈夫】

形動 牢固，可靠；放心，沒問題，沒關係

說明 應付某事物的條件很充分；可以安心，萬無一失的樣子。

例句 ちょっと 熱が ありますが、大丈夫です。
／雖然稍微發燒，但不要緊的。

☞ 哪裡不一樣呢？

• どういたしまして：表示不用謝的自謙寒暄語。
• 大丈夫：對事物有把握。

14 はじめまして vs. はじめて

はじめまして【初めまして】

寒暄 初次見面，你好

說明 第一次跟對方見面時的寒暄用語。

例句 はじめまして。私は 山田商事の 田中です。
／幸會，我是山田商事的田中。

比較

はじめて【初めて】

副 最初，初次，第一次

說明 表示至今都還沒有經歷過某行為或狀態，指經歷的開始。

例句 林さんは、初めて 北海道に 行きました。
／林小姐第一次去了北海道。

☞ 哪裡不一樣呢？

• はじめまして：初次見面。
• 初めて：初次經歷。

1 実力テスト

做對了，往 😊 走，做錯了往 ✖ 走。

次の文の（ ）には、どんな言葉が入りますか。
1・2から最も適当なものを一つ選んでください。

↑ 實力測驗　Q哪一個是正確的？
>> 答案在題目後面

1 「すみません、塩を取って ください。」「はい、（ ）。」
1. どうぞ
2. どうもありがとうございました

2 日本人は ご飯を 食べる 前に、「（ ）」と いいます。
1. いただきます
2. ごちそうさまでした

✖

譯 日本人在吃飯前會先說「（開動了）」。
1. いただきます：開動了
2. ごちそうさまでした：多謝您的款待

✖

譯 「不好意思，麻煩把鹽遞給我。」
「在這裡，（請用）。」
1. どうぞ：請用
2. どうもありがとうございました：太感謝了

😊

3 （ ）、何名様ですか。
1. いらっしゃいませ
2. どうぞよろしく

4 「それでは、また 来週。」「（ ）。」
1. ではお元気で
2. では、また

✖

譯 「那麼，下週見。」「（那，下回見）。」
1. ではお元気で：請多保重身體
2. では、また：那麼，再見

✖

譯 （歡迎光臨），請問有幾位呢？
1. いらっしゃいませ：歡迎光臨
2. どうぞよろしく：請多指教

😊

5 すみませんが、営業部の 田中さんを（ ）。
1. お願いします
2. ください

6 （ ）。こんなに 朝早くに、どちらへ お出かけですか？
1. おはようございます
2. こんにちは

✖

譯 （早安），這麼大清早要去哪裡呢？
1. おはようございます：早安
2. こんにちは：你好

✖

譯 不好意思，（我找）營業部門的田中先生。
1. お願いします：麻煩
2. ください：請給（我）

😊

7 弟は 寝る 前に、「（ ）」と いいました。
1. おやすみなさい
2. さようなら

がんばってください！！

✖

譯 弟弟在睡覺前說了「（晚安）」。
1. おやすみなさい：晚安
2. さようなら：再見

做對了，往 走，做錯了往 ✖ 走。

8 「はじめまして。林^{はやし}と 申^{もう}します。どうぞ よろしく。」「（　　）、よろしく」
1. こちらこそ　　2. ようこそ

😊

9 遅^{おそ}く なって （　　）。
1. ごめんください
2. ごめんなさい

✖

譯 「幸會，敝姓林，請多指教。」
「（哪兒的話），也請您多指教。」
1. こちらこそ：哪兒的話
2. ようこそ：歡迎

✖

譯 「（對不起），我遲到了。」
1. ごめんください：有人在嗎
2. ごめんなさい：對不起

😊

10 （　　）が、郵便局^{ゆうびんきょく}は どこに あるか 教^{おし}えて ください。
1. すみません
2. ごめんなさい

11 「（　　）」は どんな ときに 言^いいますか。
1. 今晩^{こんばん}
2. こんばんは

✖

譯 （不好意思），能告訴我郵局在哪裡嗎？
1. すみません：不好意思
2. ごめんなさい：對不起

✖

譯 「（晚上好）」是什麼時候使用的問候語呢？
1. 今晩：今天晚上
2. こんばんは：晚上好

😊

12 私^{わたし}は 「そろそろ、（　　）。」と いって、先生^{せんせい}の 部屋^{へや}を 出^でました。
1. 失礼^{しつれい}します
2. 失礼^{しつれい}しました

13 「風邪^{かぜ}は どうですか。」
「ええ、もう （　　）です。」
1. どういたしまして
2. 大丈夫^{だいじょうぶ}

✖

譯 我說完「差不多（該告退了）。」之後，離開了老師的房間。
1. 失礼します：該告退了
2. 失礼しました：失禮了

😊

14 「田中^{たなか}さん、こちらは 楊^{よう}さんです。」「（　　）。」
1. 初^{はじ}めて
2. はじめまして

✖

譯 「感冒好了嗎？」
「是呀，已經（沒事）了。」
1. どういたしまして：不用客氣
2. 大丈夫：沒事

頑張ってね！！

✖

譯 「田中小姐，這位是楊小姐。」
「（幸會）。」
1. 初めて：第一次
2. はじめまして：初次見面，幸會

解說及答案

❶ 答案是表示答應對方的要求的「どうぞ」（請用）；而「どうもありがとうございました」（太感謝了）強調非常感謝。不正確。 **答案：1**

❷ 答案是用餐前表示感謝說的客套話「いただきます」（開動了）；而「ごちそうさまでした」（多謝您的款待）是用餐後表示感謝說的客套話。不正確。 **答案：1**

❸ 從「請問有幾位呢？」這一線索，知道答案是服務員招呼客人表示歡迎的「いらっしゃい（ませ）」（歡迎光臨）；而「どうぞよろしく」（請多指教）是請對方以後多多關照的意思。不正確。 **答案：1**

❹ 從對方說「那麼，下週見。」這一線索，知道答案是短時間能見到對方的道別語「では、また」（那麼，再見）；而「ではお元気で」（請多保重身體）是長時間離別，請對方多保重的道別語。不正確。 **答案：2**

❺ 答案是有禮貌的向別人提出請求的「お願いします」（麻煩），這裡是請對方幫忙聯繫田中先生；而「ください」（給〈我〉）如果以「名詞＋をください」的形式，表示請對方給自己什麼東西。 **答案：1**

❻ 從「こんなに朝早くに」（這麼大清早）這一線索，知道答案是早晨的問候語「おはようございます」（早安）；而「こんにちは」（你好）是白天的問候語。不正確。 **答案：1**

❼ 從「寝る前に」（睡覺前）這一線索，知道答案是就寢時的寒暄語「おやすみなさい」（晚安）；而「さようなら」（再見）是離別時的寒暄語。不正確。 **答案：1**

❽ 從「幸會，敝姓林，請多指教。」這一線索，知道這是兩人初次見面的對話。所以答案是謙虛的致意自己才更需要對方關照的「こちらこそ」（哪兒的話）；而「ようこそ」（歡迎）是對他人來訪，表示歡迎及感謝之意的用語。不正確。 **答案：1**

❾ 從「我遲到了」這一線索，知道答案是做錯事情向對方致歉的「ごめんなさい」（對不起）；而「ごめんください」（有人在嗎）是拜訪他人，詢問對方在不在家的寒暄語。不正確。 **答案：2**

❿ 答案是問場所或問路時，麻煩別人，向對方致意的「すみません」（不好意思，打擾一下）；而「ごめんなさい」（對不起）用在做錯事情時向對方致歉的時候。不正確。 **答案：1**

⓫ 從「どんなときに言いますか」（什麼時候使用的問候語呢）這一線索，知道答案要的是晚上的問候語「こんばんは」（晚上好）；而「今晩」（今天晚上）是指時間的詞，不是問候語。所以不正確。 **答案：2**

⓬ 從「そろそろ」（差不多）這一線索，知道答案是「準備」離開老師的房間，尊敬地跟老師致意的寒暄語「失礼します」（該告退了）；而過去式的「失礼しました」（失禮了）要用在從老師的房間退出的時候。不正確。 **答案：1**

⓭ 從「感冒好了嗎？」這一線索，知道答案是表示身體狀況已經不要緊了，請對方安心的「大丈夫」（沒事）；而「どういたしまして」（不用客氣）是回答致謝時表示算不了什麼，不用謝的寒暄語。不正確。 **答案：2**

⓮ 從「田中小姐，這位是楊小姐。」這一線索知道是在向他人介紹不認識的第三者，所以答案是「はじめまして」（幸會），表示對初次跟對方相會感到非常榮幸，請多關照之意；而「初めて」（第一次）指經歷的開始。不正確。 **答案：2**

數字（一）

15 ゼロ vs. れい

ゼロ【zero】

名（數）0；零分；零

說明 指正數和負數中間的數，這是實數，而不是「無」。考試或比賽沒有得分；什麼都沒有，或沒有價值。

例句 ゼロから 始めて、ここまで がんばった。
／從零開始，一路努力走到了這裡。

● 比較

れい【零】

名（數）零；些微

說明 從中國漢字「零」而來。在數學上指小於所有正數，大於所有負數的數。阿拉伯數字作「0」。「0」具有加在別的數上面也不會改變原有數的性質。也表示些微的意思。

例句 そこは、冬は 零度に なります。／這地方在冬天會到零度。

☞ 哪裡不一樣呢？

- ゼロ：來自英文，完全沒有。
- 零：來自中國漢字，些微。

16 いち vs. ひとつ

いち【一】

名（數）一；第一

説明 數目中的一；也指事物的最初。

例句 日本語を　一から　勉強しませんか？

／要不要從最基礎開始學習日文呢？

● 比較

ひとつ【一つ】

名（數）一；一個

説明 計算東西或年齡的第一個數字。

例句 石鹸を　一つ　ください。／請給我一塊肥皂。

☞ 哪裡不一樣呢？

- 一：用於事物的開頭。
- 一つ：計算事物的第一個數字。

17　じゅう vs. せん

じゅう【十】

名（數）十；第十

説明 數目中的十；第九的下一個。

例句 100 メートルを　十秒ぐらいで　走りました。

／一百公尺跑了十秒左右。

● 比較

せん【千】

名（數）千，一千；形容數量之多

説明 數目中的千；亦表示數量多

例句 五つで　千円です。

／五個共一千圓。

☞ 哪裡不一樣呢？

- 十：二位數。
- 千：四位數。

18 ひゃく vs. まん

ひゃく【百】

名（數）一百；許多

說明 十的十倍的數，千的十分之一；也指數量很多之意。

例句 彼女は　餃子を　100個も　食べました。
／她吃了多達一百顆餃子。

● 比較

まん【万】

名（數）萬

說明 千的十倍，也指數量非常大的意思。

例句 こちらの　アパートは　1か月　5万円です。
／這棟公寓每個月的租金是五萬圓。

☞ 哪裡不一樣呢？

- 百：千的十分之一。
- 万：千的十倍。

2 実力テスト

做對了，往 😄 走，做錯了往 ✖ 走。

次の文の（　　）には、どんな言葉が入りますか。1・2から最も適当なものを一つ選んでください。

實力測驗

Q 哪一個是正確的？
>> 答案在題目後面

---

1 彼の 日本語の 力は（　　）だ。
1. 零
2. ゼロ

譯 他的日文能力是（零）。
1. 零：些微
2. ゼロ：零

---

2 箱から 青い リンゴを（　　）出して ください。
1. 一
2. 一つ

譯 請從箱子裡取出（一顆）青蘋果。
1. 一：一
2. 一つ：一個

---

3 この お寺では 毎月 一日と（　　）五日 お祭りが ある。
1. 十
2. 千

譯 這座寺院每個月一日和（十）五日會舉行祭典。
1. 十：十
2. 千：一千

---

4 おばあちゃんは 去年 九十九歳でしたから、今年は（　　）歳です。
1. 百　　2. 万

譯 奶奶去年九十九歲，所以今年是（百）歲人瑞。
1. 百：一百
2. 万：一萬

頑張ってね！！

MEMO
_____
_____

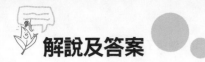 

解說及答案

❶ 從「日本語の力」（日文能力）這一線索，知道正確答案是表示完全沒有的「ゼロ」（沒有）；而「零」（零）表示不是正數也不是負數的實數，阿拉伯數字作「0」。不正確。

答案：2

❷ 從「青蘋果」這一線索，知道答案是計算青蘋果的數量的「一つ」（一個）；而「一」（一）用在指事物的開頭。不正確。

答案：2

❸ 從「每個月一日」和「五日」這些線索，知道答案是「十五日」的「十」（十）；而不是「千」（一千）。

答案：1

❹ 從「去年九十九歲」這一線索，知道今年是「百歲」（一百歲）的「百」（一百）；而不是「万」（一萬）。

答案：1

Part 1・基本單字　　　　　　　　　　　　　　　　　　Track ◎ 04

3 數字（二）

19 ふたつ vs. ふつか

ふたつ【二つ】

㊈（數）二；兩個，兩歲

說明 一的下一個數字；計算東西或年齡的第二個數字。

例句 消しゴムを 二つ、買いました。／買了兩個橡皮擦。

● 比較

ふつか【二日】

㊈（每月）二號；兩天

說明 月份的第二天；或指兩天的天數。

例句 一月の 二日から 十日まで いなかに 帰ります。
／將於一月二號回去鄉下待到十號。

☞ 哪裡不一樣呢？

- 二つ：計算東西或年齡。
- 二日：計算天數。

20 みっつ vs. みっか

みっつ【三つ】

㊈（數）三；三個，三歲

說明 二的下一個數字；計算東西或年齡的第三個數字。

例句 この 家に 部屋が 三つ あります。／這房子有三個房間。

みっか【三日】

名（每月）三號；三天

説明 月份的第三天；或指三天的天數。

例句 三月三日ごろに　遊びに　行きます。／三月三號前後去玩。

☞ 哪裡不一樣呢？

* 三つ：計算東西或年齡。
* 三日：計算天數。

---

21 よっつ vs. よっか

よっつ【四つ】

名（數）四；四個，四歲

説明 三的下一個數字；計算東西或年齡的第四個數字。

例句 日本には　春夏秋冬、四つの　季節が　あります。
／在日本，春夏秋冬四季分明。

● 比較

よっか【四日】

名（每月）四號；四天

説明 月份的第四天；或指四天的天數。

例句 新幹線は　三日の　昼に　出て、四日の　朝　そこに　着きます。
／新幹線將在三號中午發車，於四號早上抵達那邊。

☞ 哪裡不一樣呢？

* 四つ：計算東西或年齡。
* 四日：計算天數。

22 いつつ vs. いつか

いつつ【五つ】

② （數）五；五個，五歲

說明 四的下一個數字；計算東西或年齡的第五個數字。

例句 五つで　一セットです。／這是五個一組。

● 比較

いつか【五日】

② （每月）五號；五天

說明 月份的第五天；或指五天的天數。

例句 五日は　暇ですが、六日は　忙しいです。
　　　／五號有空，但是六號很忙。

☞ **哪裡不一樣呢？**

- 五つ：計算東西或年齡。
- 五日：計算天數。

23 むっつ vs. むいか

むっつ【六つ】

② （數）六；六個，六歲

說明 五的下一個數字；計算東西或年齡的第六個數字。

例句 息子は　六つに　なりました。／我兒子六歲了。

● 比較

むいか【六日】

② （每月）六號；六天

說明 月份的第六天；或指六天的天數。

例句 作業は、六日中に　終わるでしょう。
　　　／作業應該可以在六天之內完成吧。

☞ 哪裡不一樣呢？
- 六つ：計算東西或年齡。
- 六日：計算天數。

24　ななつ vs. なのか

ななつ【七つ】
⊗（數）七；七個，七歲

說明 六的下一個數字；計算東西或年齡的第七個數字。

例句 チョコレートを　七つぐらい　食べました。／吃了巧克力七顆左右。

●比較

なのか【七日】
⊗（每月）七號；七天

說明 月份的第七天；計算日數的「七天」。

例句 木村さんは、七日に　でかけます。／木村先生將在七號出門。

☞ 哪裡不一樣呢？
- 七つ：計算東西或年齡。
- 七日：計算天數。

25　やっつ vs. ようか

やっつ【八つ】
⊗（數）八；八個，八歲

說明 七的下一個數字；計算東西或年齡的第八個數字。

例句 箱は　八つしか　ありません。／盒子只有八個。

●比較

ようか【八日】
⊗（每月）八號；八天

說明 月份的第八天；又指八天的天數。

例句 誕生日は 来週の 八日です。／我生日是下週的八號。

☞ **哪裡不一樣呢？**

- 八つ：計算東西或年齡。
- 八日：計算天數。

---

26 ここのつ vs. ここのか

ここのつ【九つ】

名（數）九；九個，九歲

說明 八的下一個數字；計算東西或年齡的第九個數字。

例句 九つか 十かは、どちらでも いい。／九個或是十個都可以。

● 比較

ここのか【九日】

名（毎月）九號；九天

說明 月份的第九天；又指九天的天數。

例句 九日は 日曜日です。／九號是星期天。

☞ **哪裡不一樣呢？**

- 九つ：用於東西或年齡。
- 九日：用於天數。

---

27 いくつ vs. いくら

いくつ【幾つ】

名 幾個；幾歲

說明 詢問可數的東西的數量；或詢問人的年齡。

例句 いくつぐらい ほしいですか？／大約要幾個？

いくら【幾ら】

② 多少；不論怎麼…也

說明 詢問數量、價錢或份量的詞；下接「…ても」為不論有多少的意思。

例句 その 長_{なが}い スカートは、いくらですか？
／那條長裙多少錢？

☞ 哪裡不一樣呢？

* いくつ：多用於詢問數量、年齡。
* いくら：多用於詢問價錢。

---

28 はたち vs. はつか

はたち【二十歳】

② 二十歲

說明 二十歲。在日本算是成年的年齡。

例句 二十歳_{は た ち}に なったから、お酒_{さけ}を 飲_のみます。
／已經二十歲，可以喝酒了。

はつか【二十日】

② （每月）二十日；二十天

說明 月份的第二十天；又指二十天的天數。

例句 二十日_{は つ か}には、国_{くに}へ 帰_{かえ}ります。／將於二十號回國。

☞ 哪裡不一樣呢？

* 二十歳_{は た ち}：用於年齡。
* 二十日_{は つ か}：用於天數。

3 実力テスト

做對了，往 走，做錯了往 走。

次の文の（　　）には、どんな言葉が入りますか。１・２から最も適当なものを一つ選んでください。

實力測驗

Q 哪一個是正確的？
>> 答案在題目後面

1
「お弁当は　たくさん　ありますか。」「（　　）しか　ありません。」
1. 二つ
2. 二日

譯
「有很多份盒餐嗎？」「只有（兩份）。」
1. 二つ：兩個
2. 二日：二號

2
青い　箱の　中に　200円の　みかんが　（　　）あります。
1. 三日
2. 三つ

譯
藍色箱子裡兩百圓的橘子有（三顆）。
1. 三日：三號
2. 三つ：三個

3
母は　今日　同じ　アイスクリームを　（　　）買いました。
1. 四日
2. 四つ

譯
媽媽今天買了（四盒）同樣口味的冰淇淋。
1. 四日：四號
2. 四つ：四個

4
今月の　（　　）に　山下さんに　会います。
1. 五日
2. 五つ

譯
這個月（五號）我將和山下先生會面。
1. 五日：五號
2. 五つ：五個

5
来月の　（　　）に　両親が　来ます。
1. 六日
2. 六つ

譯
下個月的（六號）我爸媽要來。
1. 六日：六號
2. 六つ：六個

頑張ってね！！

做對了，往😄走，做錯了往❌走。

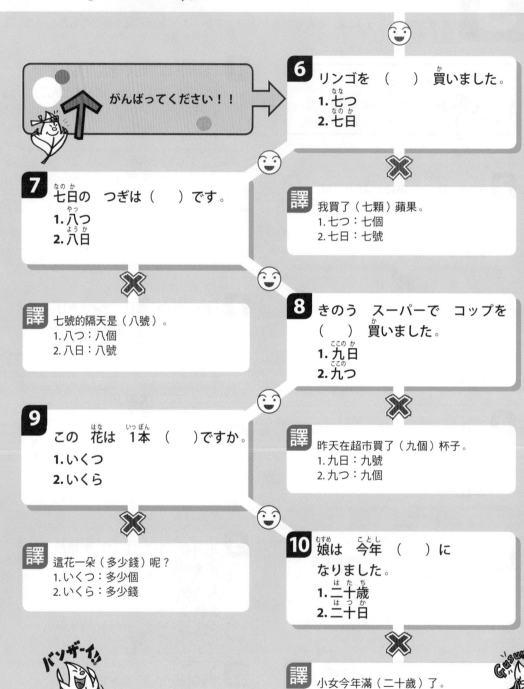

がんばってください！！

6 リンゴを （　　） 買いました。
1. 七<small>なな</small>つ
2. 七<small>なの</small>日<small>か</small>

譯 我買了（七顆）蘋果。
1. 七つ：七個
2. 七日：七號

7 七<small>なの</small>日<small>か</small>の つぎは （　　）です。
1. 八<small>やっ</small>つ
2. 八<small>よう</small>日<small>か</small>

譯 七號的隔天是（八號）。
1. 八つ：八個
2. 八日：八號

8 きのう スーパーで コップを
（　　） 買いました。
1. 九<small>ここの</small>日<small>か</small>
2. 九<small>ここの</small>つ

譯 昨天在超市買了（九個）杯子。
1. 九日：九號
2. 九つ：九個

9 この 花<small>はな</small>は 1本<small>いっぽん</small> （　　）ですか。
1. いくつ
2. いくら

譯 這花一朵（多少錢）呢？
1. いくつ：多少個
2. いくら：多少錢

10 娘<small>むすめ</small>は 今年<small>ことし</small> （　　）に
なりました。
1. 二十歳<small>はたち</small>
2. 二十日<small>はつか</small>

譯 小女今年滿（二十歲）了。
1. 二十歲：二十歲
2. 二十日：二十號

バンザーイ！！

Gusun…

解說及答案

❶ 計算「お弁当」（盒餐）用計算東西的「二つ」（兩個）；而「二日」（二號）是計算日子或天數。不正確。

答案：1

❷ 計算「みかん」（橘子）用計算東西的「三つ」（三個）；而「三日」（三號）是計算日子或天數。不正確。

答案：2

❸ 計算「アイスクリーム」（冰淇淋）用計算東西的「四つ」（四個）；而「四日」（四號）是計算日子或天數。不正確。

答案：2

❹ 從「今月の」（這個月的）這一線索，知道答案是計算日子的「五日」（五號）；而「五つ」（五個）是計算東西或年齡。不正確。

答案：1

❺ 從「来月の」（下個月的）這一線索，知道答案是計算日子的「六日」（六號）；而「六つ」（六個）是計算東西或年齡。不正確。

答案：1

❻ 計算「リンゴ」（蘋果）用計算東西的「七つ」（七個）；而「七日」（七號）是計算日子或天數。不正確。

答案：1

❼ 從「七日のつぎ」（七號的隔天）這一線索，知道「七號的隔天」是計算日子的「八日」（八號）；而「八つ」（八個）是計算東西或年齡。不正確。

答案：2

❽ 計算「コップ」（杯子）用計算東西的「九つ」（九個）；而「九日」（九號）用在計算日子或天數。不正確。

答案：2

❾ 從「這花一朵」這一線索，知道答案是詢問價錢的「いくら」（多少錢）；而「いくつ」（多少個）大多用在詢問數量、年齡。不正確。

答案：2

❿ 從「娘は今年」（小女今年）這一線索，知道答案是指年齡的「二十歳」（二十歲）；而「二十日」（二十號）用在計算日子和天數。不正確。

答案：1

4 星期

29 こんしゅう vs. せんしゅう

こんしゅう【今週】

名 這個星期，本週

說明 這一星期，這裡的「今」就是「這一個」的意思。

例句 どうして 今週は 寒いのですか？
／為什麼這個星期那麼冷呢？

●比較

せんしゅう【先週】

名 上個星期，上週

說明 上個星期。這裡的「先」就是「上一個」的意思。

例句 先週の 月曜日は 十七日でした。／上週一是十七號。

☞ **哪裡不一樣呢？**

* 今週：指這一星期。
* 先週：指上一星期。

30 まいしゅう vs. まいにち

まいしゅう【毎週】

名 每個星期，每週

說明 每一個星期。全部的週。

例句 毎週、どんな スポーツを しますか？
／請問每週都做什麼樣的運動呢？

● 比較

まいにち【毎日】

名 每天，天天

説明 沒有特定的一天，同一情況連續好幾天。

例句 **毎日、うちから　会社まで　歩いて　います。**
／每天都從家裡走路到公司。

☞ 哪裡不一樣呢？
- **毎週**：每一週。
- **毎日**：每一天。

---

31 かげつ vs. しゅうかん

かげつ【ヶ月】

接尾 …個月

説明 「ヶ月」漢字是「個月」。上接數字表示「…個月」。

例句 **2ヶ月に　一回、遊びに　行きます。**
／每兩個月出去玩一趟。

● 比較

しゅうかん【週間】

名・接尾 …週，…星期

説明 接在數字後面，表示有幾個七天。

例句 **一週間、どこへも　出かけて　いません。**
／一整個星期沒出門去過任何地方。

☞ 哪裡不一樣呢？
- **ヶ月**：用於月份。
- **週間**：用於星期。

4 実力テスト

做對了，往 😊 走，做錯了往 ✖ 走。

次の文の（　）には、どんな言葉が入りますか。1・2から最も適当なものを一つ
選んでください。

實力測驗

Q 哪一個是正確的？
>> 答案在題目後面

1 （　）は 来週の 前の 週
です。
1. 今週
2. 先週

譯 （這週）是下週的前一個星期。
1. 今週：本週
2. 先週：上週

2 姉は （　） 土曜日に 図書館へ
行きます。
1. 毎週
2. 毎日

譯 姊姊（每星期）六都去圖書館。
1. 毎週：每個星期
2. 毎日：每天

3 一（　）に 四日 働いて
三日 休みたいですね。
1. ヶ月
2. 週間

譯 真希望每個（星期）工作四天休息三天呀。
1. ヶ月：…個月
2. 週間：…星期

MEMO

解說及答案

❶ 從「下週的前一個星期」這一線索，知道
答案是這一星期的「今週」（本週）；而
「先週」（上週）是指上一星期。不正確。

　　　　　　　　　　　　　　　答案：1

❷ 從「土曜日」（星期六）這一線索，知道姊
姊是「毎週」（每個星期）的星期六去圖
書館；而「毎日」是指每一天。不正確。

　　　　　　　　　　　　　　　答案：1

❸ 從「工作四天休息三天」這一線索，知道答
案是表示星期的「週間」（…星期）；而
「ヶ月」（…個月）表示月份。不正確。

　　　　　　　　　　　　　　　答案：2

日期

32　いちにち vs. ついたち

いちにち【一日】

名 一天，一日；終日，一整天

説明 一晝夜，二十四小時；又指從早晨起床到晚上就寢之間。

例句 一日 勉強して、疲れた。／一整天用功下來，真的累了。

●比較

ついたち【一日】

名 （每月）一號，初一

説明 月份的第一天。

例句 一日から 三日まで、旅行に 行きます。
　　　／從一號到三號外出旅行。

☞ 哪裡不一樣呢？

- 一日：從早到晚，表一整天。
- 一日：月份的第一天。

33　ようび vs. カレンダー

ようび【曜日】

名 星期

説明 從星期日到星期六一週的七天。跟「日、月、火、水、木、金、土」
等連用，表示一星期中的某一天。

例句 月曜日の 朝は ずっと 忙しかったです。／星期一早上一向很忙。

比較

カレンダー【calendar】

② 日曆；日程表

説明 記載一年的年、月、日、星期、節氣、紀念日等的曆書；或指活動的日程表。

例句 カレンダーに ある 赤い 丸は 私の 誕生日です。
／月曆標上紅圈的那天是我的生日。

☞ 哪裡不一樣呢？

- 曜日：指一星期中的某一天。
- カレンダー：每月一頁的掛曆或曆書。

5 実力テスト

做對了，往 😊 走，做錯了往 ✖ 走。

次の文の（　　）には、どんな言葉が入りますか。1・2から最も適当なものを一つ選んでください。

實力測驗
Q哪一個是正確的？
>>答案在題目後面

1（　　）に 3回 この 薬を 飲んで ください。
1. 一日（いちにち）
2. 一日（ついたち）

✖

譯 這種藥請（一天）服用三次。
1. いちにち：一天
2. ついたち：（每月）一號

😊

2 今度の 日（　　）は どこかへ 行きませんか。
1. カレンダー
2. 曜日（ようび）

✖

譯 下個（星期）天要不要去哪裡走走呢？
1. カレンダー：日曆
2. 曜日：星期

MEMO

解說及答案

❶ 表示「一天三次」用「一日に 3 回」；而「一日^{ついたち}」（一號）是月份的第一天。不正確。

答案：1

❷ 從「日^{にち}」這一線索，知道後面要接表示一星期中的某一天的「曜日^{ようび}」（星期），所以答案是「日曜日^{にちようび}」（星期天）的「曜日^{ようび}」；而「カレンダー」（日曆）是每月一頁的掛曆或曆書。不正確。

答案：2

顔色

34 あおい vs. みどり

あおい【青い】

㊙ 藍的，綠的，青的；不成熟的

說明 表示色彩最基本的形容詞之一。表示綠或藍的色彩；或比喻人格或技能的發展還沒有到成熟的程度。

例句 青い 海が 広がって います。／一望無際的湛藍大海。

● 比較

みどり【緑】

㊛ 綠色

說明 草木葉子的顏色。介於黃色和藍色之間。原意是樹的嫩芽。

例句 緑が いっぱいの 春が 好きです。／我喜歡綠意盎然的春天。

☞ 哪裡不一樣呢？

- 青い：藍色的；不成熟的。形容詞。
- 緑：綠色。名詞。

35 あかい vs. あか

あかい【赤い】

㊙ 紅的

說明 表現色彩的最基本的形容詞之一。表示紅的色彩

例句 赤い めがねは あなたに 似合わない。／你不適合戴紅色的眼鏡。

● 比較

あか【赤】

(名) 紅，紅色

說明 如同鮮血或燃燒的火焰一般的顏色；廣義的指朱紅、桃紅、橘紅等；
交通號誌中「紅燈」的簡稱，表示危險、停止。

例句 大事な ところを 赤の ペンで 書いて ください。
／重要事項請以紅筆書寫。

☞ 哪裡不一樣呢？

- 赤い：紅色的。形容詞。
- 赤：紅色；危險。名詞。

36 きいろい vs. いろ

きいろい【黄色い】

(形) 黃色，黃色的

說明 像檸檬一樣的顏色。黃色的。

例句 秋は 木の 葉が 黄色く なります。
／秋天，樹葉轉黃。

● 比較

いろ【色】

(名) 顏色，彩色

說明 用眼睛能感知的紅、藍、黃、綠等的色彩。

例句 この 車は 安いですが、色が よく ありません。
／這輛車雖然便宜，但是顏色不太好看。

☞ 哪裡不一樣呢？

- 黄色い：指黃色。形容詞。
- 色：指顏色。名詞。

37 くろい vs. くらい

くろい【黒い】

㊙ 黑色的；骯髒；邪惡

說明 如墨、夜空一般的顏色；又指變髒；心術不正等。

例句 桜子さんの 髪の 毛は 黒くて 長い。
／櫻子小姐的頭髮烏黑又長。

● 比較

くらい【暗い】

㊙ (光線) 黑暗；(顏色) 發暗；陰沈

說明 因為光線不足而看不清東西；又指帶有黑色或灰色的色調；性格或
氣氛不明朗。

例句 暗いから、電気を つけませんか？
／屋裡很暗，要不要開燈？

☞ 哪裡不一樣呢？

- 黒い：黑色；變髒。
- 暗い：光線不足，使其看不清；顏色發暗。

38 しろい vs. ちゃいろ

しろい【白い】

㊙ 白色的；空白

說明 像雪或乳汁般素淨的顏色；沒有添加任何東西的。

例句 雪が 降って、山が 白く なりました。
／下雪了，山峰一片雪白。

ちゃいろ【茶色】

名 茶色

說明 赤黃而略帶黑的顏色。

例句 茶色の　セーターを　着て　いる　人は、どなたですか？
／穿著褐色毛線衣的人是誰呢？

☞ 哪裡不一樣呢？

- 白い：如雪一般的顏色。形容詞，後面接名詞。
- 茶色：如茶水的顏色。名詞。

次の文の（　　）には、どんな言葉が入りますか。1・2から最も適当なものを一つ選んでください。

實力測驗

Q 哪一個是正確的？
>> 答案在題目後面

1 きれいな（　　）空が　好き
です。
1. 青い
2. 緑

譯 我喜歡美麗的（藍）天。
1. 青い：藍色的
2. 緑：綠色

2 彼女を　見ると　顔が（　　）
なります。
1. 赤く
2. 赤を

譯 一看到她就會臉（紅）。
1. 赤く：紅色的
2. 赤を：紅色

3 顔の（　　）が　悪いですね。
1. 色
2. 黄色い

譯 臉上的（氣色）不太好喔。
1. 色：氣色
2. 黄色：黃色

4 兄は　いつも　部屋を（　　）
して　寝ます。
1. 暗く
2. 黒く

譯 哥哥總是將房間（弄暗）才睡覺。
1. 暗く：暗的
2. 黒く：黑色的

5 山に　雪が　降って（　　）
なって　いました！
1. 白く
2. 茶色に

譯 山裡因為降雪而變成（白色的）了！
1. 白く：白色的
2. 茶色に：茶色

解說及答案

❶ 形容「藍天」用「青い」あお（藍色的）；而「緑」みどり（綠色）是草木葉子的顏色。不正確。

　　　　　　　　　　　　　答案：1

❷ 從動詞「なります」（變）這一線索，知道答案是形容詞的「赤い」あか（紅色的），由於後接動詞「なります」，所以要變化成「赤く」あか；而「名詞＋を」的形式「赤を」あか後面不能接「なります」。

　　　　　　　　　　　　　答案：1

❸ 從「顔の」かお（臉上的）跟「悪い」わる（不太好）這些線索，知道答案是指氣色、臉色的「色」いろ；而「黄色い」きいろ是指顏色的黃色。不正確。

　　　　　　　　　　　　　答案：1

❹ 從「部屋を」へや（房間）跟「寝ます」ね（睡覺）這一線索，知道是要把房間弄暗，所以答案是燈光微弱、光線不足的「暗い」くら（暗的）由於接動詞「する」，所以變化成「暗く」くら；而「黒い」くろ（黑色的）是指如墨、夜空一般的顏色。不正確。

　　　　　　　　　　　　　答案：1

❺ 從「山裡因為降雪」這一線索，知道答案是如雪一般的顏色「白い」しろ（白色的）。變成白色為「白くなる」しろ；而「茶色」ちゃいろ（茶色）是赤黃而略帶黑的顏色。不正確。

　　　　　　　　　　　　　答案：1

量詞

---

39 かい vs. かいだん

かい【階】

接尾 （樓房的）…樓，層

説明 上接數字，表示樓房的「…層」。

例句 靴下は、何階に ありますか？／請問襪子的賣場在幾樓呢？

●比較

かいだん【階段】

名 樓梯，階梯，台階

説明 連接高低不平的地方，形成階梯形的通路。也就是在建築物裡，上上下下的地方。

例句 階段を 上って 右の 部屋は 音楽教室です。
／上樓後右側房間是音樂教室。

☞ 哪裡不一樣呢？

- 階：指建築物裡的某一樓。
- 階段：指建築物等上下的地方。

---

40 かい vs. こ

かい【回】

名・接尾 …回，次數

説明 用作助數詞。上接數字表示「…次」「…回」。

例句 一週間に 一回、泳ぎます。／我每星期游泳一次。

● 比較

こ【個】

名·接尾 …個

説明 計算東西的數量詞。計算的東西大約是可以拿在手上的大小。

例句 りんごを 何個 買いますか？／你要買幾顆蘋果呢？

☞ 哪裡不一樣呢？

- 回：表事物的次數。
- 個：表東西的數量。

41 さい vs. とし

さい【歳】

名·接尾 …歳

説明 計算年齡的單位。

例句 これは、3歳の 子どもの ための 本です。
／這是為三歲兒童編寫的書。

● 比較

とし【年】

名 年；年紀

説明 計算時間的單位，地球繞太陽一周的時間；也指年齡。

例句 姉は 私と 三つ 年が 違います。
／姐姐和我差三歲。

☞ 哪裡不一樣呢？

- 歳：計算年齡。
- 年：計算年數。

42 さつ vs. ほん・ぼん・ぽん

さつ【冊】

接尾 …本，…冊

説明 計算書籍、簿冊等的單位。類似中文的「本」。

例句 辞書を 1冊、貸して ください。
／請借我一本辭典。

● 比較

ほん・ぼん・ぽん【本】

接尾 （計算細長的物品）…支，…棵，…瓶，…條

説明 計算鉛筆、樹木、道路等細長東西的量詞。

例句 あの 鬼は 足が 3本 あります。
／那個鬼有三條腿。

☞ 哪裡不一樣呢？

- 冊：計算書本。
- 本：計算細長的物品。

43 だい vs. ひき

だい【台】

接尾 …台，…輛，…架

説明 計算機器或車子的量詞。

例句 ドイツの 自動車を 2台 買いました。
／買了兩輛德國製的汽車。

● 比較

ひき【匹】

接尾 …匹，…頭，…條，…隻

説明 計算除鳥類之外的中小型動物的量詞。計算鳥的量詞則用「羽」來表示。

例句 ここには、犬が 何匹 いますか？／這裡有幾隻狗呢？

☞ 哪裡不一樣呢？

• 台：計算無生命。
• 匹：計算有生命。

44　にん vs. じん

にん【人】

接尾 …人

説明 計算人的量詞，表示人數。

例句 学生は 50人 以上 います。／學生超過五十人。

● 比較

じん【人】

接尾 …人

説明 某一國家的人。如：「アメリカ人」（美國人）、「外国人」（外國人）等。

例句 彼は 日本人 よりも きれいな 日本語を 話します。
／他説的日語比日本人都要字正腔圓。

☞ 哪裡不一樣呢？

• にん：計算人數。
• じん：指某國家的人。

---

45 **はい・ばい・ぱい vs. ふん・ぷん**

はい・ばい・ぱい【杯】

接尾 …杯

説明 計算茶碗、杯子等的量詞。

例句 水<ruby>水<rt>みず</rt></ruby>が 一杯<ruby><rt>いっぱい</rt></ruby> ほしいです。
　　／我想要一杯水。

● 比較

ふん・ぷん【分】

接尾 （時間）…分；（角度）分

説明 時間的單位詞,「一分」為六十秒;也指計算角度的角分。

例句 2<ruby>時<rt>じ</rt></ruby> 15<ruby>分<rt>ふん</rt></ruby>ごろ、電話<ruby><rt>でんわ</rt></ruby>が 鳴<ruby><rt>な</rt></ruby>りました。
　　／兩點十五分左右,電話響了。

☞ 哪裡不一樣呢?

- 杯<ruby><rt>はい</rt></ruby>:計算容器。
- 分<ruby><rt>ふん</rt></ruby>:計算時間。

---

46 **ばん vs. ばんごう**

ばん【番】

名・接尾 （表示順序）第…號

說明 在幾個裡面,排在什麼地方。表順序的詞。

例句 3<ruby>番<rt>さんばん</rt></ruby>の 女性<ruby><rt>じょせい</rt></ruby>は、背<ruby><rt>せ</rt></ruby>が 高<ruby><rt>たか</rt></ruby>くて、美<ruby><rt>うつく</rt></ruby>しいです。
　　／三號的女生身材高挑又美麗。

●比較

ばんごう【番号】

⑧ 號碼，號數

說明 在幾個數字當中，表示是第幾號了，表順序的數字。

例句 番号を　呼ぶ　前に、入らないで　ください。

／在叫到號碼之前請不要進來。

☞ **哪裡不一樣呢？**

• **番**：指順序。
• **番号**：指順序號碼。

---

47 まい vs. ページ

まい【枚】

(接尾) …張，…片，…幅，…扇

說明 計算平而薄的東西的單位。如紙、盤子、手帕、襯衫等。

例句 5枚で　いくらですか？

／請問五張多少錢？

●比較

ページ【page】

(名・接尾) …頁；一頁

說明 計算書籍文件面數的單位；書或筆記本等的一張紙的一面。

例句 どの　ページにも、絵が　あります。

／不論哪一頁都畫了圖。

☞ **哪裡不一樣呢？**

• **枚**：指張數。

• **ページ**：指頁數。

7 実力テスト

做對了，往 走，做錯了往 走。

次の文の（　）には、どんな言葉が入りますか。1・2から最も適当なものを一つ選んでください。

實力測驗

Q 哪一個是正確的？
>> 答案在題目後面

---

1 中山さんの　部屋は、アパートの 2（　）です。
1. 階
2. 階段

譯 中山小姐的房間位於公寓的二（樓）。
1. 階：…樓
2. 階段：樓梯

---

2 私は 一年に 一（　）旅行を します。
1. 回
2. 個

譯 我每年會去旅行一（趟）。
1. 回：…回
2. 個：…個

---

3 「あなたの　お兄さんは　今いくつですか。」「25（　）です。」
1. 歳
2. 年

譯 「令兄現在多大年紀呢？」「二十五（歲）。」
1. 歳：…歲
2. 年：年

---

4 ビールを 1（　）取ってください。
1. 冊
2. 本

譯 請拿一（瓶）啤酒給我。
1. 冊：…本
2. 本：…瓶

---

5 山田さんの　うちに　いぬが 1（　）います。
1. 台
2. 匹

譯 山田小姐家有一（隻）狗。
1. 台：…台
2. 匹：…隻

6 「あなたは 韓国（　）ですか。」「いいえ、中国から 来ました。」
1. 人　　**2.** 人

譯 「您是韓國（人）嗎?」
「不,我來自中國。」
1. にん：…人（人數）
2. じん：…人（國籍）

頑張ってね！！

7 夕べの 8時3（　）に 男の子が 生まれました。
1. 杯
2. 分

譯 男孩於昨晚八點三（分）時誕生了。
1. 杯：…杯
2. 分：（時間）…分

8 ノートに 中山さんの 電話（　）が 書いて あります。
1. 番
2. 番号

譯 筆記本上寫著中山小姐的電話（號碼）。
1. 番：（表示順序）第…
2. 番号：號碼

9 切符を 1（　） 買いました。
1. 枚
2. ページ

譯 買了一（張）車票。
1. 枚：（計算平薄的東西）…張
2. ページ：…頁

MEMO
_____
_____
_____

 解說及答案

❶ 答案是「階（…樓），指建築物裡的某一樓，這裡是公寓的二樓；而「階段」（樓梯）是指建築物等上上下下的地方。不正確。

答案：1

❷ 看到「旅行をします」（去旅行），知道答案是表旅行次數的「回」（…回）；而「個」（…個）是表東西的數量。不正確。

答案：1

❸ 看到詢問的是哥哥「いくつ」（多大年紀），知道答案是計算年齡的「歲」（…歲）；而「年」（年）是計算年數。不正確。

答案：1

❹ 啤酒的量詞是計算細長的物品的「本」（…瓶）；而「冊」（…本）是計算書本的量詞。不正確。

答案：2

❺ 計算「いぬ」（狗）要用計算中小型，有生命動物的量詞「匹」；而「台」是計算機器或車子等無生命的量詞。不正確。

答案：2

❻ 答案是「じん」（…人），指某國家的人，這裡是「韓国人」（韓國人）；「にん」（…人）是計算人數的量詞。不正確。

答案：2

❼ 計算分鐘用「分、分」（…分）；而「杯」（…杯）計算容器。不正確。

答案：2

❽ 電話號碼是「電話番号」，所以答案是「番号」；「番」（第…）指順序。不正確。

答案：2

❾ 計算「切符」（車票），用指張數的「枚」（…張）；「ページ」（…頁）用來計算書籍文件等的頁數。不正確。

答案：1

身體部位

48 あたま vs. からだ

あたま【頭】

(名) 頭；頭髮；物體的頂端

説明 人或動物脖子以上的部分；頭上的毛髮；最初，最上方，最前面的事物。

例句 頭が 痛いが 熱は ありません。／雖然頭痛但沒有發燒。

● 比較

からだ【体】

(名) 身體；體格，身材

説明 人以及動物的頭、軀幹、手足等整體；或指人體格等狀態。

例句 体が 丈夫に なった。／身體變強壯了。

☞ 哪裡不一樣呢？

- 頭：身體最頂端。
- 体：身體整體。

49 かお vs. あたま

かお【顔】

(名) 臉；臉色，表情

説明 脖子以上的前面，從前額到下巴的部分；臉上的神情。

例句 顔を 洗って から、風呂に 入ります。／先洗臉再洗澡。

57

あたま【頭】

⊛ 頭；頭髮；(物體的上部)頂端

說明 人或動物脖子以上的部分；頭上的毛髮；最初，最上方，最前面的事物。

例句 田中さんは　きれいで　頭も　いい。
／田中小姐不但人長得美，頭腦也很聰明。

☞ **哪裡不一樣呢？**

- 顔：頭部的前面。
- 頭：指頭部或物體頂端。

50　みみ vs. め

みみ【耳】

⊛ 耳朵

說明 在臉的兩側的聽取聲音的器官。由外耳、中耳、內耳三部分構成，還有保持身體平衡的半規管。

例句 うるさくて　耳が　聞こえない。
／太吵了，根本聽不見。

● 比較

め【目】

⊛ 眼睛；眼球

說明 長在臉上看東西的器官；視覺器官的主要部分。在眼窩中，呈球形。

例句 私は　あなたの　きれいな　目が　大好きです。
／我最喜歡妳這雙美麗的眼眸。

☞ **哪裡不一樣呢？**

- 耳：聽覺器官。
- 目：視覺器官。

51 は vs. はな

は【歯】

名 牙齒

說明 動物口中，上下兩排，咀嚼食物的白色堅硬器官。

例句 あれで 歯を 磨きます。／用那個刷牙。

● 比較

はな【鼻】

名 鼻子

說明 在哺乳動物的面部中央突起的部分。是呼吸、嗅覺和幫助發聲的器官。

例句 漢字で 鼻ですか？ 花ですか？／漢字寫成「鼻」嗎？還是「花」呢？

☞ 哪裡不一樣呢？

- 歯：用於咀嚼。
- 鼻：用於呼吸等。

52 くち vs. でぐち

くち【口】

名 口，嘴巴

說明 人或動物用來吃飯，說話的器官。

例句 弟は テレビの 前で 大きな 口を あけて 寝て います。
／弟弟正在電視機前張著大嘴巴睡覺。

● 比較

でぐち【出口】

名 出口

說明 建築物、車站等由該處可以出去的地方。相反詞是「入り口」。

例句 今 駅の 出口で 待って います。／我正在車站的出口等你。

☞ 哪裡不一樣呢？

- 口^{くち}：為人體器官。
- 出口^{でぐち}：為建築物等可出去的地方。

53　あし vs. て

あし【足】

名 腳；（器物的）腳

說明 動物的身體中，支持身體，起走路作用的部分；或指安在物體下面，用來支撐的部份。

例句 たくさん　歩^{ある}いて、足^{あし}を　丈夫^{じょうぶ}に　します。
／盡量走路讓腿力變強。

● 比較

て【手】

名 手，手掌；胳膊；把手

說明 從手腕到指頭的部份；又指從肩膀到指尖的部份；器具或工具為了方便拿取而製作的部分。

例句 寒^{さむ}いから、ポケットに　手^てを　入^いれました。
／覺得很冷，所以把手伸進了口袋裡。

☞ 哪裡不一樣呢？

- 足^{あし}：位於人體的下肢。
- 手^て：位於人體的上肢。

54　おなか vs. せ・せい

おなか【お腹】

名 肚子；腸胃

說明 在人的身上，位於胸部和足部之間；又指胃腸。

例句 忙しい ときに、いつも おなかが 痛く なります。

／每次一忙起來就肚子痛。

● 比較

せ・せい【背】

名 背後；身高，身材

說明 有脊背，背後的意思。動物軀體的高度，尤其指人的身高。

例句 先生は、背が 低いです。／老師長得不高。

☞ 哪裡不一樣呢？

- お腹：位於人體前。
- 背：位於人體後。

---

55 こえ vs. おと

こえ【声】

名 人或動物的聲音，語音

說明 由人或動物口中發出的聲音。

例句 大きな 声で 歌いましょう。

／一起大聲唱歌吧。

● 比較

おと【音】

名（碰撞，敲打）音、聲；聲響

說明 物體振動所產生的聲波，經過空氣的傳播，震動鼓膜刺激神經讓耳朵
能聽見的聲音；或無生物的東西如空氣、水等所產生的聲響。

例句 隣の 部屋から 大きな 音が しました。

／隔壁房間傳來了好大的聲響。

☞ 哪裡不一樣呢？

- 声：人或動物發出的聲音。
- 音：物品發出的聲音。

1 実力テスト

做對了，往 😊 走，做錯了往 ✕ 走。

次の文の（　）には、どんな言葉が入りますか。1・2から最も適当なものを一つ選んでください。

實力測驗

Q 哪一個是正確的？

>> 答案在題目後面

---

1 スポーツは 楽しくて、（　）に いいです。
1. 頭（あたま）
2. 体（からだ）

譯 運動不但愉快，而且有益（健康）。
1. 頭：頭
2. 体：身體

---

2 私（わたし）は 風邪（かぜ）で （　）が 痛（いた）い です。
1. 顔（かお）
2. 頭（あたま）

譯 由於感冒而（頭）痛。
1. 顔：臉
2. 頭：頭

---

3 一晩中（ひとばんじゅう） テレビを 見（み）て、（　）が 痛（いた）く なった。
1. 耳（みみ）
2. 目（め）

譯 我一整個晚上看電視，（眼睛）都發疼了。
1. 耳：耳朵
2. 目：眼睛

---

4 私（わたし）は 寝（ね）る 前（まえ）に （　）を 磨（みが）きます。
1. 歯（は）
2. 鼻（はな）

譯 我在睡前刷（牙）。
1. 歯：牙齒
2. 鼻：鼻子

---

5 駅（えき）の （　）に 本屋（ほんや）が あります。
1. 口（くち）
2. 出口（でぐち）

譯 車站的（出口處）有書店。
1. 口：嘴巴
2. 出口：出口

6 テーブルの （　　）が 壊^{こわ}れました。
1. 足^{あし}
2. 手^て

頑張ってね！！

譯 桌（腳）壞掉了。
1. 足：（器物的）腳
2. 手：手

7 私^{わたし}の 彼^{かれ}は （　　）が 高^{たか}くて、
足^{あし}が 長^{なが}いです。
1. お腹^{なか}
2. 背^せ

譯 我男友（身高）很高，腿也很長。
1. お腹：肚子
2. 背：身材

8 赤^{あか}ちゃんが 寝^ねて いるから、
大^{おお}きい （　　）で 話^{はな}さないで
ください。
1. 声^{こえ}　2. 音^{おと}

譯 小寶寶正在睡覺，請不要大（聲）說話。
1. 声：（人或動物的）聲音
2. 音：（碰撞、敲打等）聲響

MEMO

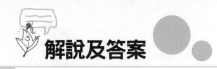 

❶ 運動對什麼好呢？答案是「体」（身體）指頭、軀幹、手足等身體整體；而「頭」（頭）只有指身體最頂端。不正確。

答案：2

❷ 從「風邪で」（由於感冒）跟「痛い」（疼痛），知道疼痛的部位是「頭」（頭）；而「顔」（臉）是指頭部的前面。不正確。

答案：2

❸ 從一整個晚上看電視，得知疼痛的地方是視覺器官「目」（眼睛）；「耳」（耳朵）是聽覺器官。不正確。

答案：2

❹ 從「寝る前」（睡前）跟「磨きます」（刷）知道答案是「歯」（牙齒）。

答案：1

❺ 建築物的出口用「出口」（出口）；而「口」（嘴巴）一般是指人或動物吃飯，說話的器官。不正確。

答案：2

❻ 從「テーブル」（桌子）知道答案是指安在桌子下面，用來支撐的「足」（腳）；而「手」（手）是位於人體的上肢。不正確。

答案：1

❼ 從「彼」（男友）跟「高くて」（高的）知道答案是指人的身高的「背」（身材）；而「お腹」（肚子）位於人體前。不正確。

答案：2

❽ 從小寶寶正在睡覺跟「話さないで」（不要說話），知道答案是人發出的聲音「声」（聲音）；「音」（聲音）是物品發出的聲音。不正確。

答案：1

家族（一）

56　おじいさん vs. おばあさん

おじいさん【お祖父さん・お爺さん】

⑧ 祖父；外公；老爺爺

說明 對祖父或外祖父的親切稱呼；或對一般老年男子的稱呼。

例句 お祖父(じ)さんは、耳(みみ)が よく 聞(き)こえない。／爺爺有重聽。

● 比較

おばあさん【お祖母さん・お婆さん】

⑧ 祖母；外祖母；老婆婆

說明 對祖母或外祖母的親切稱呼；或對一般老年婦女的稱呼。

例句 お祖母(ばあ)さんから 料理(りょうり)を 習(なら)いました。／我向奶奶學了做菜。

☞ 哪裡不一樣呢？

- おじいさん：老年男子。
- おばあさん：老年婦女。

57　おかあさん vs. おとうさん

おかあさん【お母さん】

⑧ 母親；令堂

說明 「母」的鄭重說法，稱呼母親的詞；也指敬稱他人母親。

例句 お母(かあ)さんと 一緒(いっしょ)に、買(か)い物(もの)を しました。
／我和媽媽一起去買東西了。

おとうさん【お父さん】

名 父親；令尊

說明 「父」的鄭重說法，稱呼父親的詞；也指敬稱他人父親。

例句 お父さんと　お母さんは、お元気ですか？

／令尊令堂是否安好無恙？

☞ **哪裡不一樣呢？**

- **お母さん**：母親；令堂。
- **お父さん**：父親；令尊。

58　ちち vs. はは

ちち【父】

名 爸爸，家父

說明 稱呼自己父親的詞。

例句 父も　母も　大学の　先生です。／家父和家母都是大學教授。

はは【母】

名 媽媽，家母

說明 稱呼自己母親的詞。

例句 母は　スーパーの　仕事を　はじめました。

／媽媽開始在超市工作了。

☞ **哪裡不一樣呢？**

- **父**：稱呼自己的父親。
- **母**：稱呼自己的母親。

59　おにいさん vs. おねえさん

おにいさん【お兄さん】

名 哥哥

説明 對自己和他人的哥哥尊敬的稱呼方式。也用在對年輕男子的稱呼。
「兄さん」的鄭重説法。

例句 鈴木さんの　お兄さんは、英語が　わかります。
　　　／鈴木小姐的哥哥擅長英文。

●比較

おねえさん【お姉さん】

名 姊姊

説明 對自己和他人的姊姊尊敬的稱呼方式。也用在對年輕女子的稱呼。
「姉さん」的鄭重説法。

例句 お姉さんは、いつ　結婚しましたか？
　　　／令姊是什麼時候結婚的呢？

☞ 哪裡不一樣呢？

- お兄さん：稱呼自己和他人的哥哥。
- お姉さん：稱呼自己和他人的姊姊。

60　あに vs. あね

あに【兄】

名 家兄；姊夫，大舅子

説明 兄弟姊妹中年紀比自己年長的男子；也包括姊夫和丈夫的哥哥，
日語漢字寫作「義兄」。

例句 兄は、映画が　好きです。
　　　／哥哥喜歡看電影。

あね【姉】

名 家姉；嫂子，大姨子

說明 在兄弟姊妹中比自己年長的女子；也包括嫂子和丈夫的姊姊，日語漢字寫作「義姉」。

例句 姉は、目が 大きいです。
／姐姐有雙大眼睛。

☞ 哪裡不一樣呢？

- 兄：指哥哥、姊夫、大舅子。
- 姉：指姊姊、嫂嫂、大姨子。

61 いもうと vs. おとうと

いもうと【妹】

名 妹妹；小姑，小姨，弟妹

說明 兄弟姊妹中年紀比自己小的女子；也包括弟妹和丈夫的妹妹。鄭重説法是「妹さん」。

例句 妹は、本が 好きです。
／妹妹喜歡看書。

おとうと【弟】

名 弟弟；妹夫，小叔

說明 年齡比自己小的弟弟。也包括妹夫、丈夫或妻子的弟弟等。但要寫作「義弟」。鄭重説法是「弟さん」。

例句 私は、弟が ほしいです。
／我想要弟弟。

☞ 哪裡不一樣呢？

- 妹：指妹妹、小姑、弟妹。
- 弟：指弟弟、小叔、妹夫。

62 おじさん vs. おばさん

おじさん【伯父さん・叔父さん】

名 伯伯，叔叔，舅舅，姨丈，姑丈；大叔

説明 伯伯，叔叔，舅舅，姨丈，姑丈；對一般的中年男性的稱呼。

例句 伯父さんは　いろいろ　教えて　くれました。
／伯伯教了我很多知識。

● 比較

おばさん【伯母さん・叔母さん】

名 姨媽，嬸嬸，姑媽，伯母，舅媽；大嬸

説明 姨媽，嬸嬸，姑媽，伯母，舅媽；對一般的中年女性的稱呼。

例句 叔母さんは、ここへは、いつ　来ましたか？
／舅媽是什麼時候來過這裡的？

☞ 哪裡不一樣呢？

- おじさん：中年男性。
- おばさん：中年女性。

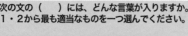

2 実力テスト

做對了，往 😊 走，做錯了往 ❌ 走。

次の文の（　）には、どんな言葉が入りますか。
1・2から最も適当なものを一つ選んでください。

實力測驗　Q 哪一個是正確的？
>> 答案在題目後面

1 お父さんの　お父さんは（　）
です。
1. お祖父さん
2. お祖母さん

❌

譯 爸爸的爸爸是（爺爺）。
1. お祖父さん：爺爺
2. お祖母さん：奶奶

2 （　）は　弟を　生んで　すぐ
なくなりました。
1. お母さん
2. お父さん

❌

譯 （媽媽）在生下弟弟以後就逝去了。
1. お母さん：媽媽
2. お父さん：爸爸

3 バッハは　音楽の（　）と
言われます。
1. 父
2. 母

❌

譯 巴哈被譽為音樂之（父）。
1. 父：父
2. 母：母

4 家族は　両親と（　）と　私です。
うちには　男の子しか　いません。
1. お兄さん
2. お姉さん

❌

譯 我家有爸媽、（哥哥）和我，我們家只
有男孩。
1. お兄さん：哥哥
2. お姉さん：姊姊

5 （　）とは　年上の　男の
兄弟です。
1. 兄
2. 姉

❌

譯 （哥哥）是指年紀較長的男性兄弟。
1. 兄：哥哥，家兄
2. 姉：姊姊，家姊

6 彼は　あの　女の子の　兄です。
女の子は　彼の（　）です。
1. 妹
2. 弟

❌

譯 他是那個女孩的哥哥，女孩是他的
（妹妹）。
1. 妹：妹妹
2. 弟：弟弟

7 あの　人は　母の　姉です。私の
（　）です。
1. 伯父さん
2. 伯母さん

❌

譯 那個人是媽媽的姐姐，也就是我的（阿姨）。
1. 伯父さん：叔叔，伯伯
2. 伯母さん：阿姨，姑姑

がんばってください！！

解說及答案

❶ 爸爸的爸爸是當然是「おじいさん」（爺爺）了；而「おばあさん」（奶奶）是爸爸的媽媽。不正確。

答案：1

❷ 從「弟を生んで」（生下弟弟）知道答案是「お母さん」（媽媽）。

答案：1

❸ 答案是含有先驅、創始者之意的「父」（父）；而「母」（母）含有事物產生的根源。不正確。

答案：1

❹ 從我們家只有男孩，知道答案是「お兄さん」（哥哥）。

答案：1

❺ 從年紀較長的男性兄弟，知道答案是「兄」（哥哥）。

答案：1

❻ 從他是那個女孩的哥哥，知道那女孩是他的「妹」（妹妹）。

答案：1

❼ 「母の姉」（媽媽的姐姐），那就是我的「伯母さん」（阿姨）了。

答案：2

3 家族（二）

63 りょうしん vs. おや

りょうしん【両親】

名 父母，雙親

說明 父親和母親，雙親。父母跟子女叫「親子」。

例句 両親は、ぼくが 国に 帰るのを 待って います
／父母正在等著我回國。

●比較

おや【親】

名 父母，雙親

說明 父母親的總稱，指親生父母。也指養育孩子的人。

例句 親と いっしょに 住んで います。／我和爸媽住在一起。

☞ 哪裡不一樣呢？

• 両親：養育自己的父母。
• 親：養育自己的人，可以是父母或養父母。

64 きょうだい vs. しまい

きょうだい【兄弟】

名 兄弟，兄弟姉妹

說明 同一父母所生的人們。這個字不僅指「兄弟」而已，也指兄弟、兄妹、姉弟、姉妹而言。

例句 私には 兄弟が 5人 います。／我有五個兄弟姊妹。

● 比較

しまい【姉妹】

㊂ 姐妹；同一種類型之物

説明 姊姊和妹妹；也指屬於同一系統或擁有相似點的二者以上之事物，如「姉妹都市」（友好都市）。

例句 主人は ４人兄弟で、私は ３人姉妹です。

／我先生有四個兄弟，我自己有三個姊妹。

☞ 哪裡不一樣呢？

- **兄弟**：指兄弟姊妹。
- **姉妹**：僅指姊妹；也指同一種類型之物，如姊妹校。

65 かぞく vs. けっこん

かぞく【家族】

㊂ 家人，家庭，親屬

説明 夫婦、父母子女、兄弟姊妹等，有血緣關係。一般是共同生活的人們。

例句 どちらが、あなたの 家族ですか？

／請問哪一位是您的家人呢？

● 比較

けっこん【結婚】

㊂・自サ 結婚

説明 指男性和女性正式成為夫妻。

例句 二人は 秋に 結婚した。

／他們兩人在秋天結婚了。

☞ 哪裡不一樣呢？

- **家族**：原本就有血緣關係。
- **結婚**：因法律的效力而產生關係。

66　ごしゅじん vs. おっと

ごしゅじん【ご主人】

名 您的先生，您的丈夫

説明 尊稱別人丈夫的用詞。

例句 ジョンさんの　奧さんや、花子さんの　ご主人が　来ました。
／約翰先生的太太以及花子小姐的先生都來了。

● 比較

おっと【夫】

名 丈夫

説明 男性配偶。稱呼自己或第三者的配偶，不能使用在説話對象的配偶上。

例句 日曜日は　夫と　ゴルフを　します。
／星期天和先生打高爾夫球。

☞ 哪裡不一樣呢？

- ご主人：稱呼別人的丈夫。
- 夫：稱呼自己的丈夫。

67　おくさん vs. かない

おくさん【奧さん】

名 太太，尊夫人

説明 對別人妻子的尊稱。

例句 奧さんと　けんかしますか。
／您和太太會吵架嗎？

比較

かない【家内】

名 內人，妻子

說明 女性配偶。用在對他人稱自己的妻子時。

例句 家内と 結婚して もう 30 年に なりました。
／與內人結婚已經有 30 年了。

☞ 哪裡不一樣呢？

- 奥さん：對別人妻子的稱呼。
- 家内：對自己妻子的稱呼。

68 じぶん vs. わたし

じぶん【自分】

名 自己，本人，自身；我

說明 本人，自己。具體地指自己的身體，也抽象地指自己的想法；也用在稱呼自己。

例句 あの 子は、たぶん 自分で できるでしょう。
／那個小孩大概是無師自通吧。

比較

わたし【私】

名 我

說明 説話人指自己的詞。自稱（第一人稱）的人稱代名詞。

例句 私は 電車で 雑誌を ちょっと 読んで、あとは 寝ています。
／我在電車上翻了一下雜誌，接下來一路睡到目的地。

☞ 哪裡不一樣呢？

- 自分：指自己的身體，也指想法；稱自己。
- 私：説話人自稱自己。

69 ひとり vs. ひとつき

ひとり【一人】

⟨名⟩ 一人；單獨一個人

説明 數人的數詞，指一個人；單身也叫「一人」。

例句 初めて 一人で 映画館に 行きました。
／第一次單獨一人去了電影院。

● 比較

ひとつき【一月】

⟨名⟩ 一個月

説明 表示三十天，一個月。

例句 この 店では 一月に 6000個の ケーキを 作って 売って
います。／這家店每個月製作六千個蛋糕販售。

☞ 哪裡不一樣呢？

- 一人：指一個人。
- 一月：指一個月。

70 ふたり vs. ひとり

ふたり【二人】

⟨名⟩ 兩個人，兩人

説明 兩個人。除了「ひとり」（一人）、「ふたり」（二人）之外，「三人」
以後算人時，都是數字再加「にん」。

例句 これから 二人は どこへ 行きますか。
／我們兩個等一下要不要出去逛逛呢？

● 比較

ひとり【一人】

⑧ 一人；單獨一個人

說明 數人的數詞，指一個人；單身也叫「一人」。

例句 私が 一人で 掃除するんですか。／就只有我一個人打掃嗎？

☞ 哪裡不一樣呢？

- 二人：指雙人。
- 一人：指單人。

---

71 みなさん vs. みんな

みなさん【皆さん】

⑧ 大家，各位

說明 向多數人招呼的詞。

例句 皆さんの 温かい 言葉を ありがとうございました。
／感謝大家給我溫暖的鼓勵。

● 比較

みんな

⑧ 大家，各位

說明 當「副詞」時，表示在那裡所有的全部。當「代名詞」的時候，是向多數人打招呼。

例句 男の子は、みんな 電車が 好きです。
／每個男孩子都喜歡電車。

☞ 哪裡不一樣呢？

- 皆さん：指多數人，且比「みんな」更為正式。
- みんな：指多數人或全部的意思。

72 いっしょ vs. おなじ

いっしょ【一緒】

名・自サ 一起；一樣

説明 指一起採取同樣的行動；也指相同沒有差別。

例句 あとで 一緒に 勉強しませんか。
／等一下要不要一起讀書？

● 比較

おなじ【同じ】

名・連體・副 相同的，同等的；同一個

説明 相比較的東西，在各方面完全沒有兩樣；或是兩樣東西同一種類，有共通的地方。

例句 姉は 松嶋菜々子と 同じぐらい きれいだ。
／我姊姊和松嶋菜菜子一樣漂亮。

☞ 哪裡不一樣呢？

- 一緒：指相互採取一樣的動作。
- 同じ：指事物相互比較下，幾乎一樣。

73 おおきい vs. おおぜい

おおきい【大きい】

形 巨大；廣大

説明 數量、體積、身高等的巨大；也指程度，範圍等的廣大。

例句 あの 窓の 大きい 建物は、学校です。
／那棟有著大窗戶的建築物是學校。

● 比較

おおぜい【大勢】

(名) 很多人，眾人

説明 表示大批的人，許多人。用在副詞時也指人數眾多。

例句 あそこに、人が　大勢　います。

／那邊人好多。

☞ 哪裡不一樣呢？

- **大きい**：用於數量、體積、身高、程度，表示巨大、廣大。
- **大勢**：用於人，表示人數眾多。

3 実力テスト

做對了，往 走，做錯了往 走。

次の文の（　　）には、どんな言葉が入りますか。1・2から最も適当なものを一つ選んでください。

實力測驗

Q 哪一個是正確的？
>> 答案在題目後面

1 ご（　　）に よろしくと 言って ください。
1. 両親 (りょうしん)
2. 親 (おや)

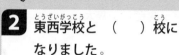

2 東西学校と （　　）校に なりました。(とうざいがっこう)(こう)
1. 兄弟 (きょうだい)
2. 姉妹 (しまい)

譯 請代向（令尊令堂）問安。
1. 両親：雙親
2. 親：父母

譯 本校和東西學校結為（姉妹）校了。
1. 兄弟：兄弟姉妹
2. 姉妹：姉妹

3 私の （　　）は 父と 母と 私の 3人です。(わたし)(ちち)(はは)(わたし)(さんにん)
1. 家族 (かぞく)
2. 結婚 (けっこん)

4 （　　）は いかがですか。
1. ご主人 (しゅじん)
2. 夫 (おっと)

譯 我（家人）包括爸爸、媽媽和我三個人。
1. 家族：家庭
2. 結婚：結婚

譯 （您先生）如何呢？
1. ご主人：您的丈夫
2. 夫：（稱呼自己的）丈夫

5 「奥さんは いらっしゃいますか。」(おく)
「（　　）は 今 出かけて います。」(いま)(で)
1. 奥さん (おく)
2. 家内 (かない)

譯 「請問尊夫人在家嗎？」
「（內人）現在出門了。」
1. 奥さん：尊夫人
2. 家内：內人

6 子どもたちは みんな （　　）の
家に 帰って いた。
1. 自分
2. 私

頑張ってね！！

譯 孩子們全都回去（自己）家了。
1. 自分：自己
2. 私：我

7 「旅行は （　　）で 行きますか。」
「いいえ、友だちと 行きます。」
1. 一月
2. 一人

譯 「你（一個人）旅行嗎？」
「不是，和朋友一起去。」
1. 一月：一個月
2. 一人：一個人

8 その ことは 私たち、（　　）で
話しましょう。
1. 二人
2. 一人

譯 關於那件事，我們（兩人）來談談吧。
1. 二人：兩個人
2. 一人：一個人

9 背広と シャツと セーター、
（　　） 買います。
1. 皆さん
2. みんな

譯 西裝、襯衫和毛衣我（全部）都要買。
1. 皆さん：各位
2. みんな：全部

10 上と （　　） 意味の 文を
選びなさい。
1. 一緒の
2. 同じ

譯 選出和上文（同樣）意思的句子。
1. 一緒の：一起的
2. 同じ：相同的

11 字を もう 少し （　　）
書きましょう。
1. 大きく
2. 大勢に

譯 把字稍微寫（大）一點吧。
1. 大きく：大
2. 大勢に：多

解說及答案

❶ 尊稱對方的父母，用「ご」再加上「両親」（りょうしん）表示令尊令堂之意；「親」（おや）（父母）前面沒有加「ご、お」的用法。不正確。

答案：1

❷ 姊妹校就是「姉妹校」（しまいこう）了。意思是國際交流締約學校，可以一起研究、討論，兩校如同姊妹般的融洽。

答案：2

❸ 從爸爸、媽媽和我三個人，知道答案是家族成員的「家族」（かぞく）（家庭）了。

答案：1

❹ 答案是尊稱別人丈夫的「ご主人」（しゅじん）（您的丈夫）；而「夫」（おっと）（丈夫）是稱呼自己的丈夫。不正確。

答案：1

❺ 對他人稱自己的妻子用「家内」（かない）（內人）；而「奥さん」（おく）（尊夫人）是對別人妻子的尊稱。不正確。

答案：2

❻ 從「家に帰っていた」（いえ、かえ）（回家了），再加上「帰る」（かえ）有回到自己的家的意思，知道答案是「自分」（じぶん）（自己）。小孩子回到自己的家。而不是「私の家」（わたし、いえ）（我的家）。

答案：1

❼ 從回答說「友だちと行きます」（とも、い）（和朋友一起去），再加上在某種狀態下做後項的助詞「で」，知道詢問的是你「一人」（ひとり）（一個人）去旅行嗎？而「一月」（ひとつき）（一個月）指一個月。不正確。

答案：2

❽ 從「私たち」（わたし）（我們）跟「で話しましょう」（はな）（來談談吧），知道答案是「二人」（ふたり）（兩個人）；而「一人」（ひとり）（一個人）指單人。不正確。

答案：1

❾ 全部都要買，那麼答案就是指全部意思的「みんな」（全部）了；而「皆さん」（みな）（各位）指多數人。不正確。

答案：2

❿ 答案是「同じ」（おな）（相同的），指事物相互比較下，幾乎一樣。也就是下文跟上文相互比較之後，選出一樣的；「一緒の」（いっしょ）（一起的）指相互採取一樣的動作。不正確。

答案：2

⓫ 從題目希望「字體寫大一些」，知道答案是表示數量、體積等的巨大的「大きい」（おお）（大）；而「大勢」（おおぜい）（多）用於人，表示人數眾多。不正確。

答案：1

人物的稱呼

74　あなた vs. きみ

あなた【貴方・貴女】

代 您；老公

說明　用在平輩和長輩，第二人稱「你」的尊稱；稱呼自己的丈夫也會用「あなた」（老公）。

例句　あなたは、どなたに 英語を 習いましたか？／你向誰學習英語的呢？

●比較

きみ【君】

代 你；主公

說明　對同輩以下的親密對稱，男性用語。也表示對主公或帝王等的敬稱。

例句　君は 目が 悪いから、前に 座りなさい。／你視力不佳，來前面坐。

☞ 哪裡不一樣呢？

- **あなた**：稱呼你（平輩以上）或自己丈夫。
- **君**：稱呼你（平輩以下）或主公。

75　おとな vs. こども

おとな【大人】

名 大人，成人

說明　已經成長了的成年人。又指具有充分的判斷能力，社會經驗，身心都成熟的人。

例句　子どもから 大人まで、たくさんの 人が 来ました。
／不分男女老幼，來了非常多人。

● 比較

こども【子ども】

名 子女；小孩

說明 自己的兒女。也指年紀小，還不被認為長大成人的人。

例句 子どもと 一緒に 歌を 歌う。／和小孩一起唱歌。

☞ 哪裡不一樣呢？

- 大人：已長大成人。
- 子ども：尚未長大成人。

---

76 がいこくじん vs. りゅうがくせい

がいこくじん【外国人】

名 外國人

說明 自己國家以外的人。

例句 マイケルさんは 外国人ですが、日本語が 上手です。
／邁克先生雖是外國人卻精通日語。

● 比較

りゅうがくせい【留学生】

名 留學生

說明 在國外念書為「留学」，在國外念書的學生為「留学生」。

例句 アメリカからも、留学生が 来て います。
／也有從美國來的留學生。

☞ 哪裡不一樣呢？

- 外国人：自己國家以外的人。
- 留学生：去外國學習的學生。

77　どなた vs. ともだち

どなた

代 哪位，誰

説明 詢問「您是誰」的詞。不定稱的人稱代名詞。「だれ」的敬稱。

例句 かばんの 忘れ物です。どなたのですか。／有人忘了提包。是誰的呢？

● 比較

ともだち【友達】

名 朋友，友人

説明 站在對等立場，親密相處的人。類似的説法有「友人」、「仲間」。

例句 明日、友達が 来ます。／明天朋友要來。

☞ 哪裡不一樣呢？

- どなた：詢問人的詞。
- 友達：關係較親密的人。

78　だれ vs. なかま

だれ【誰】

代 誰，哪位

説明 詢問人的詞。指不知姓名或不清楚的人。

例句 この 写真で 君の 後ろに 立って いる 人は 誰ですか。
／在這張照片中，站在你背後的人是誰呢？

● 比較

なかま【仲間】

名 朋友，伙伴，同夥，同伴

説明 在工作、學習或休閒娛樂上，齊心合力在一起做什麼的人。

例句 今夜、仕事の 仲間と 晩ご飯を 食べます。
／今晚要和工作上的朋友吃晚餐。

☞ 哪裡不一樣呢？

- **誰**：詢問人的詞。
- **仲間**：志同道合的人。

---

79 かた vs. ひと

かた【方】

ⓐ 位，人

說明 指「人」。對該人充滿尊敬心情時的敬稱。

例句 この　方は、田中先生です。
　　　／這一位是田中老師。

● 比較

ひと【人】

ⓐ 人，人類

說明 最高等的動物。智能高，使用語言，經營社會生活。

例句 あそこにも　人が　います。／那邊也有人。

☞ 哪裡不一樣呢？

- **方**：對人尊敬的稱呼。
- **人**：指人類。

---

80 さん vs. さま

さん

接尾 …先生，…小姐

說明 接在人名、職稱等之後，表示輕微的敬意或親近的意思。更尊敬的說法是「さま」。

例句 今日中に　花田さんに　電話を　して　ください
　　　／請在今天之內打電話給花田先生。

● 比較

さま

接尾 …先生，…女士

説明 接在人名等名詞後面表示敬意。説法比「さん」更尊敬。

例句 **中山さまの　部屋は、2階の　201号室です。**
／中山小姐的房間是二樓的 201 號房。

☞ **哪裡不一樣呢？**

- さん：尊稱人名、職業等。
- さま：對人名表示敬意。

81 がた vs. たち

がた【方】

接尾 …們，各位

説明 表示人的複數。前接人稱代名詞，表示對複數人的敬稱。

例句 **先生方の　話は　なかなか　終わりません。**
／老師們的致詞十分冗長。

● 比較

たち【達】

接尾 …們，…等

説明 表示人的複數。接在「私」、「あなた」等詞的後面，表示兩個人以上。

例句 **子どもたちに　明るい　学校を　作りましょう。**
／為孩子們打造一座充滿陽光的校園吧！

☞ **哪裡不一樣呢？**

- 方：對複數人的尊敬稱呼。
- たち：對複數人的一般稱呼。

実力テスト

做對了，往 😊 走，做錯了往 ❌ 走。

次の文の（　　）には、どんな言葉が入りますか。1・2から最も適当なものを一つ選んでください。

實力測驗
Q 哪一個是正確的？
>> 答案在題目後面

---

1 妻が 私を「（　　）」と 呼びます。
1. あなた
2. 君

譯　妻子稱呼我「（親愛的）」。
1. あなた：親愛的
2. 君：你

---

2 私は （　　）の とき 牛乳が 好きでは ありませんでした。
1. 大人
2. 子ども

譯　我從（小時候）就不喜歡喝牛奶。
1. 大人：成人
2. 子ども：小孩

---

3 外国の 学校に 行って 勉強する 学生は （　　）と いいます。
1. 外国人
2. 留学生

譯　去國外念書的學生稱為（留学生）。
1. 外国人：外國人
2. 留学生：留學生

---

4 彼と 会って すぐ （　　）に なりました。
1. どなた
2. 友だち

譯　我和他一見面就立刻結為（朋友）了。
1. どなた：哪位
2. 友だち：朋友

---

5 彼は 私の ゴルフ （　　）です。
1. 誰
2. 仲間

譯　他是我的高爾夫（伙伴）。
1. 誰：誰
2. 仲間：伙伴

6 都会は どこも （　　）で
いっぱいです。
1. 方
2. 人

頑張ってね！！

譯 都市裡到處都是（人）。
1. 方：位（「人」的敬稱）
2. 人：人

7 肉屋（　　）へ 電話して
牛肉を 頼みましょう。
1. さん
2. さま

8 子ども（　　）が 賑やかに
話して います。
1. 方
2. たち

譯 打電話向（肉鋪）訂了牛肉。
1. さん：…老闆，…店
2. さま：…先生，…小姐

譯 孩子（們）正在七嘴八舌地講話。
1. 方：…們
2. たち：…們

MEMO

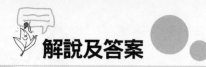 

❶ 答案是稱呼自己丈夫的「あなた」（親愛的）；而「君」（你）稱呼同輩以下的人。不正確。

答案：1

❷ 從表示時候的「とき」跟句尾表示過去的「でした」，知道不喜歡喝牛奶是以前的「子ども」（小孩）時期。

答案：2

❸ 答案是「留学生」（留學生），去外國學習的學生；而「外国人」（外國人）指自己國家以外的人。不正確。

答案：2

❹ 從一見面，再加上「になりました」（成為），知道答案是「友達」（朋友）了；而「どなた」（哪位）是詢問人的詞。不正確。

答案：2

❺ 答案是「仲間」（伙伴）。這裡表示打高爾夫這一休閒娛樂上，志同道合的朋友；「誰」（誰）是詢問人的詞。不正確。

答案：2

❻ 表示人很多用「人でいっぱい」，所以答案是「人」（人）；而「方」（位）是對人尊敬的稱呼。不正確。

答案：2

❼ 答案是接在職稱後表敬意的「さん」；而「さま」是對人名表示敬意。不正確。

答案：1

❽ 主詞是「子ども」（孩子），所以答案是對複數人一般稱呼的「たち」（們）；而「方」（們）是對複數人的尊敬稱呼。不正確。

答案：2

5 清新的大自然

82 うみ vs. そら

うみ【海】

名 海，海洋

說明 在地球的表面，被鹽水覆蓋著廣闊的部分。

例句 海に 遊びに 行きませんか？／要不要去海邊玩呢？

● 比較

そら【空】

名 天空；天氣

說明 頭上又高又寬廣的地方；有時也指天氣。

例句 空は まだ 明るいです。／天色還很亮。

☞ 哪裡不一樣呢？

- 海：存在於地表。
- 空：存在於地球周圍的廣大空間。

83 やま vs. しま

やま【山】

名 山；成堆如山

說明 比周圍地面顯著隆起的地方；又指堆得很高的東西。

例句 今朝は 向こうの 山が 白く なって いる。
／今天早上遠方那座山化為一片雪白。

しま【島】

名 島嶼

説明 海洋中的小塊陸地，周圍被海或湖等水域完全包圍的小塊陸地。

例句 向こうの　島が　遠くに　見えますが、船で　30 分ほどで
着きます。
／對面那座島看起來很遠，其實搭船只要三十分鐘就能抵達。

☞ 哪裡不一樣呢？

• 山：周圍地面顯著隆起的地方。
• 島：周圍環水的小塊陸地。

84　かわ vs. はし

かわ【川・河】

名 河川，河流

説明 從山裡流出，沿著地面的低窪處又繼續流，直到注入海裡的水流。

例句 子どもたちは　川で　楽しく　泳ぎました。
／孩子們那時在河裡游得很開心。

● 比較

はし【橋】

名 橋，橋樑；媒介

説明 為連接兩地，架設在河川、山谷、公路、鐵路上的建築物；又指居於
兩者之間，起媒介作用的某物。

例句 長い　橋を　渡って、静かな　村に　入ります。
／經過一道長橋，進入一座閑靜的村莊。

☞ 哪裡不一樣呢？

• 川・河：單指河川。
• 橋：架在河面上接通兩岸的建築物。

85 いわ vs. いし

いわ【岩】

名 岩石

說明 構成地殼的礦物的集合體。無法靠人力移動的巨大石塊。

例句 岩の 上に 鳥が います。
／岩石上歇著小鳥。

● 比較

いし【石】

名 石頭，岩石

說明 自然形成，存在於土中或地面上，比岩石小而且比沙子大的礦物質凝結物；也指寶石、鑽石。

例句 ヨーロッパでは 石の 橋が 多いです。
／歐洲那裡有許多石橋。

☞ 哪裡不一樣呢？

• 岩：體積較大。
• 石：體積較小。也指寶石。

86 き vs. は

き【木】

名 樹，樹木；木材

說明 生長在地面上，擁有終年不枯萎、木質堅硬的支幹的植物。也指木材。

例句 木の 上に 鳥が います。
／樹上有小鳥。

● 比較

は【葉】

名 葉，樹葉

說明 植物重要的器官之一。生於枝幹上，專營呼吸、蒸發等作用。

例句 庭の 木が たくさん 葉を つけました。
　　／庭院的樹木長滿了葉子。

☞ 哪裡不一樣呢？

- 木：指樹木。
- 葉：植物進行光合作用的主要場所。

---

87 たまご vs. とり

たまご【卵】

名 動物的卵；雞蛋

說明 卵生動物的蛋；又專門指母雞生的蛋。

例句 卵と 牛乳で プリンを 作ります。
　　／用雞蛋和牛奶做布丁。

● 比較

とり【鳥】

名 鳥，鳥類的總稱；雞肉

說明 全身都有毛，大部分都可以在空中飛，卵生動物。鳥類的總稱。禽類的肉，特別是指雞肉。

例句 公園に いろいろな 鳥が 遊びに 来ます。
　　／許多鳥兒飛來公園嬉戲玩耍。

☞ 哪裡不一樣呢？

- 卵：卵生動物的蛋。
- 鳥：鳥的總稱。

88　いぬ vs. ねこ

いぬ【犬】

名 狗

説明 自古以來，由人類飼養的用於看家、狩獵等的家畜，也當作寵物。也指被人差遣去做害人的事的走狗。叫聲為「汪」。

例句 ここに　犬が　2匹　います。／這裡有兩隻狗。

● 比較

ねこ【猫】

名 貓

説明 自古以來，由人類飼養、喜愛的動物。行動敏捷，會捉老鼠。叫聲為「喵」。

例句 猫が、なぜ　鳴いて　いるのでしょう。
　　　　／為什麼貓一直叫個不停呢？

☞ 哪裡不一樣呢？

- 犬：日文叫聲為「ワン」。
- 猫：日文叫聲為「ニャ」。

89　はな vs. かびん

はな【花】

名 花

説明 在植物的枝或莖的最頂端，定期開放的部位。通常由雄蕊、雌蕊、花冠、花萼構成。

例句 ここに　きれいな　花が　あります。
　　　　／這裡有美麗的花卉。

● 比較

かびん【花瓶】

<a>名</a> 花瓶

說明 瓶或罈形狀的插花容器。

例句 きれいな　花瓶ですね。どこで　買いましたか？

／這只花瓶真漂亮，在那裡買的呢？

☞ 哪裡不一樣呢？

• 花：單指花。
• 花瓶：指裝花的容器。

90　どうぶつ vs. もの

どうぶつ【動物】

<a>名</a>（生物兩大類之一的）動物

說明 把生物分成動植物兩大類中的一類。一般吃別的生物攝取營養，自己能活動，有感覺器官和神經。

例句 動物園には、ゾウや　ライオンや　トラが　います。

／動物園裡有大象、獅子和老虎。

● 比較

もの【物】

<a>名</a>（有形）物品，東西；（無形的）事物

說明 看得見摸得著，人的感覺能夠感知的有形物體；沒有形體，人所思考的東西。

例句 二人が　一番　ほしい　ものは　なんですか。

／你們兩個最想要的是什麼呢？

☞ 哪裡不一樣呢？

• 動物：有生命。
• もの：無生命。

次の文の（　）には、どんな言葉が入りますか。1・2から最も適当なものを一つ選んでください。

實力測驗

Q 哪一個是正確的？

>> 答案在題目後面

1 東の（　）が 明るく
なりました。
1. 海
2. 空

譯 東邊的（天空）開始發亮了。
1. 海：海洋
2. 空：天空

2 日本で 一番 有名な（　）は
富士山です。
1. 山
2. 島

譯 日本最知名的（山岳）是富士山。
1. 山：山岳
2. 島：島嶼

3 （　）の 中に 魚が 泳いで
います。
1. 川
2. 橋

譯 魚在（河）裡游著。
1. 川：河川
2. 橋：橋樑

4 「（　）の 上にも 三年」は、
有名 なことわざです。
1. 岩
2. 石

譯 「冰（石）坐上三年也會暖」是一句知名的諺語。
1. 岩：岩石
2. 石：石頭

5 （　）の 下で 音楽を
ききました。
1. 木
2. 葉

譯 在（樹）下聽了音樂。
1. 木：樹木
2. 葉：樹葉

頑張ってね！！

做對了，往 😄 走，做錯了往 ✖ 走。

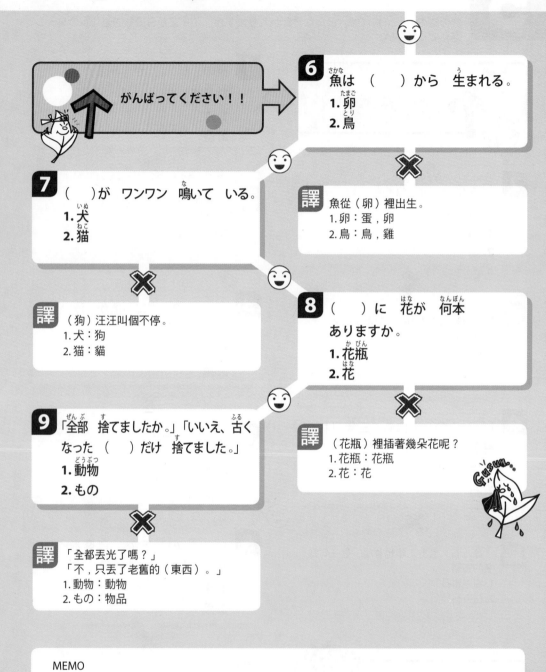

がんばってください！！

6 魚<ruby>魚<rt>さかな</rt></ruby>は　（　　）から　生<ruby><rt>う</rt></ruby>まれる。
1.<ruby>卵<rt>たまご</rt></ruby>
2.<ruby>鳥<rt>とり</rt></ruby>

譯 魚從（卵）裡出生。
1.卵：蛋，卵
2.鳥：鳥，雞

7 （　　）が　ワンワン　<ruby>鳴<rt>な</rt></ruby>いて　いる。
1.<ruby>犬<rt>いぬ</rt></ruby>
2.<ruby>猫<rt>ねこ</rt></ruby>

譯 （狗）汪汪叫個不停。
1.犬：狗
2.猫：貓

8 （　　）に　<ruby>花<rt>はな</rt></ruby>が　<ruby>何本<rt>なんぼん</rt></ruby>
ありますか。
1.<ruby>花瓶<rt>かびん</rt></ruby>
2.<ruby>花<rt>はな</rt></ruby>

譯 （花瓶）裡插著幾朵花呢？
1.花瓶：花瓶
2.花：花

9 「<ruby>全部<rt>ぜんぶ</rt></ruby>　<ruby>捨<rt>す</rt></ruby>てましたか。」「いいえ、<ruby>古<rt>ふる</rt></ruby>く
なった　（　　）だけ　<ruby>捨<rt>す</rt></ruby>てました。」
1.<ruby>動物<rt>どうぶつ</rt></ruby>
2.もの

譯 「全都丟光了嗎？」
「不，只丟了老舊的（東西）。」
1.動物：動物
2.もの：物品

MEMO

❶ 從表示陽光照充射分的「明るく」（發亮）來看，答案是「空」（天空）了；而「海」（海洋）的形容詞不用「明るい」。

答案：2

❷ 從後面的富士山知道答案是「山」（山岳）了。

答案：1

❸ 魚兒是在哪裡游著呢？答案當然是「川」（河川）了；而「橋」（橋樑）是架在河面上接通兩岸的建築物。不正確。

答案：1

❹ 「冰石坐上三年也會暖」是知名的諺語，答案是「石」。

答案：2

❺ 從表示動作進行的場所「で」，知道要問的是聽音樂的場所，答案是「木」（樹木）了；而「葉」（樹葉）是植物進行光合作用的主要場所。不正確。

答案：1

❻ 問魚是從哪裡出生，答案是卵生動物的蛋「卵」（蛋，卵）；而「鳥」（鳥，雞）是鳥的總稱。不正確。

答案：1

❼ 答案是叫聲「ワン」（汪）的「犬」（狗）；而「猫」（貓）的叫聲為「ニャ」（喵）。不正確。

答案：1

❽ 看到表示場所「に」（…裡），還有「插著幾朵花呢」，知道答案是裝花的容器「花瓶」（花瓶）；而「花」（花）單指花。不正確。

答案：1

❾ 會「古くなった」（變老舊的）只有無生命的「もの」（物品）；而「動物」（動物）是有生命的。不正確。

答案：2

季節氣象

91　はる vs. ふゆ

はる【春】

名 春天，春季

說明 冬季與夏季之間的氣候宜人的季節。

例句 春には あちらこちらで 綺麗な 花が 咲く。
／在春天，處處綻放美麗的花。

● 比較

ふゆ【冬】

名 冬天，冬季

說明 四季之一。秋季之後來臨的寒冷季節。

例句 今年の 冬は 一回 スキーに 行きました。
／今年冬天去滑過一次雪。

☞ 哪裡不一樣呢？

- **春**：溫暖的季節。
- **冬**：寒冷的季節。

92　なつ vs. なつやすみ

なつ【夏】

名 夏天，夏季

說明 四季之一。春秋之間的季節。通常指六、七、八三個月。

例句 この 森は、夏でも 涼しい。／這座森林在夏天也非常涼爽。

● 比較

なつやすみ【夏休み】

⒜ 暑假

説明 指夏季炎熱時期，學校等在一定期間停止上課。也指那一期間。

例句 「どんな　夏休みでしたか。」「楽しい　夏休みでした。」

／「暑假過得如何？」「這個暑假過得很愉快。」

☞ 哪裡不一樣呢？

- 夏：指夏季。
- 夏休み：指夏季放假期間。

93　あき vs. きせつ

あき【秋】

⒜ 秋天，秋季

説明 四季之一。夏季下一個季節，日本約在九月、十月、十一月左右。

例句 食べ物が　おいしい　秋が　来ました。

／又到了美食季節的秋天。

● 比較

きせつ【季節】

⒜ 季節

説明 一年中用氣候來區別各個時期。

例句 秋は　四つの　季節の　一つです。

／秋天是四季之一。

☞ 哪裡不一樣呢？

- 秋：指秋季。
- 季節：包含了四季。

94 かぜ vs. かぜ

かぜ【風】

名 風

説明 由於溫度或氣壓的關係而產生的大氣流。

例句 風は　どちらに　吹いて　いますか？
／風吹向哪一邊呢？

● 比較

かぜ【風邪】

名 感冒，傷風

説明 呼吸系統被病毒侵入，引起的疾病。伴隨頭痛、發燒、打噴嚏等症狀。

例句 風邪を　ひいて、学校を　休みました。
／染上感冒，向學校請假了。

☞ 哪裡不一樣呢？

- 風：指氣流。
- 風邪：指疾病。

95 あめ vs. ゆき

あめ【雨】

名 雨，下雨，雨天

説明 從雲層落下的水滴；下雨的天氣；像雨一樣落下的東西。

例句 明日は　雨が　降って、風も　強く　なります。
／明天不僅會下雨，也會颳起強風。

● 比較

ゆき【雪】

名 雪

說明 冬天從空中降落的白色冰冷結晶。大氣層中的水蒸氣，突然變冷形成冰晶顆粒，集中降落。

例句 山の 上は 雪が 降って、ちょっと 寒かったです。
／山上下了雪，變得有點冷。

☞ 哪裡不一樣呢？

- 雨：指雨。
- 雪：指雪。

96 てんき vs. はれる

てんき【天気】

名 天氣；晴天，好天氣

說明 晴雨、氣溫和風向等的氣象狀態；也有天氣晴朗的意思。

例句 今日は、天気が いいです。
／今天天氣很好。

● 比較

はれる【晴れる】

自下一（天氣）晴，放晴

說明 雨雪已停，或雲霧消失，露出晴朗的天空。

例句 月が 出て います。明日は 晴れるでしょう。
／月亮出來了，明天應該會放晴吧。

☞ 哪裡不一樣呢？

- 天気：指氣象狀態；也指天氣晴朗。
- 晴れる：指氣象狀態晴朗。

97　あつい vs. あたたかい

あつい【暑い】

㊝ 熱的，酷熱的

說明　氣溫高到使人不舒服，並冒汗的程度。相反詞是「寒<ruby>寒<rt>さむ</rt></ruby>い」。用在指氣溫時，一般寫作「暑い」而不是「熱い」喔！

例句　<ruby>日本<rt>にほん</rt></ruby>の　<ruby>夏<rt>なつ</rt></ruby>は　<ruby>台湾<rt>たいわん</rt></ruby>と　<ruby>同<rt>おな</rt></ruby>じぐらい　<ruby>暑<rt>あつ</rt></ruby>いです。
　　　／日本的夏天和台灣一樣熱。

● 比較

あたたかい【暖かい】

㊝ 溫暖的；溫和的

說明　氣溫不冷不熱，感覺舒適；又指東西的溫度不涼，溫和。

例句　<ruby>昨日<rt>きのう</rt></ruby>は　いい　<ruby>天気<rt>てんき</rt></ruby>だったから、<ruby>暖<rt>あたた</rt></ruby>かかったでしょう。
　　　／昨天天氣很好，一定很溫暖吧？

☞ **哪裡不一樣呢？**

- <ruby>暑<rt>あつ</rt></ruby>い：炎熱，不舒服。
- <ruby>暖<rt>あたた</rt></ruby>かい：溫暖，舒服。

98　さむい vs. すずしい

さむい【寒い】

㊝（天氣）寒冷

說明　表示氣溫非常低；又指氣溫低於限度，而使全身感到又冷又不舒服的樣子。

例句　<ruby>中<rt>なか</rt></ruby>は　<ruby>暖<rt>あたた</rt></ruby>かいが、<ruby>外<rt>そと</rt></ruby>は　<ruby>寒<rt>さむ</rt></ruby>い。／裡面很溫暖，但是外面很冷。

● 比較

すずしい【涼しい】

形 涼爽，涼爽

説明 不會悶熱，氣溫適度的低並有涼爽的快感。有時是氣溫雖不低，但因風的影響，也使人感到涼快的狀態。

例句 北海道の 夏は 涼しいです。
／北海道的夏天很涼爽。

☞ 哪裡不一樣呢？

- 寒い：指寒冷。
- 涼しい：指涼爽。

---

99 くもる vs. くも

くもる【曇る】

自五 變陰

説明 天空被雲彩遮蔽，天氣不明朗，快要變天的狀態。

例句 空が 曇って、雨が 降って 来ました。
／天空陰陰的，下起雨來了。

● 比較

くも【雲】

名 雲，雲彩

説明 像棉花一般漂浮在空中，位置和形狀容易變化的東西。空氣中的水蒸氣遇冷就會產生凝聚在一起的水滴或冰晶，這就是雲了。

例句 厚い 雲で 月と 星が 見えない。
／厚重的雲層擋住了月亮和星星。

☞ 哪裡不一樣呢？

- 曇る：指雲的狀態。
- 雲：單指雲。

6 実力テスト

做對了，往 😃 走，做錯了往 ✖ 走。

次の文の（　）には、どんな言葉が入りますか。1・2から最も適当なものを一つ選んでください。

實力測驗

Q 哪一個是正確的？
>> 答案在題目後面

---

1 （　）が 来た。スキーに 行こう。
1. 春
2. 冬

譯 （冬天）來了！我們去滑雪吧！
1. 春：春天
2. 冬：冬天

---

2 暑い（　）から だんだん 涼しい 秋に なります。
1. 夏
2. 夏休み

譯 從炎熱的（夏天）逐漸轉為涼爽的秋天。
1. 夏：夏天
2. 夏休み：暑假

---

3 春は 四つの（　）の 一つです。
1. 秋
2. 季節

譯 春天是四個（季節）其中之一。
1. 秋：秋天
2. 季節：季節

---

4 夕べは（　）が 強く 吹いて いました。
1. 風
2. 風邪

譯 昨天晚上颳起了（大風）。
1. 風：風
2. 風邪：感冒

---

5 （　）が 静かに 降って、街が 白く なった。
1. 雨
2. 雪

譯 （雪）靜靜地飄下，街道成了一片白。
1. 雨：雨
2. 雪：雪

6 いい （ ）ですから、庭_{にわ}で
食_たべましょう。
1. 天気_{てんき}
2. 晴れ_は

頑張ってね！！

譯 （天氣）這麼好，我們在院子裡吃吧。
1.天気：天氣
2.晴れ：放晴

7 布団_{ふとん}が （ ）て 気持ち_{きも} いい。
1. 暑く_{あつ}
2. 暖かく_{あたた}

譯 棉被（暖呼呼的），睡起來很舒服。
1.暑く：酷熱的
2.暖かく：溫暖的

8 雪_{ゆき}が 降って_ふ （ ）から、あつい
コーヒーを 飲みました_の。
1. 寒かった_{さむ}
2. 涼しかった_{すず}

譯 下雪後（變得很冷），所以喝了熱咖啡。
1.寒かった：冷的
2.涼しかった：涼爽的

9 昼間_{ひるま}は （ ） いて 寒かった_{さむ}
です。
1. 曇って_{くも}
2. 雲_{くも}

譯 白天（陰陰的），好冷。
1.曇って：變陰
2.雲：雲

MEMO

107

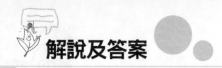

❶ 看到「スキーに行こう」（我們去滑雪吧），
知道答案是「冬」（冬天）。

答案：2

❷ 看到「～から～になります」（從…轉為）
知道答案要的是季節的「夏」（夏天）；
而「夏休み」（暑假）指夏季放假期間。
不正確。

答案：1

❸ 從「四つの」（四個）跟「の一つ」（之一）
知道答案是，一年中用氣候來區別各個時
期的「季節」（季節）。

答案：2

❹ 從表示空氣流動的「吹いて」（颳起），知
道答案是指氣流「風」（風）；而「風邪」（感
冒）指疾病。不正確。

答案：1

❺ 從「街が白くなった」（街道成了一片白），
知道降下的是「雪」（雪）。

答案：2

❻ 好天氣用「いい天気」。而「晴れ」本身
就是「いい天気」的意思了，所以不用「い
い晴れ」這樣的表現方式。

答案：1

❼ 從「気持ちいい」（很舒服），知道答案是
溫暖而舒服的「暖かい」（溫暖的）；而
「暑い」（酷熱的）是炎熱，不舒服。不
正確。

答案：2

❽ 從「雪が降って」（下雪後），知道接下來
答案是表示氣溫非常低，身體感到又冷又
不舒服的「寒い」（冷的）；而「涼しい」（涼
爽的）指氣溫適度的低、並有涼爽的快感。
不正確。

答案：1

❾ 看到「寒かったです」（好冷），知道答案
是表示天氣狀態的「曇る」（變陰）；而
「雲」（雲）單指雲。不正確。

答案：1

身邊的物品

100 かばん vs. さいふ

かばん【鞄】

名 皮包，提包，書包

說明 用來裝物品或書籍等，用手提著，方便攜帶的東西。用皮革、布、塑膠等製成。

例句 教科書は　かばんに　入れましたか。／把課本放進提包裡面了嗎？

●比較

さいふ【財布】

名 錢包

說明 用布或皮革製成的，用來放錢財，方便攜帶在身上的東西。

例句 財布を　持って　くるのを　忘れました。／忘記帶錢包來了。

☞ 哪裡不一樣呢？

- かばん：用來裝物品等。
- 財布：多用來裝錢。

101 ぼうし vs. めがね

ぼうし【帽子】

名 帽子

說明 為了禦寒暑或裝飾，戴在頭上的物品。

例句 日が　強いから、帽子を　かぶって　出かけましょう。
　　　／豔陽高照，戴上帽子出門吧。

めがね【眼鏡】

名 眼鏡

説明 裝有鏡片，矯正視力並保護眼睛的器具。

例句 めがねが　汚れて、お風呂の　洗剤で　洗います。
　　／眼鏡很髒，所以用刷浴室的清潔劑搓洗。

☞ 哪裡不一樣呢？

- 帽子：戴在頭上。
- めがね：戴在臉上。

---

102 ネクタイ vs. ハンカチ

ネクタイ【necktie】

名 領帶

説明 穿西服時，繫在脖子上做裝飾用的細長帶。

例句 楽しい　日は　明るい　ネクタイを　します。
　　／在歡樂的日子繫上亮色系的領帶。

● 比較

ハンカチ【handkerchief】

名 手帕

説明 擦去汗水或污垢的四角形的布。

例句 どこへ　行っても　ハンカチを　持って　います。
　　／不管去哪裡都會帶著手帕。

☞ 哪裡不一樣呢？

- ネクタイ：裝飾品。
- ハンカチ：清潔衛生用品。

103 たばこ vs. はいざら

たばこ【煙草】

⒜ 香菸

説明 在旱田種植的一年生草本植物。夏天開淡紅色花。橢圓形的大葉子含有尼古丁。

例句 彼女（かのじょ）が　きらいな　人（ひと）は、たばこを　吸（す）う　人（ひと）です。
／她討厭的是抽菸的人。

● 比較

はいざら【灰皿】

⒜ 菸灰缸

説明 裝菸灰或菸蒂的東西。

例句 お父（とう）さんは　灰皿（はいざら）を　持（も）って、たばこを　吸（す）って　います。
／爸爸端著菸灰缸正在抽菸。

☞ 哪裡不一樣呢？

- たばこ：指香菸。
- 灰皿（はいざら）：裝菸灰的容器。

104 マッチ vs. ライター

マッチ【match】

⒜ 火柴；火材盒

説明 大約5公分的細長木頭，一端抹上可以點燃的藥，一擦就能發火的用品；也指裝這種用品的盒子。

例句 マッチで　火（ひ）を　つけて　タバコを　吸（す）う。
／以火柴點菸抽。

ライター【lighter】

② 打火機

説明 內裝瓦斯、酒精或汽油，用來點火的器具。

例句 「すみません。ライターを お持ちですか。」「はい、どうぞ。」
／「不好意思，請問您有打火機嗎？」「有，請用。」

☞ **哪裡不一樣呢？**

- マッチ：一端有易燃混合物的木製點火用品。
- ライター：有燃料的點火用品。

105 スリッパ vs. スカート

スリッパ【slipper】

② 室內拖鞋

説明 家中穿的西式室內鞋。

例句 家の 中では、スリッパを はきます。
／在家裡時穿拖鞋。

スカート【skirt】

② 裙子

説明 裹住自腰以下部分的女性服裝。

例句 スカートを 短く しました。
／把裙子改短了。

☞ **哪裡不一樣呢？**

- スリッパ：室內鞋。
- スカート：女性下半身服裝。

106 くつ vs. くつした

くつ【靴】

名 鞋子

説明 用皮革、塑膠、布、木頭等製成的，把腳伸進去穿著走路的穿著物。

例句 足に あった 靴を 履いた ほうが いいよ。

／還是穿合腳的鞋子比較好喔。

● 比較

くつした【靴下】

名 襪子

説明 穿鞋時或冷時，直接穿在腳上的東西。有禦寒和保護的作用。

例句 靴下や ハンカチなどを 洗濯しました。

／洗了襪子和手帕之類的衣物。

☞ 哪裡不一樣呢？

• 靴：走路時穿的東西。
• 靴下：穿於腳上的筒狀紡織品。

107 にもつ vs. はこ

にもつ【荷物】

名 行李，貨物

説明 為了便於攜帶、搬運或郵寄某處，而整理在一起的物品。

例句 あしたの 午後 6時すぎに 荷物を 届けて ほしい。

／希望物品能在明天下午六點過後送達。

はこ 【箱】

(名) 盒子，箱子，匣子

說明 用紙、木頭或金屬等，製成的四方形裝東西的器具。

例句 きれいな 紙^{かみ}で 箱^{はこ}を 作^{つく}ります。／用漂亮的紙做成盒子。

☞ **哪裡不一樣呢？**

- **荷物**^{にもつ}：為了運送而整理的物品。
- **箱**^{はこ}：用來裝物品。

次の文の（　　）には、どんな言葉が入りますか。1・2から最も適当なものを一つ選んでください。

實力測驗

Q 哪一個是正確的？

>> 答案在題目後面

---

1 （　　）から 本や めがねを 出しました。

1. かばん
2. 財布

譯 從（提包）裡拿出了書和眼鏡。
1. かばん：提包
2. 財布：錢包

---

2 字が 小さいから、（　　）を かけて 読みます。

1. 帽子
2. めがね

譯 由於字體很小，所以戴上（眼鏡）閱讀。
1. 帽子：帽子
2. めがね：眼鏡

---

3 背広を 着て （　　）を しめて 会社へ 行きます。

1. ネクタイ
2. ハンカチ

譯 穿好西裝，打上（領帶），往公司出發。
1. ネクタイ：領帶
2. ハンカチ：手帕

---

4 父は 今日（　　）を 10本 吸いました。

1. たばこ
2. 灰皿

譯 爸爸今天抽了十支（菸）。
1. たばこ：香菸
2. 灰皿：菸灰缸

---

5 （　　）を 擦って、火を つけた。

1. マッチ
2. ライター

譯 擦（火柴）將火點燃。
1. マッチ：火柴
2. ライター：打火機

 頑張ってね！！

做對了，往 😃 走，做錯了往 ✖ 走。

がんばってください！！

6 今日（きょう）は　デパートで　（　　）、セーターなどの　洋服（ようふく）を　買（か）いました。
1. スカート　　2. スリッパ

7 この（　　）は　薄（うす）いですが、丈夫（じょうぶ）です。
1. 靴（くつ）
2. 靴下（くつした）

譯　今天在百貨公司買了（裙子）和毛衣等衣服。
1. スカート：裙子
2. スリッパ：室內拖鞋

譯　這雙（襪子）雖然輕薄，但很耐穿。
1. 靴：鞋子
2. 靴下：襪子

8 トマト　一（ひと）（　　）2000円（にせんえん）です。
1. 荷物（にもつ）
2. 箱（はこ）

譯　蕃茄每（箱）兩千圓。
1. 荷物：行李
2. 箱：箱子

MEMO

解說及答案

❶ 正確答案的「かばん」（提包）可以用來裝書和眼鏡等各種物品；而「財布」（錢包）大多用來裝錢。不正確。

答案：1

❷ 從「かけて読みます」（戴上閱讀），知道戴的是「めがね」（眼鏡）；「帽子」（帽子）是戴在頭上，遮陽保暖用的。動詞用「かぶる」（戴上）。不正確。

答案：2

❸ 從動詞「しめて」（打上）知道答案是「ネクタイ」（領帶）；「ハンカチ」（手帕）是清潔衛生用品。不正確。

答案：1

❹ 從「10本吸いました」（抽了十支）知道答案是「たばこ」（香菸）；「灰皿」（菸灰缸）是裝菸灰的容器。不正確。

答案：1

❺ 「マッチ」（火柴）的動詞是「擦る」（擦）；而「ライター」（打火機）的動詞用「つける」（點燃）。不正確。

答案：1

❻ 屬於「洋服」（衣服）的是答案「スカート」（裙子）；而「スリッパ」（室內拖鞋）。不正確。

答案：1

❼ 符合「薄い」（輕薄）跟「丈夫」（耐穿）這兩條件的是答案的「靴下」（襪子）。

答案：2

❽ 計算「トマト」（蕃茄）的量詞是答案的「箱」（箱子）；而「荷物」（行李）是為了運送而整理的物品。不正確。

答案：2

衣服

108 セーター vs. せびろ

セーター【sweater】

（名）毛衣

說明 用毛線織的上衣。

例句 太郎ちゃんは、黒い　セーターと　白い　ズボンを　はいて
います。／太郎小弟弟穿著黑毛衣和白褲子。

● 比較

せびろ【背広】

（名）（男子穿的）西裝

說明 男人穿的西裝，用同樣衣料做的上衣和褲子。正規的帶背心。

例句 背広を　着て、仕事に　行きます。／穿上西裝去工作。

☞ 哪裡不一樣呢？

- セーター：衣料為毛線的上衣。
- 背広：男性的西裝，包括上衣和褲子。

109 コート vs. ワイシャツ

コート【coat】

（名）外套，大衣

說明 為了防寒或遮雨，在西服或和服外面穿的衣服。

例句 丈夫な　コートを　買いました。／買了一件耐穿的外套。

● 比較

ワイシャツ【white shirt】

㊂ 襯衫

説明 在西服上衣之下穿的長袖襯衫，多為男用。

例句 寒かったので　ワイシャツの　上に　セータを　着た。
／因為很冷，所以在襯衫外面加了毛衣。

☞ 哪裡不一樣呢？

- **コート**：指為了防寒或遮雨的衣服。
- **ワイシャツ**：多為男性用襯衫。

110 ふく vs. ポケット

ふく【服】

㊂ 衣服，西服

説明 遮蓋身體的衣物。也專指非貼身衣物，穿在外面的服裝。

例句 綺麗な　服を　着て、パーティーに　出ます。
／穿上漂亮的衣服參加酒會。

● 比較

ポケット【pocket】

㊂ 口袋，衣袋

説明 縫在洋服或褲子上，用來裝錢或小東西的地方。

例句 この　ポケットが　丸い　かばんは　どうですか。
／這一只有圓形口袋的提包您喜歡嗎？

☞ 哪裡不一樣呢？

- **服**：外出穿的衣服。
- **ポケット**：縫在衣物上用來裝東西的袋形部分。

111 うわぎ vs. シャツ

うわぎ【上着】

⑧ 上衣；外衣

說明 西服中，穿在內衣外面的上衣；或穿在最外面的衣服。

例句 上着を 脱いで、入ります。
／脱去上衣後進來。

● 比較

シャツ【shirt】

⑧ 襯衫

說明 上半身穿的西式衣類。又指「ワイシャツ」、「Ｔシャツ」。

例句 ポケットが ついた 白い シャツが ほしいです。
／我想要一件附口袋的白襯衫。

☞ 哪裡不一樣呢？

- 上着：指上半身或最外面的衣物。
- シャツ：指上半身穿的西式衣物。

112 ようふく vs. ボタン

ようふく【洋服】

⑧ 西服，西裝

說明 西褲和裙子等從西洋傳來的服裝。相反詞是「和服」。

例句 私は この 洋服に 合う 帽子が ほしい。
／我想要能搭配這件西服的帽子。

● 比較

ボタン【(葡)botão ／ button】

② 釦子，鈕釦；按鍵

説明 釘在衣服的接合處，扣在另一側的小孔裡，接合兩個分離的部分的東西；又指機器等的按鈕。

例句 こう　やって、ボタンを　押して　ください。初めは　4、それから　1、6です。

／請依照這種方式按下按鈕。首先按4，接著是1和6。

☞ 哪裡不一樣呢？

• 洋服：西式的衣服。

• ボタン：用於扣住衣服。

113　ズボン vs. サンダル

ズボン【(法) jupon】

② 西裝褲，褲子

説明 西服中穿在下半身的，從跨下分成兩叉，一隻腳穿一邊的服裝。

例句 ズボンは　長い　ほうが　1万円で、短い　ほうが　5000円です。

／這些褲子，長的是一萬圓，短的是五千圓。

● 比較

サンダル【sandal】

② 涼鞋

説明 鞋子的一種。用帶子或皮帶繫在腳上或套在腳上穿的透氣休閒鞋。一般是在夏天穿的。

例句 女の　子の　サンダルは　どこで　売って　いますか。

／請問哪裡有賣女童的涼鞋？

☞ 哪裡不一樣呢？

• ズボン：下半身服裝。

• サンダル：室外鞋。

2 実力テスト

做對了，往 😊 走，做錯了往 ✖ 走。

次の文の（　）には、どんな言葉が入りますか。1・2から最も適当なものを一つ
選んでください。

實力測驗

Q 哪一個是正確的？
>> 答案在題目後面

---

1 （　）の ズボンだけを 買い
たいですが、できますか。
1. セーター
2. 背広（せびろ）

譯 只想買（西裝）的褲子，可以嗎？
1. セーター：毛衣
2. 背広：西裝

---

2 もう 春（はる）だ。（　）は いらな
いね。
1. ワイシャツ
2. コート

譯 春天已經來臨，不必穿（大衣）了唷。
1. ワイシャツ：襯衫
2. コート：大衣

---

3 日本（にほん）の （　）が きれいで
よく 着（き）ます。
1. 服（ふく）
2. ポケット

譯 日本的（服裝）很漂亮，我經常穿。
1. 服：衣服
2. ポケット：口袋

---

4 外（そと）は 寒（さむ）いから、（　）を 着（き）て
いきなさい。
1. 上着（うわぎ）
2. シャツ

譯 外面冷，你要穿（外套）再出門。
1. 上着：外套
2. シャツ：襯衫

---

5 電気（でんき）を 消（け）す ときは、この
（　）を 押（お）して ください。
1. ようふく
2. ボタン

譯 關燈時請按這個（按鈕）。
1. ようふく：西服
2. ボタン：按鈕

---

6 あそこの 靴屋（くつや）さんは 安（やす）い
（　）を 売（う）って います。
1. ズボン
2. サンダル

譯 那裡的鞋店販賣便宜的（涼鞋）。
1. ズボン：褲子
2. サンダル：涼鞋

解說及答案

❶ 答案是「背広」（西裝），男性的西裝，包括用同樣衣料做的上衣和褲子；而「セーター」（毛衣）是衣料為毛線的上衣。不正確。

答案：2

❷ 春天已到，什麼不必穿了呢？答案是為了防寒的「コート」（大衣）；而「ワイシャツ」（襯衫）多指男性用襯衫。不正確。

答案：2

❸ 符合「着ます」（穿）這一條件的是答案的「服」（衣服）；而「ポケット」（口袋）是縫在衣物上用來裝東西的袋形部分。不正確。

答案：1

❹ 由於「外は寒いから」（外面冷），知道要穿的是答案的防寒用的「上着」（外衣）；而「シャツ」（襯衫）指上半身穿的西式襯衫。不正確。

答案：1

❺ 從「押して」（按下）這個動詞，就可以找出答案是「ボタン」（按鈕）了；而「洋服」（西服）是西式的衣服。不正確。

答案：2

❻ 從「靴屋さん」（鞋店）知道販賣的是「サンダル」（涼鞋），室外鞋；而「ズボン」（褲子）一般不在鞋店販售。不正確。

答案：2

123

3

食物（一）

114 ごはん vs. パン

ごはん【ご飯】

名 米飯；飯食，吃飯

說明 多指用大米、麥子等煮或蒸成的飯。「めし」的鄭重說法；也指進食。「食事（しょくじ）」是指每日的早、午、晚三餐。

例句 一日（いちにち）に　三回（さんかい）、ご飯（はん）を　食（た）べる。／每天吃三餐。

●比較

パン【（葡）pão】

名 麵包

說明 在小麥裡加上酵母和食鹽等，用水和好發酵後，烤製的食品。

例句 パンと　卵（たまご）を　食（た）べました。／吃了麵包和雞蛋。

☞ 哪裡不一樣呢？

- ご飯（はん）：指小麥等糧食。
- パン：指小麥等加工食品。

115 あさごはん vs. とりにく

あさごはん【朝ご飯】

名 早餐，早飯

說明 早餐，比「朝食（ちょうしょく）」更口語的說法。

例句 朝（あさ）ご飯（はん）を　食（た）べました。／吃過早飯了。

比較

とりにく【鶏肉・鳥肉】

名 雞肉，鳥肉

説明 漢字寫「鳥肉」，但意思不僅指「鳥肉」，也特別是指「雞肉」喔！

例句 主人<ruby>主人<rt>しゅじん</rt></ruby>は、<ruby>鳥肉<rt>とりにく</rt></ruby>が　<ruby>好<rt>す</rt></ruby>きです。
／我先生喜歡吃雞肉。

☞ 哪裡不一樣呢？

- <ruby>朝<rt>あさ</rt></ruby>ご<ruby>飯<rt>はん</rt></ruby>：「早餐」的口語說法。
- <ruby>鳥肉<rt>とりにく</rt></ruby>：指雞肉。

---

116 ひるごはん vs. りょうり

ひるごはん【昼ご飯】

名 午餐

説明 午餐。比較有禮貌的說法。

例句 <ruby>昼<rt>ひる</rt></ruby>ご<ruby>飯<rt>はん</rt></ruby>は　<ruby>食<rt>た</rt></ruby>べましたか？　まだですか？
／午餐吃了嗎？或是還沒吃？

比較

りょうり【料理】

名・自他サ 菜餚；做菜

説明 做好的飯菜；也指切原料或加熱等料理的動作。

例句 <ruby>私<rt>わたし</rt></ruby>は　<ruby>日本<rt>にほん</rt></ruby>へ　<ruby>日本料理<rt>にほんりょうり</rt></ruby>の　<ruby>勉強<rt>べんきょう</rt></ruby>に　<ruby>来<rt>き</rt></ruby>ました。
／我來到日本是為了學習日本料理。

☞ 哪裡不一樣呢？

- <ruby>昼<rt>ひる</rt></ruby>ご<ruby>飯<rt>はん</rt></ruby>：指午餐。
- <ruby>料理<rt>りょうり</rt></ruby>：指完成的飯菜。

ばんごはん vs. ちょうしょく

ばんごはん【晩ご飯】

名 晩餐

說明 晚上吃的飯。比「晩飯」說法還要有禮貌。

例句 家族みんなで ワイワイ 食べる 晩ご飯が おいしい。
／全家人熱熱鬧鬧一起吃的晚飯顯得格外美味。

●比較

ちょうしょく【朝食】

名 早餐

說明 早上吃的飯。說法比「朝ご飯」更正式。

例句 朝食の 前に、いつも 犬の 散歩を します。
／一向在吃早餐前帶狗去散步。

☞ 哪裡不一樣呢？

- 晩ご飯：指晚餐。
- 朝食：「早餐」的正式說法。

にく vs. ゆうはん

にく【肉】

名 肉

說明 指人的食物之一。一般指牛、豬、雞等的肉；又指在人或獸類身上，包著骨頭的部分。

例句 今日は、肉が 食べたいです。
／今天想吃肉。

ゆうはん【夕飯】

名 晚飯

說明 晚上吃的飯。

例句 夕飯を 作って、夫の 帰りを 待って います。
／做好晚飯等先生回來。

☞ 哪裡不一樣呢？

• 肉：指肉類。
• 夕飯：指在晚上用餐。
---

119 たべもの vs. のみもの

たべもの【食べ物】

名 食物，吃的東西

說明 給人或動物食用的各式各樣的食物。

例句 私の 好きな 食べ物は、バナナです。
／我喜歡的食物是香蕉。

比較

のみもの【飲み物】

名 飲料，喝的東西

說明 像茶、咖啡、可樂、果汁、酒等供潤喉或品味的飲料。

例句 女の人が 飲み物を 頼んで います。
／那個女人正在點飲料。

☞ 哪裡不一樣呢？

• 食べ物：固體。
• 飲み物：液體。

120　おかし vs. おべんとう

おかし【お菓子】

名 點心，糕點

說明 「菓子」的美化語。指吃點心或與茶一起拿給客人的食物。多製成甜的。

例句 あなたは、お菓子しか　食べないの？／你只吃餅乾糖果嗎？

● 比較

おべんとう【お弁当】

名 便當

說明 為了在別處食用而裝入容器便於攜帶的食物。也指餐廳或食堂供應的餐盒。

例句 昼ご飯は　いつも　コンビニの　お弁当です。
／我總是以便利商店的盒餐打發午飯。

☞ 哪裡不一樣呢？

- お菓子：當點心。
- お弁当：當正餐。

121　しょくどう vs. おてあらい

しょくどう【食堂】

名 食堂，飯館

說明 進餐的地方。又指共用各種餐飲的地方。

例句 大学の　食堂は　味が　よくて、値段も　安い。
／大學附設餐廳的餐點不但好吃，價錢也很便宜。

● 比較

おてあらい【お手洗い】

⊛ 廁所，洗手間

説明 「手洗い」原本是指洗手時用的水或容器。「お手洗い」是廁所的婉轉説法。

例句 お手洗いは、どちらに ありますか？
／請問洗手間在哪裡呢？

☞ 哪裡不一樣呢？

* 食堂：各式料理的餐廳。
* お手洗い：廁所的婉轉説法。

---

122 かいもの vs. かう

かいもの【買い物】

⊛ 購物；要買的東西

説明 指買東西；也指購買的東西。

例句 デパートに 買い物に 行く。／去百貨公司購物。

● 比較

かう【買う】

⊛他五 購買

説明 支付金錢，把物品或權利變成為自己的。相反詞是「売る」（賣）。

例句 服を 買う お金は ありますが、本を 買う お金は ない。
／有錢買衣服卻沒錢買書。

☞ 哪裡不一樣呢？

* 買い物：指買的動作。
* 買う：指買的行為、過程。

パーティー vs. かい

パーティー【party】

(名)（社交性的）晚會，宴會，舞會

說明 對某一值得高興的事進行慶賀，並一邊進食一邊聊天的社交性集會。

例句 **パーティーは にぎやかで、楽しいです。**
／宴會既熱鬧又開心。

● 比較

かい【会】

(名) 會議，集會

說明 指一些人以共同的目的聚集於某處；也指為了特殊目的或同好而組成
的小組。如「俳句の会」（俳句會）。

例句 **面白いから、この 会に 入りたいです。**
／因為覺得很有意思，所以想加入這個協會。

☞ 哪裡不一樣呢？

• **パーティー**：慶祝的聚會。
• **会**：商討的聚會。

実力テスト

做對了，往 走，做錯了往 走。

次の文の（　）には、どんな言葉が入りますか。1・2から最も適当なものを一つ
選んでください。

實力測驗

Q 哪一個是正確的？

>> 答案在題目後面

---

1 今朝は　忙しいですから、朝
（　）を　食べる　時間が
ありませんでした。
1. ご飯　　**2.** パン

譯 我忙得連吃早（飯）的時間都沒有。
1. ご飯：飯食
2. パン：麵包

---

2 （　）は　柔らかくて　おいしい。
1. 鳥肉
2. 朝ご飯

 譯 （雞肉）十分軟嫩，很好吃。
1. 鳥肉：雞肉
2. 朝ご飯：早餐

---

3 姉は　（　）が　とても　上手です。
1. 昼ご飯
2. 料理

譯 姐姐非常會（煮菜）。
1. 昼ご飯：午餐
2. 料理：煮菜

---

4 よる　7時ごろ、（　）を　食べ
ます。
1. 晩ご飯
2. 朝食

 譯 晚上七點左右吃（晚飯）。
1. 晩ご飯：晚餐
2. 朝食：早餐

---

5 今日の　（　）は　何に　しま
しょうか。
1. 肉
2. 夕飯

譯 今天的（晚飯）要吃什麼呢。
1. 肉：肉
2. 夕飯：晚飯

頑張ってね！！

做對了，往 😊 走，做錯了往 ❌ 走。

がんばってください！！

6 ビールなど 冷たい （　）が
ほしいです。
1. 食べ物
2. 飲み物

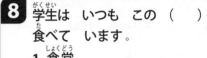

譯 我想喝啤酒之類冰涼的（飲料）。
1. 食べ物：食物
2. 飲み物：飲料

7 牛乳と 砂糖が ありますから、
（　）を 作りませんか。
1. お菓子
2. お弁当

譯 既然有牛奶和砂糖，要不要做（點心）呢？
1. お菓子：點心
2. お弁当：便當

8 学生は いつも この （　）で
食べて います。
1. 食堂
2. お手洗い

譯 學生總是在這家（餐館）吃飯。
1. 食堂：餐館
2. お手洗い：洗手間

9 日曜日 デパートで （　）を
しました。
1. 買い物
2. 買う

譯 星期天到百貨公司（購物）了。
1. 買い物：買東西
2. 買う：購買

10 日曜日、先生の 読書（　）
に 出ます。
1. パーティー
2. 会

譯 星期天要出席老師的讀書（會）。
1. パーティー：宴會
2. 会：集會

バンザーイ!!

解說及答案

❶ 表示早餐用「朝ご飯」,答案是「ご飯」(飯食)。

　　　　　　　　　　　　　　　　　　答案:1

❷ 從「柔らかくて」(軟嫩)知道答案是「鳥肉」(雞肉);「朝ご飯」(早餐)是「早餐」的口語說法。不正確。

　　　　　　　　　　　　　　　　　　答案:1

❸ 從「上手」(會煮)知道答案是「料理」(烹飪);「昼ご飯」(午餐)指午餐。不正確。

　　　　　　　　　　　　　　　　　　答案:2

❹ 從「よる7時」(晚上七點)知道吃的是「晩ご飯」(晚餐);而「朝食」是「早餐」的意思。不正確。

　　　　　　　　　　　　　　　　　　答案:1

❺ 「何にしましょうか」問的是要吃什麼?答案是「夕飯」(晚飯);「肉」(肉)指肉類。不正確。

　　　　　　　　　　　　　　　　　　答案:2

❻ 看到「ビール」(啤酒),那麼答案就是液體的「飲み物」(飲料)了;而「食べ物」(食物)是食用的各式各樣的固體食物。不正確。

　　　　　　　　　　　　　　　　　　答案:2

❼ 從有「牛乳と砂糖」這些材料來看,知道要做的是答案的點心「お菓子」(糕點)了;而「お弁当」(便當)當正餐。不正確。

　　　　　　　　　　　　　　　　　　答案:1

❽ 從「食べて」(吃)這個動詞知道,場所是答案的「食堂」(餐館);而「お手洗い」(洗手間)是廁所的婉轉說法。不正確。

　　　　　　　　　　　　　　　　　　答案:1

❾ 「をしました」前面要接名詞,因此答案是「買い物」(買東西);而「買う」(購買)是動詞,指買的行為、過程。不正確。

　　　　　　　　　　　　　　　　　　答案:1

❿ 讀書會就是「読書会」,答案是研究、商討的聚會「会」(集會);而「パーティー」(宴會)是慶祝的聚會。不正確。

　　　　　　　　　　　　　　　　　　答案:2

食物（二）

124 さとう vs. コーヒー

さとう【砂糖】

名 砂糖

說明 白糖。由甘蔗或甜菜製成的甜味調味料。按精製方法分為白糖、紅糖、冰糖、砂糖。

例句 コーヒーに 砂糖を 入れます。／在咖啡裡加砂糖。

● 比較

コーヒー【（荷）koffie】

名 咖啡

說明 炒過的咖啡豆抹成粉後，加入熱水有苦味的飲物。

例句 あそこの スタバで コーヒーを のみませんか。
／要不要在那邊的星巴克一起喝杯咖啡呢？

☞ 哪裡不一樣呢？

- 砂糖：白色，甜味，可加在咖啡裡。
- コーヒー：咖啡色，苦味。

125 ぎゅうにゅう vs. バター

ぎゅうにゅう【牛乳】

名 牛奶

說明 做飲料用的牛的乳汁。

例句 朝ご飯は 牛乳だけ 飲みました。／早餐只喝了牛奶。

● 比較

バター【butter】

名 奶油，黃油

説明 是由牛奶通過攪拌提煉而製成的乳製品。主要成份是脂肪。奶油可以塗抹在麵包上食用，也可以用在烹飪中。

例句 パンに バターを 塗って 食べるのが 好きです。
　　／我喜歡把奶油塗在麵包上吃。

☞ 哪裡不一樣呢？

- 牛乳（ぎゅうにゅう）：指牛奶。
- バター：指奶油。

126　おさけ vs. みず

おさけ【お酒】

名 酒；清酒

説明 含酒精成分的飲料的總稱。也專指日本酒。「酒（さけ）」的鄭重説法。

例句 お祖父（じい）さんは、お酒（さけ）が 大好きです。
　　／爺爺最喜歡喝酒了。

● 比較

みず【水】

名 水，冷水

説明 自然存在的無色、無味、透明而涼的液體。攝氏 0 度結冰，100 度沸騰。生活中不可或缺的東西。

例句 きれいで 冷（つめ）たい 水（みず）が 飲（の）みたいです。
　　／我想喝純淨的冰水。

☞ 哪裡不一樣呢？

- お酒（さけ）：有酒精。
- 水（みず）：無酒精。

127 ぎゅうにく vs. しょうゆ

ぎゅうにく【牛肉】

名 牛肉

說明 「牛」的肉。

例句 その 牛肉は 100グラム いくらですか？
／那種牛肉每一百公克多少錢呢？

比較

しょうゆ【醬油】

名 醬油

說明 給食物添加風味，廣泛地使用在日本、台灣、中國等地，用大豆、小麥、食鹽餐酵母素製成的調味料。

例句 まず 砂糖を 入れて、次に 醬油を 入れます。
／一開始先加砂糖，接著倒入醬油。

☞ 哪裡不一樣呢？

* 牛肉：來自牛。
* 醬油：東方的調味料。

128 ぶたにく vs. ソース

ぶたにく【豚肉】

名 豬肉

說明 豬的肉。

例句 「豚肉か 牛肉か どちらに しますか。」「豚肉が いいですね。」
／「豬肉和牛肉要哪一種？」「我覺得豬肉比較好喔。」

● 比較

ソース【sauce】

㊟ 醬汁，醬料

說明 西洋的液體調味料。

例句 この ソースは ちょっと 変な 味が します。
／這個醬汁的味道有點奇特。

☞ 哪裡不一樣呢？

- 豚肉：來自豬。
- ソース：西方的調味料。

129 おちゃ vs. しお

おちゃ【お茶】

㊟ 茶，茶葉；茶道

說明 「茶」的美化說法；也有茶道的意思。

例句 桜子さん、ちょっと、お茶を 飲んでから 帰りませんか。
／櫻子小姐，要不要先喝杯茶再回家呢？

● 比較

しお【塩】

㊟ 鹽，食鹽

說明 為了給食物添加鹹味，使用的最基本的調味料。從海水提取或用岩鹽
精製，白色粒狀。

例句 あまり 塩を 入れないで ください。
／請不要加太多鹽。

☞ 哪裡不一樣呢？

- お茶：當作飲品。
- 塩：當作調味料。

くだもの【果物】

名 水果

說明 可食用的，水分較多的植物果實。如「リンゴ」（蘋果）、「みかん」（柑橘）、「バナナ」（香蕉）等。

例句 野菜と　果物を　たくさん　食べましょう。
／要大量食用蔬菜和水果喔。

● 比較

やさい【野菜】

名 蔬菜，青菜

說明 可以做菜吃的草本植物。如「キャベツ」（高麗菜）、「にんじん」（紅蘿蔔）、「ねぎ」（蔥）等。

例句 野菜では、何が　好きですか？
／你喜歡哪一種蔬菜呢？

☞ 哪裡不一樣呢？

- **果物**：富含水分的果實。
- **野菜**：可食用的植物。

実力テスト　做對了，往 😊 走，做錯了往 ✖ 走。

次の文の（　　）には、どんな言葉が入りますか。
1・2から最も適当なものを一つ選んでください。

 實力測驗　Q 哪一個是正確的？
>> 答案在題目後面

1 （　　）を　飲みに　いきませんか。
1. 砂糖
2. コーヒー

譯　要不要跟我去喝（咖啡）呢？
1. 砂糖：砂糖
2. コーヒー：咖啡

2 「この　（　　）は　冷たくて
おいしいですよ。飲んで　ください。」
1. 牛乳　　2. バター

譯　「這瓶（牛奶）冰冰涼涼的很好喝喔！
請喝喝看。」
1. 牛乳：牛奶
2. バター：奶油

3 プールの　（　　）が　冷たいから、
泳げません。
1. お酒
2. 水

譯　泳池的（水）太冷了，沒辦法游泳。
1. お酒：酒
2. 水：水

4 茶碗に　（　　）2杯を　入れました。
1. 牛肉
2. 醤油

譯　在碗裡加了兩匙（醤油）。
1. 牛肉：牛肉
2. 醤油：醤油

5 野菜を　切ります。それから
（　　）を　焼きます。
1. ソース
2. 豚肉

譯　先切蔬菜，然後烤（豬肉）。
1. ソース：醬汁
2. 豚肉：豬肉

6 （　　）に　砂糖を　入れますか。
1. お茶
2. 塩

譯　你的（茶）要不要加糖呢？
1. お茶：茶
2. 塩：鹽

7 リンゴや　みかんなどの　（　　）は
三つ　200円です。
1. 果物
2. 野菜

譯　蘋果和橘子之類的（水果）三顆兩百圓。
1. 果物：水果
2. 野菜：蔬菜

 バンザーイ!!　がんばってください！！

139

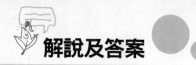

❶ 邀約喝什麼呢？答案是「コーヒー」（咖啡）；而「砂糖」（砂糖）指白色、味道甜的調味料，可加在咖啡裡。不正確。

答案：2

❷ 從後面的動詞「飲んで」（喝），知道要喝的是答案的「牛乳」（牛奶）；而「バター」（奶油）的動詞一般用「つける」（抹上）。不正確。

答案：1

❸ 「プール」（泳池）裡，當然就是答案的「水」（水）了；而「お酒」是酒。不正確。

答案：2

❹ 從「2杯」（兩匙）這一條件知道，要加的是答案的「醤油」（醬油）；而不是「牛肉」（牛肉）。

答案：2

❺ 後面的動詞是「焼きます」，所以答案是「豚肉」（豬肉）；而「ソース」（醬汁）是西方的調味料，動詞用「かける」（淋上）。不正確。

答案：2

❻ 從「砂糖を入れます」這一條件知道答案是飲品的「お茶」（茶）；「塩」（鹽）是調味料。不正確。

答案：1

❼ 「リンゴやみかん」（蘋果和橘子）屬於「果物」（水果），這就是答案了；而「野菜」（蔬菜）為做菜吃的草本植物。不正確。

答案：1

器皿跟調味料

131　おさら vs. スプーン

おさら【お皿】

名 盤子

說明　「皿」的美化説法。盛食物等淺而平的食器。

例句　フォークと　ナイフの　間に　お皿を　並べました。
／在刀叉之間擺了盤子。

● 比較

スプーン【spoon】

名 湯匙

說明　吃飯、甜點或喝湯時使用的餐具。

例句　スプーンを　10本ぐらい　持って　きて　ください。
／請拿大約十支湯匙過來。

☞ 哪裡不一樣呢？

- **お皿**：碗型淺而平的食器。
- **スプーン**：舀湯的餐具。

132　ナイフ vs. フォーク

ナイフ【knife】

名 刀子，餐刀

說明　指用來切東西的小工具；又指進餐時用來切肉的西式餐具。

例句　肉を　ナイフで　小さく　切りました。／用刀子把肉切成了小塊。

フォーク【fork】

名 叉子，餐叉

説明 在西餐中，用來切割時按住食物，或叉取送入嘴裡時使用的餐具。

例句 フォークと　ナイフを　テーブルに　並べて　ください。
　　　／請幫忙把刀叉擺到桌上。

☞ 哪裡不一樣呢？

- ナイフ：切割的餐具。
- フォーク：進食的餐具。

133 はし vs. ちゃわん

はし【箸】

名 筷子，箸

説明 夾取食物的成對的兩根細棍子。

例句 ご飯は　箸で　食べますが、すしは　手で　食べます。
　　　／吃米飯時會用筷子，但吃壽司時是直接伸手拿取。

比較

ちゃわん【茶碗】

名 碗，茶杯，飯碗

説明 倒茶或盛飯用半球形的食用器具。材料是陶瓷器或合成樹脂。

例句 どれが　あなたの　茶碗ですか？／哪一個是你的碗呢？

☞ 哪裡不一樣呢？

- 箸：夾取食物用的餐具。
- 茶碗：盛裝飲食的器皿。

134 グラス vs. クラス

グラス【glass】

名 玻璃杯；玻璃

說明 玻璃製的杯子；也指透明、脆硬的材料的玻璃。

例句 ワイングラスで ワインを 飲む。／用紅酒杯喝紅酒。

● 比較

クラス【class】

名 （學校的）班級；階級

說明 英文的 class，指學校的班級；或是指按照差異制定出的級別。

例句 うちの クラスに 有名な 人の 子どもが います。
／我們班上有知名人士的孩子。

☞ 哪裡不一樣呢？

- グラス：有濁音。玻璃。
- クラス：無濁音。班級。

135 カップ vs. コップ

カップ【cup】

名 杯子；（有把）茶杯；量杯

說明 有把手的西洋容器，如茶杯；烹飪中，計量液體或粉類的容器。

例句 彼女は もう カップ 3杯の コーヒーを 飲んで います。
／她已經喝下整整三杯咖啡了。

コップ【(荷) kop】

ⓝ 杯子，玻璃杯

說明 用玻璃、壓克力、金屬等製作的圓筒形，用來喝水、酒等的器具。另外，「カップ」是有把手的茶杯。

例句 コップで、水を 飲む。
／用玻璃杯喝水。

☞ 哪裡不一樣呢？

- **カップ**：有把手。
- **コップ**：沒把手。

做對了，往 走，做錯了往 走。

次の文の（　）には、どんな言葉が入りますか。1・2から最も適当なものを一つ選んでください。

實力測驗

Q 哪一個是正確的？

>> 答案在題目後面

1 （　）で スープを 飲^のみます。

1. お皿^{さら}

2. スプーン

用（湯匙）舀湯喝。
1. お皿：盤子
2. スプーン：湯匙

2 新郎新婦^{しんろうしんぷ}が ケーキに （　）を 入^いれた。

1. ナイフ

2. フォーク

新郎新娘把（刀子）切入蛋糕中。
1. ナイフ：刀子
2. フォーク：叉子

3 テーブルの 上^{うえ}に お（　）が 一本^{いっぽん}しか ない。

1. 茶碗^{ちゃわん}

2. 箸^{はし}

桌子上只有一根（筷子）。
1. 茶碗：碗
2. 箸：筷子

4 君^{きみ}の （　）に 生徒^{せいと}が 何人^{なんにん}いますか。

1. グラス

2. クラス

你的（班級）有幾個學生呢？
1. グラス：玻璃杯
2. クラス：班級

5 今日^{きょう}は コーヒー（　）を 二^{ふた}つ 買^かいました。

1. カップ

2. コップ

今天買了兩個咖啡（杯）。
1. カップ：（有把）茶杯，杯子
2. コップ：玻璃杯

頑張ってね！！

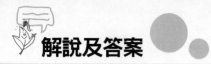

❶ 從「スープを飲みます」，知道答案是喝湯的
餐具的「スプーン」（湯匙）；而「お皿」（盤
子）指盛食物等淺而平的食器。不正確。

答案：2

❷ 用來切蛋糕的是切割用的餐具「ナイフ」
（刀子）；而「フォーク」（叉子）是食
用的餐具。不正確。

答案：1

❸ 看到數細長東西的量詞「一本」，知道答案
是「箸」（筷子）；而「茶碗」（碗）是
倒茶或盛飯用半球形的食用器具。不正確。

答案：2

❹ 從「生徒」這一線索知道，答案是指學校
班級的「クラス」；「グラス」（玻璃杯）
是玻璃製的杯子。不正確。

答案：2

❺ 咖啡杯就是「コーヒーカップ」。答案是
有把手的杯子「カップ」（杯子）；而「コ
ップ」（玻璃杯）是玻璃製，用來喝水、
酒等的器具，沒把手。不正確。

答案：1

住家

136 たてもの vs. いえ

たてもの【建物】

③ 建築物，房屋

| 說明 | 為了使人居住或工作，還有放東西而建造的人工建物。使用的建材一般有木頭、石頭、和鋼筋水泥。 |

| 例句 | 駅の 前の 大きい 建物は 分かりますか。
／你知道車站前面那棟大樓嗎？ |

● 比較

いえ【家】

③ 房子，房屋；（自己的）家

| 說明 | 供人居住的建築物；也指自己的家。「うち」和「いえ」相比，前者強調「我所在的地方」。 |

| 例句 | 早く 結婚して 自分の 家を 持ちたいです。
／我想要早點結婚，擁有自己的房子。 |

☞ 哪裡不一樣呢？

- **建物**：指建築物本身。
- **家**：除指建築物還有自己家的意思。

いえ vs. うち

いえ【家】

名 房子，房屋；（自己的）家

説明 供人居住的建築物；也指自己的家。「うち」和「いえ」相比，前者強調「我所在的地方」。

例句 私の 家には 広い 庭が あります。／我家有個大院子。

● 比較
_____

うち【家】

名 自己的家裡（庭）；房屋

説明 自己的家。自己的家屬；也指居住的房子。説法比「いえ」更有親切感。

例句 うちの 子が いなく なりました。／我的小孩不見了！

☞ 哪裡不一樣呢？

- 家：指實體居住的房子。不指心理上的家。
- 家：指心理上的家。也指居住的房子。

にわ vs. こうえん

にわ【庭】

名 庭院，院子

説明 在住宅等的用地中，沒蓋房屋的部分。多用來栽植樹木花草。

例句 花が 咲いて、庭が きれいに なりました。／花朵綻放，庭院變美了。

● 比較
_____

こうえん【公園】

名 公園

説明 為了許多人休息、娛樂而建造的庭院式的地方。

例句 公園で テニスを します。／在公園裡打網球。

☞ 哪裡不一樣呢？

- 庭（にわ）：圍牆內屋前空地，種植植物的地方。
- 公園（こうえん）：休息、玩樂的地方。

139　かぎ vs. ドア

かぎ【鍵】

名 鑰匙；關鍵

說明 開鎖或上鎖的器具；也指解決某項事物的最重要因素。

例句 ドアに　鍵（かぎ）を　かけましたか？
　　／門鎖好了嗎？

●比較

ドア【door】

名（西式的）門；（任何出入口）門

說明 西式的門扉。一般指前後開關的門；也指任何出入口的門。

例句 ドアを　開（あ）けて、外（そと）に　出（で）ます。／開門外出。

☞ 哪裡不一樣呢？

- 鍵（かぎ）：門上的器具。
- ドア：單指門。

140　プール vs. いけ

プール【pool】

名 游泳池

說明 用來游泳，四周用混凝土澆灌建造的游泳池。

例句 金曜日（きんようび）と　土曜日（どようび）は　たいてい　プールで　泳（およ）ぎます。
　　／星期五和星期六我多半都在泳池游泳。

いけ【池】

② 池塘；（庭院中的）水池

説明 窪地積水的地方；有自然形成的和庭院等人工修的。

例句 朝は　公園の　池の　まわりを　散歩します。
　　　／早上在公園的池畔散步。

☞ 哪裡不一樣呢？

- プール：人工造的游泳池。
- 池：自然形成或人工修的水池。

141　アパート vs. エレベーター

アパート【apartment house 之略】

② 公寓

説明 內部間格成好多個單獨房間的建築物。在日本，一般指租金比較便宜的木造房子。

例句 もう　少し　安い　アパートも　ありますが、古いですよ。
　　　／雖然有比較便宜的公寓，不過是老房子喔。

エレベーター【elevator】

② 電梯，升降機

説明 利用動力把人或貨物上下載運的裝置。升降電梯；如果是自動升降的階梯式裝置，就叫「エスカレーター」（電扶梯）。

例句 駅には　エレベーターが　あります。
　　　／車站裡有電梯。

☞ 哪裡不一樣呢？

- アパート：一棟建築物有多個單獨房間。
- エレベーター：指上下的裝置。

142　と vs. もん

と【戸】

㊜（大多指左右拉開的）門，大門；窗戶

說明　安裝在建築物的出入口，能夠開關的板狀物。一般指左右開啟的門；又指房屋為了通風透光而裝置的窗戶。

例句　暗<small>くら</small>く　なったので、戸<small>と</small>を　しめました。

　　　／因為已經天黑，所以把門關上了。

● 比較

もん【門】

㊜ 門，大門

說明　家或建築物最外面的入口。

例句　学生<small>がくせい</small>たちが、学校<small>がっこう</small>の　門<small>もん</small>の　前<small>まえ</small>に　集<small>あつ</small>まりました。

　　　／學生們已經在校門口集合了。

☞ **哪裡不一樣呢？**

- 戸<small>と</small>：指左右開啟的門。
- 門<small>もん</small>：指大門。

143　いりぐち vs. げんかん

いりぐち【入り口】

㊜ 入口，門口

說明　建築物、車站等由該處可以進入的地方。相反詞是「出口<small>でぐち</small>」。

例句　トイレの　入<small>い</small>り口<small>ぐち</small>は　どれですか？

　　　／請問哪一個是廁所的入口呢？

げんかん【玄関】

名（建築物的）正門，前門，玄關

說明 在住宅的正面，用來進出的出入口。

例句 私が　玄関まで　出て　友だちを　迎えた。
／我甚至到玄關迎接了朋友們。

☞ 哪裡不一樣呢？

- 入り口：指進入建築物的場所。
- 玄関：指建築物、住宅的前門。

---

144 ところ vs. とき

ところ【所】

名（所在的）地方，地點；事物存在的場所

說明 東西所在的地方。做什麼事情的場所；又指人所在的地方、家、商店或公司等。

例句 どこか、おもしろい　ところへ　行きませんか？
／要不要找個有意思的地方玩一玩呢？

● 比較

とき【時】

名（某個）時候

說明 表示時期、時候；也表示某個特定的時刻。

例句 わたしは、新聞を　読む　ときに、めがねを　かけます。
／我看報紙時要戴眼鏡。

☞ 哪裡不一樣呢？

- ところ：指地方。
- とき：指時候。

実力テスト

做對了，往 走，做錯了往 走。

次の文の（　　）には、どんな言葉が入りますか。1・2から最も適当なものを一つ選んでください。

實力測驗

Q 哪一個是正確的？
>> 答案在題目後面

1
「あの（　　）は　何ですか。」
「あれは　大使館です。」
1. 建物
2. 家

譯
「那棟（建築物）是什麼呢？」
「那是大使館。」
1. 建物：建築物
2. 家：家

2
私の（　　）は　4人家族です。
1. 家
2. 家

譯
我（家）共有四個人。
1. うち：自己的家裡（庭）
2. いえ：房子，房屋

3
毎朝　近くの（　　）まで　散歩に
行きます。
1. 庭
2. 公園

譯
每天早上都到附近的（公園）散步。
1. 庭：院子
2. 公園：公園

4
（　　）が　なくて　家に　入れない。
1. 鍵
2. ドア

譯
我沒有（鑰匙）而無法進入家門。
1. 鍵：鑰匙
2. ドア：門

5
学校では　体育で（　　）の
授業が　はじまって　いる。
1. プール
2. 池

譯
學校已經開始在（游泳池）上體育課了。
1. プール：游泳池
2. 池：池塘

頑張ってね！！

做對了，往 😃 走，做錯了往 ✖ 走。

がんばってください！！

6 子どもの ごろ、この 近くの
（　　）に 住んで いた。
1. アパート
2. エレベーター

译 我小時候住在這附近的（公寓）。
1. アパート：公寓
2. エレベーター：電梯

7 本棚の （　　）が あかない。
1. 戸
2. 門

译 書櫃的（門片）打不開。
1. 戸：門片
2. 門：門

8 山下公園の （　　）は どこ
ですか。
1. 入り口
2. 玄関

译 山下公園的（入口）在哪裡呢？
1. 入り口：入口
2. 玄関：玄關

9 自分の 住んで いる （　　）を
片仮名で 書いて ください。
1. ところ
2. とき

译 請以片假名寫下自己住的（地方）。
1. ところ：（所在的）地方
2. とき：（某個）時候

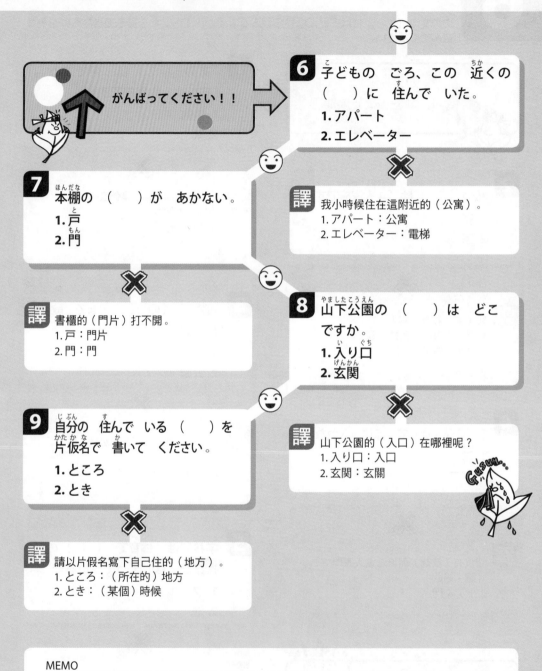

MEMO

❶ 從「あれは大使館<ruby>大使館<rt>たいしかん</rt></ruby>です」（那是大使館）這一線索，知道詢問的是「<ruby>建物<rt>たてもの</rt></ruby>」（建築物）。

　　　　　　　　　　　　答案：1

❷ 答案是「<ruby>家<rt>うち</rt></ruby>」（自己的家裡）。指心理上的家。也指居住的房子；「<ruby>家<rt>いえ</rt></ruby>」（房子，房屋）指實體居住的房子。不指心理上的家。不正確。

　　　　　　　　　　　　答案：1

❸ 從「<ruby>近<rt>ちか</rt></ruby>く」（附近）跟「<ruby>散歩<rt>さんぽ</rt></ruby>」（散步）這兩個線索，知道答案是「<ruby>公園<rt>こうえん</rt></ruby>」（公園）；而「<ruby>庭<rt>にわ</rt></ruby>」（院子）是一般住宅內種植植物的庭院。不正確。

　　　　　　　　　　　　答案：2

❹ 沒有什麼，就無法進入家門呢？答案是「<ruby>鍵<rt>かぎ</rt></ruby>」（鑰匙）了；而「ドア」（門），一般住家不可能沒門。不正確。

　　　　　　　　　　　　答案：1

❺ 從「<ruby>体育<rt>たいいく</rt></ruby>」（體育課）跟「<ruby>授業<rt>じゅぎょう</rt></ruby>」（上課）這兩線索，知道答案是「プール」（游泳池）。

　　　　　　　　　　　　答案：1

❻ 從「<ruby>住<rt>す</rt></ruby>んで」（居住），知道答案是「アパート」（公寓）；而「エレベーター」（電梯）是指升降電梯。不正確。

　　　　　　　　　　　　答案：1

❼ 「<ruby>本棚<rt>ほんだな</rt></ruby>」（書櫃）的門片用「<ruby>戸<rt>と</rt></ruby>」；而「<ruby>門<rt>もん</rt></ruby>」（門）是指大門。不正確。

　　　　　　　　　　　　答案：1

❽ 從「<ruby>山下公園<rt>やましたこうえん</rt></ruby>」（山下公園）知道，答案是進入特定場所，如建築物及車站等的「<ruby>入<rt>い</rt></ruby>り<ruby>口<rt>ぐち</rt></ruby>」（入口）；而「<ruby>玄関<rt>げんかん</rt></ruby>」（玄關）指在住宅的正面，用來進出的出入口。不正確。

　　　　　　　　　　　　答案：1

❾ 從「<ruby>住<rt>す</rt></ruby>んでいる」（現住），知道答案是指人所在的家「ところ」（地方）；而「とき」（時候）指時期。不正確。

　　　　　　　　　　　　答案：1

7 居家設備

145 つくえ vs. テーブル

つくえ【机】

名 桌子，書桌

説明 讀書、學習或工作時使用的台子。要注意喔！「机」主要是用在讀書或工作的時候喔！

例句 男の子は 机で 勉強を して います。
／男孩坐在桌前用功。

● 比較

テーブル【table】

名 桌子；餐桌，桌子

説明 桌腳較高，沒有抽屜的西式桌子；一般是指用於進餐或開會的桌子。

例句 隣の テーブルの 料理は おいしそう。／鄰桌的菜品看起來真好吃。

☞ 哪裡不一樣呢？

- 机：有抽屜，用於讀書和工作。
- テーブル：無抽屜，用於進餐或開會。

146 いす vs. せき

いす【椅子】

名 椅子

説明 用來坐著的家具。廣泛地使用在日常會話中。

例句 あちらに 椅子を 持って いきます。／把椅子搬去那裡。

● 比較

せき【席】

名 席，坐墊；席位，座位

說明 為了讓人坐而設置的位子或椅子；特別是特定的人坐的位子或椅子。

例句 あなたの 席は 何番ですか。
／你的座位是幾號呢？

☞ 哪裡不一樣呢？

• 椅子：指坐的家具。
• 席：指為了坐而存在的物品或場所。

---

147 だいどころ vs. へや

だいどころ【台所】

名 廚房

說明 在家裡做食物的地方。類似詞有「キッチン」（來自英文的 kitchen）。

例句 台所で 料理を 作ります。
／在廚房做菜。

● 比較

へや【部屋】

名 房間，屋子，…室

說明 把房子用牆或隔扇隔開，供人起居的空間。

例句 この 部屋は 明るくて、静かです。
／這個房間明亮又安靜。

☞ 哪裡不一樣呢？

• 台所：指做料理的地方。
• 部屋：指居住的空間。

まど【窓】

图 窗戶

說明 為了採光、換氣或展望等，在牆壁或天花板上所設的開口。

例句 地震で 窓の ガラスが 割れました。
／地震造成了窗玻璃破裂。

● 比較

と【戶】

图（大多指左右拉開的）門，大門；窗戶

說明 安裝在建築物的出入口，能夠開關的板狀物。一般指左右開啟的門；
又指房屋為了通風透光所設的開口。

例句 戸が 壊れて、開かない。
／門壞了，打不開。

☞ 哪裡不一樣呢？

- 窓：指窗戶。
- 戸：可左右開啟的門。

ベッド【bed】

图 床，床舖

說明 用來睡覺的台子。廣泛地使用在日常會話中。

例句 本を 読んで から、ベッドに 入ります。
／先讀書之後才上床。

● 比較

ほんだな【本棚】

⒜ 書架，書櫃，書櫥

説明 擺書的架子。

例句 本棚に 厚い 辞書が たくさん 並んで います。
／書架上擺著很多本厚重的辭典。

☞ 哪裡不一樣呢？

- ベッド：用來睡覺的家具。
- 本棚：用來放書的家具。

---

150 シャワー vs. ふろ

シャワー【shower】

⒜ 淋浴

説明 把水噴澆在身上的洗澡方式。

例句 スポーツの あとで、シャワーを 浴びます。
／運動之後沖了澡。

● 比較

ふろ【風呂】

⒜ 浴缸，澡盆；洗澡；洗澡熱水

説明 進入熱水中用來讓身體暖和；或表示淋浴的設備；也指其熱水。

例句 風呂に 入った あとで、ビールを 飲みます。
／洗完澡以後喝啤酒。

☞ 哪裡不一樣呢？

- シャワー：沖澡。
- 風呂：泡澡。

151 トイレ vs. レストラン

トイレ【toilet】

(名) 廁所，洗手間，盥洗室

説明 「トイレット」的簡稱。廁所。

例句 トイレに 行きたい 人は、この 休み時間に 行って きて
ください。／想上廁所的人請利用這段休息時間去一趟。

● 比較

レストラン【(法) restaurant】

(名) 西餐廳

説明 原本是指吃歐洲料理的西餐廳。現在也指西洋料理以外，供應各式各
樣餐點、飲料的店。

例句 どの レストランで、食事を しますか？
／要在哪一家餐廳吃飯呢？

☞ 哪裡不一樣呢？

- トイレ：廁所。
- レストラン：餐廳。

152 かいだん vs. マンション

かいだん【階段】

(名) 樓梯，階梯，台階

説明 連接高低不平的地方，形成階梯形的通路。也就是在建築物裡，上上
下下的地方。

例句 神社の 階段を のぼって お参りを しました。
／爬上階梯去參拜神社了。

● 比較

マンション【mansion】

图 大廈，高級公寓

說明 公寓式住宅的一種。中高層的共同住宅。比「アパート」（公寓）更高級的住宅。

例句 古い　家を　売って、新しい　マンションを　買いました。
／把舊屋賣了，在大廈買了一間新家。

☞ **哪裡不一樣呢？**

- **階段**：指建築物等上下的地方。

- **マンション**：比アパート更高級，屬中高層住宅。

7 実力テスト

做對了，往 😀 走，做錯了往 ❌ 走。

次の文の （　　） には、どんな言葉が入りますか。1・2から最も適当なものを一つ選んでください。

實力測驗

Q 哪一個是正確的？
>> 答案在題目後面

1 教室に いすと （　　） を 並べて ください。
1. 机
2. テーブル

譯 請把椅子和（書桌）排放在教室裡。
1. 机：書桌
2. テーブル：桌子

2 この 教室には 机と （　　） しか ない。
1. 椅子
2. 席

譯 這間教室裡只有書桌和（椅子）。
1. 椅子：椅子
2. 席：座位

3 弟の （　　） は 2階の 奥です。
1. 台所
2. 部屋

譯 弟弟的（房間）位於二樓的最後面。
1. 台所：廚房
2. 部屋：房間

4 バスの （　　） から 顔や 手を 出さないで ください。
1. 窓
2. 戸

譯 搭乘巴士時請不要把頭和手伸出（窗）外。
1. 窓：窗戶
2. 戸：（指左右拉開的）門

5 （　　） には、絵本が たくさん 並んで います。
1. ベッド
2. 本棚

譯 （書架）上擺著許多圖書書。
1. ベッド：床
2. 本棚：書架

6 お（　）に 入って から、ビールを 飲みます。

1. シャワー
2. 風呂

頑張ってね！！

譯 （洗澡）之後喝啤酒。
1. シャワー：淋浴
2. 風呂：進浴缸泡澡

7 公園の（　）は よる 暗くて 危ないです。

1. トイレ
2. レストラン

8 この 神社の（　）は 500段 あります。

1. 階段
2. マンション

譯 公園裡的（廁所）到了晚上變得很暗，很危險。
1. トイレ：廁所
2. レストラン：西餐廳

譯 這座神社的（階梯）多達五百階。
1. 階段：樓梯
2. マンション：高級公寓

MEMO

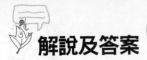

解說及答案

❶ 教室裡的桌子，是有抽屜，用於讀書的「机」（書桌）；而「テーブル」（桌子）沒有抽屜，大多用在進餐或開會。不正確。

答案：1

❷ 答案是「椅子」（椅子），指坐的家具；「席」（座位）指坐的場所。不正確。

答案：1

❸ 從「弟の」（弟弟的），知道答案是指居住的空間的「部屋」（房間）；而「台所」（廚房）指做料理的地方。不正確。

答案：2

❹ 不要把頭和手伸出的是答案的「窓」（窗戶）；而「戸」（拉門）是指可左右開啟的門。不正確。

答案：1

❺ 從「並んでいます」（擺著），知道答案是用來放書的家具的「本棚」（書架）；而「ベッド」（床）是指用來睡覺的家具。不正確。

答案：2

❻ 從「入って」這一動詞，知道答案是進浴缸洗澡的「風呂」（泡澡）；而「シャワー」（淋浴）是沖澡，動詞是「浴びる」（淋澆）。不正確。

答案：2

❼ 從公園裡晚上變得很暗，很危險的地方，知道答案是「トイレ」（廁所）；而「レストラン」（西餐廳）是供應各式各樣餐點、飲料的店。不正確。

答案：1

❽ 從「500段」（五百階）這一量詞，知道答案是「かいだん」（樓梯）；而「マンション」（高級公寓）是比アパート更高級的中高層住宅。不正確。

答案：1

家電家具

153 でんき vs. でんわ

でんき【電気】

㊎ 電力；電燈，電器

說明 能源的一種形式。啟動電燈、電腦，讓電車、地鐵、工廠能運作的能源；又指電器、電燈。

例句 わたしは　いつも　電気を　消して、寝ます。
／我總是關燈睡覺。

● 比較

でんわ【電話】

㊎・自サ 電話；打電話

說明 用在名詞時，是「電話機」的簡稱；「電話」後面接「する」時，是指使用電話機說話，也就是講電話的意思。

例句 電話するより　会って　話した　ほうが　いいよ。
／與其在電話裡講，還是見面說比較好喔。

☞ 哪裡不一樣呢？

- 電気：照明的裝置。
- 電話：聯絡的裝置。

154 とけい vs. めざましどけい

とけい【時計】

⊛ 鐘錶，手錶

說明 計量並顯示時間的器具。包括時針、分針、秒針的傳統鐘錶，跟顯示數字的電子鐘錶。

例句 この 時計は、日本へ 来る とき、父に もらいました。
／這個手錶是來日本的時候爸爸給我的。

● 比較

めざましどけい【目覚まし時計】

⊛ 鬧鐘

說明 能夠事先設定時間，讓它發出聲響提醒人的時鐘。

例句 やさしい 音の 目覚まし時計が ほしい。
／我想要一個鈴聲輕柔的鬧鐘。

☞ 哪裡不一樣呢？

- **時計**：指顯示時間手錶。
- **目覚まし時計**：放在床邊發出聲響提醒人的鬧鐘。

155 れいぞうこ vs. クーラー

れいぞうこ【冷蔵庫】

⊛ 冰箱，冷藏室，冷藏庫

說明 指為了不使食物腐爛，用低溫或冰塊儲存的箱子。

例句 冷蔵庫の 中に 何も ありません。／冰箱空空如也。

● 比較

クーラー【cooler】

⊛ 冷氣

說明 利用空氣壓縮以後變冷的原理，降低室內溫度，以達到涼爽的效果。

例句 部屋が 暑いので クーラーを つけた。／房間太熱了，所以開了冷氣。

☞ 哪裡不一樣呢？

- **冷蔵庫**：保存食物的設備。
- **クーラー**：維持涼爽的裝置。

156　テープレコーダー vs. ボールペン

テープレコーダー【tape recorder】

⒜ 磁帶錄音機

説明 把聲音錄在卡帶上的再生裝置。

例句 テープレコーダーが 古く なったので 新しいのを 買った。
／錄音機已經老舊，所以買了一台新的。

● 比較

テープレコーダー【ball-point pen】

⒜ 原子筆，鋼珠筆

説明 以小圓珠代替筆尖的書寫工具。

例句 すみません。ボールペンを 貸して ください。赤いのと
青いの。／不好意思，請借我原子筆，紅的和藍的。

☞ 哪裡不一樣呢？

- **テープレコーダー**：指錄音帶。
- **ボールペン**：指原子筆。

157　テレビ vs. ラジオ

テレビ【television 之略】

⒜ 電視

説明 用無線電波傳送影像，在映像管裡顯示的裝置。

例句 夜は、テレビを 見ます。／晚上通常看電視。

ラジオ【radio】

名 收音機，無線電

說明 廣播電台利用電波進行的播送。也指接收廣播的裝置。

例句 ラジオで その ニュースを 聞いた。
／從收音機聽到了那則消息。

☞ 哪裡不一樣呢？

- テレビ：播放影像。
- ラジオ：播放聲音。

---

158 せっけん vs. えんぴつ

せっけん【石鹼】

名 香皂，肥皂

說明 用油脂和氫氧化納製成的洗滌用品，易溶於水。用於去除身體或衣服等的污垢。

例句 石鹼を つけて、体を 洗いました。
／抹上肥皂洗了身體。

● 比較

えんぴつ【鉛筆】

名 鉛筆

說明 木桿中間有筆芯的書寫用具。

例句 鉛筆では なくて ペンで 書いて ください。
／請不要使用鉛筆，而用鋼筆書寫。

☞ 哪裡不一樣呢？

- 石鹼：清潔用品。
- 鉛筆：文具用品。

159 ストーブ vs. れいぼう

ストーブ【stove】

名 火爐，暖爐

說明 使用石油或煤氣使房間暖和的取暖器具。

例句 もう ストーブを 点けました。

／已經把暖爐點燃了。

●比較

れいぼう【冷房】

名 冷氣

說明 利用空氣壓縮以後變冷的原理，降低室內溫度，以達到涼爽的效果。

例句 暑いから、冷房を 強く します。

／房間太熱了，所以開了冷氣。

☞ 哪裡不一樣呢？

• ストーブ：讓室溫上升取暖器具。
• 冷房：讓室溫下降降溫器具。

実力テスト

做對了，往 😊 走，做錯了往 ✖ 走。

次の文の（　）には、どんな言葉が入りますか。
1・2から最も適当なものを一つ選んでください。

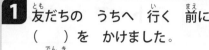

實力測驗　Q 哪一個是正確的？
>> 答案在題目後面

1 友だちの うちへ 行く 前に
（　）を かけました。
1. 電気
2. 電話

譯 去朋友家前先打了（電話）。
1. 電気：電燈
2. 電話：電話

2 田中さんは 昨日 買った （　）を
腕に つけて いる。
1. 時計
2. 目覚まし時計

譯 田中小姐的手腕上戴著昨天買的（手錶）。
1. 時計：手錶
2. 目覚まし時計：鬧鐘

3 「（　）の 中に 何が ありま
すか。」「肉や 野菜や 飲み物
などが あります。」
1. 冷蔵庫　2. クーラー

譯 「（冰箱）裡有什麼呢？」
「有肉、蔬菜和飲料等等。」
1. 冷蔵庫：冰箱
2. クーラー：冷氣

4 （　）で 自分の 発音を
聞いて います。
1. ボールペン
2. テープレコーダー

譯 我正透過（錄音機）聆聽自己的發音。
1. ボールペン：原子筆
2. テープレコーダー：磁帶錄音機

5 会社から 家に 帰って、いつも
（　）を 見ます。
1. テレビ
2. ラジオ

譯 從公司回到家，總是看（電視）。
1. テレビ：電視
2. ラジオ：收音機

6 彼は 自分の 服を （　）で
洗います。
1. 鉛筆
2. 石鹸

譯 他用（肥皂）洗自己的衣服。
1. 鉛筆：鉛筆
2. 石鹸：肥皂

7 これは （　）です。部屋を
暖かく する ものです。
1. ストーブ
2. 冷房

譯 這是（暖爐），可以讓房間變暖的器具。
1. ストーブ：暖爐
2. 冷房：冷氣

がんばってください！！

❶ 答案是「電話」（電話），聯絡的裝置，動詞是「かけます」（撥打）；而「電気」（電燈）是照明的裝置。動詞是「つけます」（點燃）。不正確。

答案：2

❷ 從「腕につけている」（手腕上戴著），知道答案是「時計」（手錶）；而「目覚まし時計」（鬧鐘）是放在床邊發出聲響提醒人的鬧鐘。不正確。

答案：1

❸ 從「有肉、蔬菜和飲料等等」，知道答案是保存食物的「冷蔵庫」（冰箱）；而「クーラー」（冷氣）是維持涼爽的裝置。不正確。

答案：1

❹ 從「聆聽自己的發音」，知道答案是「テープレコーダー」（磁帶錄音機），指錄音帶；而「ボールペン」是原子筆。不正確。

答案：2

❺ 從動詞「見ます」（觀看），知道答案是「テレビ」（電視）；而「ラジオ」（收音機）是接收廣播的裝置。動詞是「聞きます」（收聽）。不正確。

答案：1

❻ 從「服」（衣服）跟「洗います」（洗滌），知道答案是「石鹸」（肥皂），清潔用品；而「鉛筆」（鉛筆）是文具用品。不正確。

答案：2

❼ 從「讓房間變暖的器具」，知道答案是讓室溫上升取暖的器具的「ストーブ」（暖爐）；而「冷房」（冷氣）是讓室溫下降降溫器具。不正確。

答案：1

9

交通工具

160 ちかてつ vs. でんしゃ

ちかてつ【地下鉄】

名 地下鐵

説明 指在地面下跑的電車;「地下鐵道」的簡稱。在地下挖隧道,鋪設的鐵道。

例句 日本の 地下鉄は きれいです。／日本的地鐵很乾淨。

● 比較

でんしゃ【電車】

名 電車

説明 依靠電力在軌道上行駛,運載乘客和貨物的車輛。

例句 新宿から 上野まで、電車に 乗りました。／從新宿搭了電車到上野。

☞ 哪裡不一樣呢?

- 地下鉄:地下行駛。
- 電車:地上行駛。

161 バス vs. ひこうき

バス【bus】

名 巴士,公車

説明 為了讓許多人乘坐,而製成的大型車。公共汽車。

例句 5分前には バスに 乗って ください。
／請提早五分鐘上巴士。

● 比較

ひこうき【飛行機】

名 飛機

說明 有機翼，依靠螺旋槳，或氣流噴射的推進力，在空中飛行的交通工具。

例句 台風(たいふう)で　飛行機(ひこうき)が　飛(と)べません。
／颱風來襲導致班機停駛。

☞ 哪裡不一樣呢？

• バス：陸上交通工具。
• 飛行機(ひこうき)：空中交通工具。

162　こうさてん vs. みち

こうさてん【交差点】

名 交差路口

說明 橫直兩條或以上的道路，交叉的地點。

例句 交差点(こうさてん)を　渡(わた)って、まっすぐ　行(い)くと　駅(えき)に　着(つ)きます。
／過了十字路口後直走，就會到達車站。

● 比較

みち【道】

名 路，道路

說明 人和車等通行的地方。

例句 この　道(みち)の　向(む)こうは、私(わたし)たちの　学校(がっこう)です。
／這條路的對面是我們的學校。

☞ 哪裡不一樣呢？

• 交差点(こうさてん)：兩條以上的道路等交叉的地點。
• 道(みち)：指道路。

163 くるま vs. タクシー

くるま【車】

名 車子，汽車

說明 靠輪子的轉動帶動整體，運載人或物品的工具。車輛的總稱。

例句 電話を しながら 車の 運転を しないで ください。
／開車時請不要講電話。

● 比較

タクシー【taxi】

名 計程車

說明 裝有計價器的，隨時供乘客搭乘的出租汽車。

例句 渋谷で、タクシーに 乗って ください。／請在澀谷搭計程車。

☞ 哪裡不一樣呢？

- 車：指汽車。
- タクシー：指出租汽車。

164 えき vs. バスてい

えき【駅】

名（鐵路的）車站

說明 電車或火車發車和到達的地方，讓乘客上下車的地方。也是貨物上下貨的地方。

例句 駅から 家まで 歩きました。
／從車站步行回家了。

● 比較

バスてい【バス停】

(名) 巴士站牌，公車站

說明 公車停靠的場所。

例句 次の　角を　左に　曲がると　バス停が　あります。
／在下一個轉角往左轉就可以看到巴士站牌。

☞ **哪裡不一樣呢？**

- 駅：電車或火車出入的地方。
- バス停：公車出入的地方。

165　じてんしゃ vs. じどうしゃ

じてんしゃ【自転車】

(名) 腳踏車，自行車

說明 人用兩腳蹬踏板，使車輪轉動的兩輪車。

例句 家から　駅まで　自転車で　行きます。
／從家裡騎腳踏車到車站。

● 比較

じどうしゃ【自動車】

(名) 車，汽車

說明 靠發動機的動力使車輪轉動，在道路上自由奔馳的車輛。

例句 この　自動車は　5人まで　乗れます。
／這輛汽車最多可以搭載五個人。

☞ **哪裡不一樣呢？**

- 自転車：靠人力驅動。
- 自動車：靠發電機驅動。

166 まち vs. とかい

まち【町】

名 城鎮；町

説明 眾多人聚集生活的地方；又指城市中商店林立的繁華街道。

例句 この 町は 有名に なりました。
／這座城鎮變得遠近馳名了。

● 比較

とかい【都会】

名 都市，城市

説明 地大人多，人口集中，成為行政、經濟、文化的中心，工商、交通發達的地方。

例句 都会で 家を 持つ ことは 難しい。
／想在城市裡買房子是件難事。

☞ 哪裡不一樣呢？

- 町：眾多人聚集生活的地方。
- 都会：政治、經濟、文化的中心。

9 実力テスト

做對了，往 走，做錯了往 走。

次の文の（ ）には、どんな言葉が入りますか。
1・2から最も適当なものを一つ選んでください。

實力測驗　Q 哪一個是正確的？
>> 答案在題目後面

1 （ ）は 地下を 走って います。
1. 地下鉄（ちかてつ）
2. 電車（でんしゃ）

譯 （地鐵）在地下行駛。
1. 地下鉄：地鐵
2. 電車：電車

2 あっ、（ ）が 来（き）ましたよ。でも 大勢（おおぜい） 乗（の）って いますね。
1. バス
2. 飛行機（ひこうき）

譯 啊，（公車）來了！可是車上都擠滿了人。
1. バス：公車
2. 飛行機：飛機

3 この （ ）を 歩（ある）いて 学校（がっこう）へ 行（い）きます。
1. 交差点（こうさてん）
2. 道（みち）

譯 沿著這條（路）走去學校。
1. 交差点：交差路口
2. 道：道路

4 病院（びょういん）まで （ ）で 2000円 ぐらい かかります。
1. 車（くるま）
2. タクシー

譯 搭（計程車）到醫院大約要花兩千圓。
1. 車：汽車
2. タクシー：計程車

5 ここは （ ）です。ここで 電車（でんしゃ）に 乗（の）ります。
1. 駅（えき）
2. バス停（てい）

譯 這裡是（車站），請在這裡搭乘電車。
1. 駅：（鐵路的）車站
2. バス停：公車站

6 5歳（ごさい）の 息子（むすこ）に （ ）を 買（か）って あげたいです。
1. 自転車（じてんしゃ）
2. 自動車（じどうしゃ）

譯 我想買（腳踏車）給五歲的兒子。
1. 自転車：腳踏車
2. 自動車：汽車

7 （ ）が 大（おお）きく なって 市（し）に なった。
1. 町（まち）
2. 都会（とかい）

譯 （城鎮）升級成了都市。
1. 町：城鎮
2. 都会：都市

バンザーイ！

がんばってください！！

177

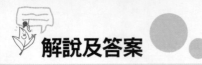

❶ 在地底下行駛的，那就是「地下鉄」（地鐵）了。

答案：1

❷ 在一定的距離看得到車上擠得滿滿的，知道來的是「バス」（公車）。

答案：1

❸ 從動詞「歩いて」（走），知道答案是「道」（道路）；而「交差点」（交差路口）指橫直兩條或以上的道路，交叉的地點。動詞一般為「渡る」（穿越）。不正確。

答案：2

❹ 到醫院大約要花兩千圓的，那就是「タクシー」（計程車）了。

答案：2

❺ 從「在這裡搭乘電車」，知道答案是電車或火車出入的地方的「駅」（車站）；而「バス停」（公車站）是公車出入的地方。不正確。

答案：1

❻ 要買給五歲的兒子騎的，那就是「自転車」（腳踏車）了。

答案：1

❼ 從「升級成了都市」，知道答案是眾多人聚集生活的地方的「町」（城鎮）；而「都会」（都市）是地大人多，人口集中，政治、經濟、文化的中心。不正確。

答案：1

建築物

167 きっさてん vs. みせ

きっさてん【喫茶店】

名 咖啡店

説明 供應咖啡、茶及點心等的飲食店。

例句 喫茶店で、田中さんと 会いました。／我和田中先生在咖啡廳見面了。

● 比較

みせ【店】

名 商店，店鋪

説明 買賣貨物的店鋪。

例句 駅の 前に いろいろな 店が 並んで います。
／車站前各式各樣的商店櫛比鱗次。

☞ 哪裡不一樣呢？

- 喫茶店：提供飲食的店。
- 店：販賣物品的店。

168 えいがかん vs. たいしかん

えいがかん【映画館】

名 電影院

説明 播放電影的場所。

例句 彼は いつも 一人で 映画館に 行きます。
／他總是一個人上電影院。

たいしかん【大使館】

名 大使館

説明 做為國家的代表，在建交國做自己國家與建交國之間橋樑的機構。

例句 パスポートを 失くして 大使館へ 行きました。
／我遺失護照後去了大使館。

☞ 哪裡不一樣呢？

- 映画館：娛樂場所。
- 大使館：政府機關。

---

169 びょういん vs. びょうき

びょういん【病院】

名 醫院

説明 給門診或住院的病人或受傷者治療的地方。也指該建築物。

例句 病気を して 病院に 入って いる。
／生病了，目前住院中。

びょうき【病気】

名 生病，疾病

説明 指身體有不正常的地方，感到疼痛或苦惱。也指這種狀態。

例句 病気じゃ ありません。ちょっと 疲れただけです。
／我沒生病，只是有點疲憊而已。

☞ 哪裡不一樣呢？

- 病院：指看病的地方。
- 病気：指生病。

170　デパート vs. ホテル

デパート【department store】

⑧ 百貨公司

說明 陳列各式各樣的商品，大規模地聚集許多商店，進行販賣的地方。

例句 結婚する 前に デパートで いろんな ものを 買いました。
／結婚前在百貨公司買了很多東西。

● 比較

ホテル【hotel】

⑧（西式）飯店，旅館

說明 旅行時住的西式旅館。一般是洋式建築，附有床。而日式旅館叫「旅館」，一般附早晚餐。

例句 日本の ホテルで、どれが 一番 有名ですか？
／日本的旅館中，哪一家知名度最高呢？

☞ 哪裡不一樣呢？

- デパート：販賣東西的地方。
- ホテル：提供住宿的地方。

171　や vs. やおや

や【屋】

（名・接尾）房屋；…店，商店或工作人員

說明 指有牆、屋頂、門、窗，供人居住的房屋；接在有關職業的詞後面，表示從事某種職業的人家或人。

例句 私は 本屋さんで、大阪の 地図を 買った。
／我在書店買了大阪的地圖。

やおや【八百屋】

(名) 蔬果店，菜舖

説明 賣蔬菜、水果的零售商店。也指以此為職業的人。

例句 夕方の　八百屋は　いつも　お客さんが　いっぱいだ。
／蔬果店每到傍晚總是擠滿了客人。

☞ **哪裡不一樣呢？**

* **屋**：指店或某種職業的人。
* **八百屋**：蔬果店。

---

172 ぎんこう vs. ゆうびんきょく

ぎんこう【銀行】

(名) 銀行

説明 以接受存款、貸款、票據貼現、匯兌等為業務的金融機關。

例句 そこが　駅で、あそこが　銀行です。
／那裡是車站，更遠那裡是銀行。

ゆうびんきょく【郵便局】

(名) 郵局

説明 把書信、明信片、郵包等收集起來，郵寄到收件地址的機關。也進行存儲、保險業務。

例句 郵便局で、手紙を　出しました。
／在郵局寄了信。

☞ **哪裡不一樣呢？**

* **銀行**：負責金錢交易等機關。
* **郵便局**：負責書信等機關。

（略）

10 実力テスト

做對了，往 走，做錯了往 走。

次の文の（　）には、どんな言葉が入りますか。1・2から最も適当なものを一つ選んでください。

實力測驗
Q 哪一個是正確的？
>> 答案在題目後面

1
（　）で コーヒーを 飲みながら 話しましょう。
1. 喫茶店
2. 店

譯
我們到（咖啡廳）喝咖啡聊天吧。
1. 喫茶店：咖啡廳
2. 店：商店

2
（　）へ 映画を 見に 行きます。
1. 映画館
2. 大使館

譯
我要去（電影院）看電影。
1. 映画館：電影院
2. 大使館：大使館

3
この バスは （　）の 前を 通ります。
1. 病院
2. 病気

譯
這輛公車會經過（醫院）前面。
1. 病院：醫院
2. 病気：生病

4
東京では どこの （　）に 泊まりますか。
1. デパート
2. ホテル

譯
你在東京會住在哪裡的（旅館）呢？
1. デパート：百貨公司
2. ホテル：（西式）飯店

5
野菜や 果物を 売って いるのは （　）です。
1. 屋
2. 八百屋

譯
販賣蔬菜和水果的地方是（蔬果店）。
1. 屋：…店
2. 八百屋：蔬果店

6
（　）へ 切手を 買いに いきます。
1. 郵便局
2. 銀行

譯
我要去（郵局）買郵票。
1. 郵便局：郵局
2. 銀行：銀行

❶ 從「喝咖啡聊天」這一線索，知道答案是「喫茶店」（咖啡廳），是供應咖啡、茶及點心等飲食，人們在此交流的店；而「店」（商店）是販賣物品的商店。不正確。

答案：1

❷ 從「看電影」這一線索，知道答案是「映画館」（電影院）；而「大使館」（大使館）是與建交國之間扮演橋樑角色的機構。不正確。

答案：1

❸ 從「前を通ります」（經過前面）這一線索，知道答案要的是場所「病院」（醫院）；而「病気」（生病）指生病。不正確。

答案：1

❹ 從「泊まります」（住宿）這一線索，知道答案是「ホテル」（飯店），提供住宿的地方；而「デパート」（百貨公司）是販賣東西的地方。不正確。

答案：2

❺ 從「販賣蔬菜和水果」這一線索，知道答案是「八百屋」（蔬果店）；「屋」（…店）指店或某種職業的人。不正確。

答案：2

❻ 從「買郵票」知道，答案是賣郵票、寄信的地方「郵便局」（郵局）；而「銀行」（銀行）是負責金錢交易等機關。不正確。

答案：1

娛樂嗜好

173 えいが vs. しゃしん

えいが【映画】

名 電影

說明 為了在畫面上表現動的影像，而拍攝並剪接的膠卷。也指把它映現在螢幕上的影像。

例句 いっしょに 映画を 見ましょう。／我們一起去看電影吧。

● 比較

しゃしん【写真】

名 照片；攝影

說明 洗印到相片上的圖片；用照相機拍下的影像。

例句 友だちに 彼の 写真を 見せた。
／我給朋友看了男友的照片。

☞ **哪裡不一樣呢？**

- **映画**：動態影像。
- **写真**：靜態影像。

174 うた vs. おんがく

うた【歌】

名 歌，歌曲

說明 歌詞配上節奏和旋律唱的。

例句 あなたは、歌を 歌いますか？／你會唱歌嗎？

おんがく【音楽】

名 音樂

說明 用音的強弱、高低和音色等的組合表現人類的情感的藝術。

例句 私は、音楽が 好きです。

／我喜歡音樂。

☞ 哪裡不一樣呢？

- 歌：指歌曲。
- 音楽：指音樂整體，包含「歌」（うた）。

---

175 レコード vs. ペン

レコード【record】

名 唱片，黑膠唱片（圓盤形）

說明 不同於現在的 CD，而是圓圓的一片，往有唱針的唱機上放的唱片。

例句 レコードで クラシック 音楽を 聞くのが 好きだ。

／我喜歡用唱片聽古典樂。

ペン【pen】

名 筆，原子筆，鋼筆

說明 使用墨水，寫字或畫畫的書寫用具。

例句 鉛筆では だめです。ペンで 書いて ください。

／不得使用鉛筆，請以鋼筆書寫。

☞ 哪裡不一樣呢？

- レコード：指唱片。
- ペン：指原子筆。

176 テープ vs. テープレコーダー

テープ【tape】

② 膠布；錄音帶，卡帶

説明 用布、紙、塑膠製作的窄的帶狀物；又指用於錄音或錄影的，表面有
磁性的帶狀物。

例句 怪我した ところに テープを 貼りました。
／在受傷的部位貼上了貼布。

●比較

テープレコーダー【tape recorder】

② 磁帶錄音機

説明 把聲音錄在卡帶上的再生裝置。

例句 部屋には ラジオも テープレコーダーも あります。
／房間裡既有收音機也有錄音機。

☞ 哪裡不一樣呢？

- テープ：指膠帶或卡帶。
- テープレコーダー：指放卡帶的裝置。

177 カメラ vs. ギター

カメラ【camera】

② 照相機；攝影機

説明 指照相用的器具；也指電影或電視的攝影機。底片叫「フィルム」。

例句 カメラに フィルムを 入れて、 写真を 撮るのが 楽しいです。
／在相機裡裝上底片拍照是一件很愉快的事。

ギター【guitar】

名 吉他

說明 弦樂器的一種。一般有六根弦。

例句 ギターを 弾いて いる 写真を 撮りたいです。
／我想拍一張彈著吉他的照片。

☞ 哪裡不一樣呢？

- **カメラ**：指相機。
- **ギター**：為弦樂器的一種。

178 え vs. かんじ

え【絵】

名 畫，圖畫，繪畫

說明 把對物體形狀的感受等，不用文字或符號，而用顏色或形狀描繪在平面上的作品。

例句 壁の 色が 暗いので 明るい 絵を 掛けましょう。
／由於牆壁是暗色，掛一幅色彩明亮的畫作吧。

かんじ【漢字】

名 漢字

說明 古代由中國傳到日本，現在仍使用的文字。另外，平安時代初期由漢字創造了平假名和片假名。

例句 ジョンさんは、漢字が わかります。
／約翰先生看得懂漢字。

☞ 哪裡不一樣呢？

- **絵**：表達情感。
- **漢字**：表達意思。

179 フィルム vs. ピアノ

フィルム【film】

名 底片，膠片；影片，電影

說明 在薄薄的膠捲上，塗了感光乳劑的軟片；或是連續拍攝的影像，一般特別指電影。

例句 この カメラは フィルムを 入れるのが やさしい。
／這台相機裝底片的步驟很簡單。

● 比較

ピアノ【piano】

名 鋼琴

說明 鍵盤樂器。在大共鳴箱裡有金屬弦，一彈鍵盤，木搥便敲打弦而發出聲音。為西洋古典樂器。

例句 ピアノが 上手に なりたくて、毎日 弾いて います。
／我希望精進琴藝，因此每天都練習彈奏。

☞ 哪裡不一樣呢？

- フィルム：指底片。
- ピアノ：樂器的一種。

180 がいこく vs. くに

がいこく【外国】

名 外國，外洋

說明 自己國家以外的國家。

例句 外国からも、たくさんの 人が 来ました。
／那天也來了許多國外人士。

くに【国】

^名 國家；故鄉

説明 具備領土、人民、主權和政府四個要素的政治團體；又指出生、成長
的地方。

例句 サッカーで　有名な　国は、ブラジルです。
／巴西是足球大國。

☞ 哪裡不一樣呢？

- **外国**：自己國家以外的國家。
- **国**：單指國家。

11 実力テスト

做對了，往 😊 走，做錯了往 ❌ 走。

次の文の（　　）には、どんな言葉が入りますか。1・2から最も適当なものを一つ選んでください。

實力測驗

Q 哪一個是正確的？
>> 答案在題目後面

---

1 外国の（　　）で 外国語を 勉強する 人が います。
1. 映画
2. 写真

譯 有些人透過觀賞外國（電影）來學習外文。
1. 映画：電影
2. 写真：照片

---

2 彼女は（　　）を 上手に 歌います。
1. 歌
2. 音楽

譯 她以優美的嗓音唱著（歌）。
1. 歌：歌曲
2. 音楽：音樂

---

3 （　　）より 鉛筆で 書いた 方が 綺麗です。
1. レコード
2. ペン

譯 比起（鋼筆），用鉛筆書寫的字看起來比較整齊。
1. レコード：黑膠唱片
2. ペン：鋼筆

---

4 台風が 来るから、ガラスに（　　）を 貼って おいた。
1. テープ
2. テープレコーダー

譯 由於颱風來襲，因此在玻璃窗上貼了（膠帶）。
1. テープ：膠帶
2. テープレコーダー：磁帶錄音機

---

5 （　　）で 写真を 撮りました。
1. カメラ
2. ギター

譯 用（相機）拍了照片。
1. カメラ：照相機
2. ギター：吉他

頑張ってね！！

191

做對了，往 😃 走，做錯了往 ❌ 走。

がんばってください！！

6 この （　　） は 弟が 学校で
書いた 絵です。
1. 絵
2. 漢字

譯 這幅（畫）是弟弟在學校畫的。
1. 絵：圖畫
2. 漢字：漢字

7 妹は （　　） や バイオリンが
上手です。
1. フィルム
2. ピアノ

譯 妹妹的（鋼琴）和小提琴都很出色。
1. フィルム：底片
2. ピアノ：鋼琴

8 来年の 春は （　　） へ
帰りたいです。
1. 外国
2. 国

譯 我想在明年春天回去（故鄉）。
1. 外国：外國
2. 国：故鄉

バンザーイ!!

MEMO

解說及答案

❶ 從「學習外文」這一線索，知道答案比較洽當的是「映画」（電影），動態影像；而「写真」（照片）是靜態影像。不正確。

答案：1

❷ 從「歌います」（唱）這一動作，知道答案是「歌」（歌曲）；而「音楽」（音樂）指音樂整體，動詞是「聞きます」（聽）。不正確。

答案：1

❸ 從「書いた」（書寫）這一線索，知道答案要的是書寫道具「ペン」（原子筆）；而「レコード」是黑膠唱片。不正確。

答案：2

❹ 從「貼って」（貼上）這一線索，知道答案是「テープ」，指膠帶；而「テープレコーダー」（磁帶錄音機）指放卡帶的裝置。不正確。

答案：1

❺ 從「写真を撮りました」（拍了照片）這一線索，知道答案是「カメラ」（照相機）；而「ギター」（吉他）為弦樂器。不正確。

答案：1

❻ 從「書いた絵」（畫的圖畫）這一線索，知道答案是「絵」（圖畫）。

答案：1

❼ 從表示技能高超的「上手」（出色）這一線索，知道答案是樂器「ピアノ」（鋼琴）；而「フィルム」指底片。不正確。

答案：2

❽ 從「帰りたい」（想回去）中，回到自己祖國的「帰り（帰る的ます形）」（回去）這一線索，知道想回去的是自己國家的「国」（國家）；而「外国」（外國）自己國家以外的國家。不正確。

答案：2

12 學校

181 いみ vs. ことば

いみ【意味】

② （詞句等）意思，含意，意義

說明 某語言所表達的內容。也指某種表現或行為所表示的意圖或原因。

例句 「ゼロ」と 「零」の 意味は 同じですか。
　　／請問「zero」和「零」的意思相同嗎？

● 比較

ことば【言葉】

② 語言，詞語

說明 表達自己思想或心情的工具，通常用聲音、文字等方式傳遞；又指單字或語句等組成語言要素的成分。

例句 彼の 話す 言葉は、英語です。／他講的語言是英語。

☞ 哪裡不一樣呢？

- 意味：指語言的內容。
- 言葉：單指語言。

182 えいご vs. ご

えいご【英語】

② 英語，英文

說明 在以英國為首，美國、加拿大、澳洲、紐西蘭等廣大地區使用的語言。

例句 父は 毎日 英語の 新聞を 読んで います。
　　／爸爸每天都讀英文報紙。

比較

ご【語】

名·接尾 …語；語言

說明 接在國家的詞後面，表示那一國家的語言。又指由語音、詞彙和語法構成的一種符號系統。

例句 彼は、上手な 日本語を 話します。
／他説得一口流利的日語。

☞ **哪裡不一樣呢？**

- **英語**：指英國等國所使用的國際語言。
- **語**：指語言。

---

183 がっこう vs. だいがく

がっこう【学校】

名 學校；上課

說明 把人們集中在一起，進行教育的地方。有小學、中學、高中、大學、職業學校等；有時指老師講課或學生聽課。

例句 息子は 四月から 学校の 先生に なります。
／我兒子從四月起將成為學校的老師。

比較

だいがく【大学】

名 大學

說明 在高中之上，學習專門之事的學校。日本有只念兩年的大學叫「短大」。

例句 大学の 先生という 仕事は、大変です。
／大學教授是一份很辛苦的工作。

☞ **哪裡不一樣呢？**

- **学校**：指教育場所。
- **大学**：在高中之上的學校。

184 きょうしつ vs. クラス

きょうしつ【教室】

名 教室，研究室

説明 學校上課的房間。

例句 先生が 教室で 話して います。
／老師正在教室裡講話。

● 比較

クラス【class】

名 （學校的）班級；階級，等級

説明 英文的 class，指學校的班級；或是指按照差異制定出的級別。

例句 この クラスは、大変 賑やかです。
／這個班級鬧哄哄的。

☞ 哪裡不一樣呢？

• 教室：指上課的房間。

• クラス：指上課的班級。

185 おしえる vs. じゅぎょう

おしえる【教える】

他下一 教授，指導；告訴

説明 向對方傳授知識或技術等，使其掌握；又指把自己知道的事情轉達給別人。

例句 どなたが 田中さんですか。教えて ください。
／請告訴我哪一位是田中先生。

● 比較

じゅぎょう【授業】

名・自サ 上課，教課，授課

說明 指在學校裡把學問或技術教給人們。

例句 あの　授業は、とても　面白いです。
　　　／那堂課非常有意思。

☞ 哪裡不一樣呢？

• 教える：傳授知識等，不限場所。
• 授業：多用於在學校傳授學問等。

186　としょかん vs. こうえん

としょかん【図書館】

名 圖書館

說明 匯集書、雜誌、報紙、電影和錄影帶等，讓人們借閱的地方。

例句 図書館から、本を　借ります。
　　　／向圖書館借書。

● 比較

こうえん【公園】

名 公園

說明 為了讓人休息、娛樂而建造的庭院式的地方。

例句 あの　公園は　きれいで　大きいです。
　　　／那座公園既美又大。

☞ 哪裡不一樣呢？

• 公園：提供休息、玩樂等的場所。
• 図書館：提供閱讀書籍等的場所。

187 しんぶん vs. ニュース

しんぶん【新聞】
名 報紙

說明 把消息和話題等印刷出版，傳達給讀者的定期刊物。通常為日刊。

例句 新聞_{しんぶん}は、どこに ありますか？／報紙在哪裡？

● 比較

ニュース【news】
名 新聞，消息

說明 新發生的事。也指該事的消息。

例句 この ニュースを どう 思_{おも}いますか？／您對這則新聞有什麼看法？

☞ 哪裡不一樣呢？

- 新聞_{しんぶん}：書面，指報紙。
- ニュース：影像，指電視新聞。

188 はなし vs. かいわ

はなし【話】
名 話，說話，講話

說明 向別人說出來的，表達自己的感覺、想法的聲音。也指其內容。

例句 さっき 何_{なん}の 話_{はなし}を して いましたか。／剛剛說了什麼呢？

● 比較

かいわ【会話】
名 會話；談話，對話

說明 兩人或兩個以上的人們之間相互交談；也指其談的話。

例句 私_{わたし}は 外国_{がいこく}の 友達_{ともだち}と 会話_{かいわ}を したり、一緒_{いっしょ}に でかけたり します。／我會和外國朋友聊聊天、一起出門逛逛。

☞ 哪裡不一樣呢？

- **話**：敘述事情，表達想法。
- **会話**：與對方交談，分享想法。

189　くすり vs. びょうき

くすり【薬】

名 藥，藥品

說明 為了治病或治傷而飲用、敷用或注射的物質。

例句 これは 歯が 痛い ときに のむ 薬です。
　　　／這是牙痛時吃的藥。

● 比較

びょうき【病気】

名 生病，疾病

說明 指身體有不正常的地方，感到疼痛或苦惱。也指這種狀態。

例句 お祖母さんは 重い 病気で 入院して います。
　　　／奶奶由於身染重病而正在住院。

☞ 哪裡不一樣呢？

- **薬**：治療疾病的物品。
- **病気**：指疾病。

次の文の（ ）には、どんな言葉が入りますか。1・2から最も適当なものを一つ選んでください。

實力測驗

Q 哪一個是正確的？
>> 答案在題目後面

1 辞書を 引きました。「覚える」という（ ）が 分かりました。
1. 意味
2. 言葉

譯 我查了辭典後，瞭解了「記住」這個（詞語）的意思。
1. 意味：（詞語等）意思
2. 言葉：詞語

2 「（ ）と 日本語と どちらが 好きですか。」「どちらも 好きです。」
1. 英語　2. 語

譯 「（英文）和日文你喜歡哪一種？」「兩種都喜歡。」
1. 英語：英文
2. 語：…語

3 高校を 出て、（ ）に 入ります。
1. 学校
2. 大学

譯 高中畢業後進入（大學）就讀。
1. 学校：學校
2. 大学：大學

4 上の（ ）の 車が 高いですね。
1. 教室
2. クラス

譯 高（級）的汽車好貴呀。
1. 教室：教室
2. クラス：等級

5 （ ）の 後で、外で 野球を しましょう。
1. 教える
2. 授業

譯 下（課）後，我們去外面打棒球吧。
1. 教える：指導
2. 授業：上課

6 音楽を 聴きながら、（　　）の 中を 散歩します。
1. 公園
2. 図書館

 頑張ってね！！

【譯】一邊聽著音樂，一邊在（公園）裡散步。
1. 公園：公園
2. 図書館：圖書館

7 新聞を 読んで、その （　　）を 知りました。
1. 新聞
2. ニュース

【譯】看報紙後得知了那則（新聞）。
1. 新聞：報紙
2. ニュース：新聞，消息

8 これは 私が 読んだ 本の 中で いちばん 面白い （　　）の 本 です。
1. 話　　2. 会話

【譯】這在我讀過的書當中是（內容）最有意思的一本。
1. 話：內容
2. 会話：對話

9 毎日 夜 遅くまで 仕事を して、 （　　）に なりました。
1. 薬
2. 病気

【譯】每天晚上都工作到深夜，結果（生病）了。
1. 薬：藥
2. 病気：生病

MEMO

❶ 從「『覚える』という」（「記住」這個）
這一線索，知道答案是「言葉」（詞語）
單指語言；而「意味」（意思）指語言的
內容。不正確。

答案：2

❷ 從表示從同一範疇、事物中選出一個的句
型「と～と～どちらが～」（…和…和，
哪個…），知道比較適合的答案是同一範
疇的「英語」（英文）；而「語」（…語）
指語言。不正確。

答案：1

❸ 從「高校を出て」（高中畢業後）這一線
索，知道要就讀的是「大学」（大學）；
而「学校」（學校）指教育場所。不正確。

答案：2

❹ 從「高い」（昂貴）這一線索，知道答案
是指按照差異制定出級別的「クラス」（等
級）；而「教室」（教室）指上課的房間。
不正確。

答案：2

❺ 從「の後で」（之後）這一線索，知道答案
要的是名詞的「授業」（上課）；而傳授
知識的「教える」（指導）是動詞。不正確。

答案：2

❻ 從「音楽を聴きながら」（邊聽音樂）及「散歩
します」（散步）這些線索，知道動作的場
所是提供休息、玩樂的「公園」（公園）；
而「図書館」（圖書館）是提供閱讀書籍
等的場所。不正確。

答案：1

❼ 從「新聞を読んで」（看報紙）、「知りま
した」（得知）這些線索，判斷得知的是「ニ
ュース」（新聞，消息）；而「新聞」指報紙。
不正確。

答案：2

❽ 從「讀過的書」這一線索，知道表達書的內
容是答案的「話」（內容），指敘述事情，
表達想法；而「会話」（對話）是與對方
交談，分享想法。不正確。

答案：1

❾ 從「每天晚上都工作到深夜」這一線索，知
道答案是「病気」（生病）；而「薬」（藥）
是治療疾病的藥品。不正確。

答案：2

13

學習

190　しゅくだい vs. もんだい

しゅくだい【宿題】

名 作業，家庭作業

説明 由教師出的，讓學生在家中學習的問題。

例句 宿題の　作文が　書けなくて、泣きたく　なりました。
／習題裡的作文寫不出來，都快急哭了。

● 比較

もんだい【問題】

名 問題；事項，課題

説明 為了瞭解學習者學了多少，和知識情況等出的，並要求學習者回答的題；也指某類困境，應該被人解決、討論的課題。

例句 では、昨日の　問題から、もう　一度　やりましょう。
／那麼，就昨天的問題再討論一次吧。

☞ 哪裡不一樣呢？

- 宿題：教師出給學生的問題。
- 問題：指等待解決的事物。

191　テスト vs. れんしゅう

テスト【test】

名 考試，試驗，檢查

説明 指考試和測驗。為了檢驗學習效果和工作能力，出測驗題來進行測驗。

例句 テストの　前に　勉強しました。／在考試前用功讀書了。

203

比較

れんしゅう【練習】

〈名・他サ〉練習，反覆學習

說明 為使學問或技術等提高，反覆做同樣的事。

例句 まっすぐ 線を 引いて、字の 練習を します。
／劃上直線練習寫字。

☞ 哪裡不一樣呢？

- テスト：指測驗。
- 練習：指練習。

192 なまえ vs. みょうじ

なまえ【名前】

〈名〉（事物與人的）名字，名稱

說明 家族中每個人都給予的名稱，用來稱呼。日本最多的姓氏有「田中」、「鈴木」和「高橋」等。也指事物的名稱。

例句 名前の 下に やりたい スポーツを 書いて ください。
／請把想要從事的運動寫在姓名的下方。

比較

みょうじ【苗字】

〈名〉姓氏

說明 加在名字前面的姓，表明個人所屬的家族或家族系統的符號。指姓氏。

例句 あなたの 苗字の 読み方を 教えて ください。
／請教我貴姓的讀法。

☞ 哪裡不一樣呢？

- 名前：指全名。
- 苗字：指姓氏。

193 かたかな vs. ぶんしょう

かたかな【片仮名】

⑧ 片假名

説明 假名的一種。日本平安時代初期，取漢字的一部份創造表音文字。例如：從「呂」創造出的「ロ」就是片假名的一種。

例句 「名前は　カタカナで　書いて　ください。」「はい、わかりました。」
／「名字請用片假名書寫。」「好的，我知道了。」

比較

ぶんしょう【文章】

⑧ 文章，散文

説明 把思想和感情用文字表達出來的單篇文字作品。

例句 正しい　文章の　書き方を　習いたいです。
／我想要學習正確的寫作方式。

☞ 哪裡不一樣呢？

• 片仮名：來自於漢字的楷書。
• 文章：單篇文字作品。

194 さくぶん vs. ひらがな

さくぶん【作文】

⑧ 作文

説明 指寫文章。特別是指小學或中學裡，上國文課時寫的文章。

例句 作文を　上手に　書きました。
／寫了一篇精采的作文。

ひらがな【平仮名】

(名) 平假名

說明 假名的一種。主要是由簡化萬葉假名的草體而成的。

例句 平仮名は やさしいが、漢字は 難しい。
／平假名很容易學，但是漢字很難背。

☞ **哪裡不一樣呢？**

- 作文：寫文章。
- 平仮名：來自於漢字的草體。

---

195 やすみ vs. ひま

やすみ【休み】

(名) 休息；假日，休假，休息（時間）；停止營業；睡覺

說明 指停止學習或工作等，使身心得到休息；也指這種時間或日期；也指商店等停止營業；進入睡眠狀態。

例句 妻が 仕事で 夫が 休みの 日に 夕飯を 作ります。
／由於妻子在工作，因此先生在假日做晚飯。

ひま【暇】

(名・形動) 時間，功夫；空閒時間，暇餘

說明 當形容詞時，指能夠自由支配時間的樣子；當名詞時，指沒有工作或義務的麻煩，自己可以自由支配時間。

例句 私には ゴルフを する 暇も 金も ない。
／我可沒空也沒錢打高爾夫球。

☞ **哪裡不一樣呢？**

- 暇：指空閒時間。
- 休み：指休息、放假時間。

13 実力テスト
做對了，往 😊 走，做錯了往 ✕ 走。

次の文の（　）には、どんな言葉が入りますか。1・2から最も適当なものを一つ
選んでください。

實力測驗

Q 哪一個是正確的？
>> 答案在題目後面

➡

1 子どもたちは 静かに（　）を
して います。
1. 宿題
2. 問題

譯 孩子們正在安靜地做（作業）。
1. 宿題：家庭作業
2. 問題：（需要研究，處理，討論的）
　　　事項

---

2 毎日 1時間ぐらい テニスの
（　）を します。
1. テスト
2. 練習

譯 我每天（練習）網球大約一個小時。
1. テスト：考試，試驗
2. 練習：反覆學習，鍛錬

---

3 あの 川の（　）を 知って
いますか。
1. 名前
2. 苗字

譯 你知道那條河的（名字）嗎？
1. 名前：名字
2. 苗字：姓氏

---

4 （　）の「ク」は、漢字の
「久」から 作りました。
1. 片仮名
2. 文章

譯 （片仮名）的「ク」是由漢字的「久」
變化而來的。
1. 片仮名：片假名
2. 文章：文章

---

5 「家族」と いう テーマで
（　）を 書きました。
1. 作文
2. 平仮名

譯 我寫了一篇題目是「家人」的（作文）。
1. 作文：作文
2. 平仮名：平假名

---

6 明日、会社は（　）ですが、
どこにも 行きません。
1. 暇
2. 休み

譯 明天公司雖然（不上班），但是我哪裡
也不去。
1. 暇：空閒時間
2. 休み：休息，休假

207

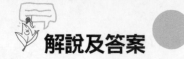

❶ 從「をしています」（正在做）這一線索，知道答案是「宿題<ruby>しゅくだい</ruby>」（家庭作業），教師出給學生的問題；而「問題<ruby>もんだい</ruby>」（事項）指等待解決的事物。不正確。

答案：1

❷ 從「毎日１時間<ruby>まいにちいちじかん</ruby>」（每天一個小時）跟「テニス」（網球）這一線索，知道答案是反覆學習的「練習<ruby>れんしゅう</ruby>」（練習）；而「テスト」（考試）指測驗。不正確。

答案：2

❸ 從問「那條河」這一線索，知道答案是事物的名稱的「名前<ruby>なまえ</ruby>」（名字）；而「苗字<ruby>みょうじ</ruby>」（姓氏）指人的姓氏。不正確。

答案：1

❹ 從「ク」這一線索，知道答案是「片仮名<ruby>かたかな</ruby>」（片假名）；而「文章<ruby>ぶんしょう</ruby>」（文章）是單篇文字作品。不正確。

答案：1

❺ 從「一篇題目是〈家人〉」這一線索，知道答案是「作文<ruby>さくぶん</ruby>」（作文）；而「平仮名<ruby>ひらがな</ruby>」（平假名）是來自於漢字的草體的日本文字。不正確。

答案：1

❻ 表示公司不上班要用停止工作等，使身心得到休息的「休<ruby>やす</ruby>み」（休息，不上班）；而「暇<ruby>ひま</ruby>」（餘暇）是指空閒時間。不正確。

答案：2

文具用品

196 えん vs. おかね

えん【円】

名‧接尾 日圓（日本的貨幣單位）；圓（形）

説明 日本的貨幣單位，計算日幣的詞；從中心到周圍每一點的距離都相等的形體。

例句 アメリカのは 千円ですが、日本のは 800 円です。
／美國製的要一千圓，而日本製的是八百圓。

● 比較

おかね【お金】

名 錢，貨幣

説明 金錢。一般最常只説成「金」，但是也常説成「お金」。

例句 お金が たくさん ほしいです。／我希望擁有龐大的財富。

☞ 哪裡不一樣呢？

> • 円：指貨幣單位。
> • お金：指貨幣、金錢。

197 ボールペン vs. ソープ

ボールペン【ball-point pen】

名 原子筆，鋼珠筆

説明 以小圓珠代替筆尖的書寫工具。

例句 ボールペンを 使って、かわいい 絵を 描きます。
／用原子筆畫出可愛的圖畫。

ソープ【soap】

② 肥皂

説明 用油脂和氫氧化鈉製成的洗滌用品，去汙力強。除了洗臉洗身體之外，還有洗滌用、藥用、工業用等各種不同的總類。

例句 体を 洗う ときは ソープを 使います。
／洗澡時用香皂。

☞ **哪裡不一樣呢？**

- ボールペン：文具用品。
- ソープ：清潔用品。

---

198 ペン vs. まんねんひつ

ペン【pen】

② 筆，原子筆，鋼筆

説明 使用墨水，寫字或畫畫的書寫用具。

例句 手紙を 書く ときは 鉛筆より ペンで 書いた ほうが
ていねいです。／寫信時比起鉛筆，使用鋼筆顯得更有禮貌。

● 比較

まんねんひつ【万年筆】

② 鋼筆

説明 寫字或畫圖的工具。具有使筆桿內裝的墨水，可自動從筆尖流出裝置的攜帶用鋼筆。

例句 万年筆で 漫画を 描く。
／用鋼筆畫漫畫。

☞ **哪裡不一樣呢？**

- ペン：多數時候指原子筆，也包含鋼筆。
- 万年筆：特別指鋼筆。

199　コピー vs. かく

コピー 【copy】

(名・他サ) 拷貝，複製，副本

說明 用機器將文件或圖樣印出同樣的副本。

例句 ノートを　コピーしました。／影印了筆記。

● 比較

かく 【書く】

(他五) 寫，書寫；寫作（文章等）

說明 使用鉛筆或原子筆等，記文字、記號或線條；創作文章等文學作品。

例句 手紙の　返事を　書きます。／寫回信。

☞ 哪裡不一樣呢？

- コピー：複印。
- 書く：書寫。

200　ざっし vs. じびき

ざっし 【雑誌】

(名) 雜誌，期刊

說明 刊登報導、論文等，定期在每週、每個月或是每年出版的書。

例句 この　雑誌は　おもしろいですが、高いです。
　　　／這本雜誌雖然內容有意思，但是價格昂貴。

● 比較

じびき 【字引】

(名) 字典，辭典

說明 「字典」的通俗說法。

例句 知らない　字が　あって、字引を　引いて、調べました。
　　　／看到不懂的字，查了字典。

211

☞ 哪裡不一樣呢？

- **雜誌**：每月或定期出的書。
- **字引**：指字典。

201 じしょ vs. ほん

じしょ【辞書】

名 字典，辭典

說明 把詞收集在一起，按五十音順或拉丁字母順排列，對每個詞都從發音、意義、用法等進行解說的書。

例句 人に 聞くより 辞書を 引いた ほうが いい。
／與其問人，不如查字典來得好。

● 比較

ほん【本】

名 書，書籍

說明 有文字或圖畫的冊子。

例句 本を 見ないで、答えなさい。／回答時請不要看書。

☞ 哪裡不一樣呢？

- **辞書**：指字典。
- **本**：指書籍。

202 かみ vs. ノート

かみ【紙】

名 紙

說明 用植物纖維等製造的，用來書寫或印刷等的薄而平的東西。

例句 丈夫で 薄い 紙を 使います。
／使用強韌而輕薄的紙張。

● 比較

ノート 【notebook 之略】

㊂ 筆記本;備忘錄

説明 用於書寫筆記用的簿子;也指隨時記載,幫助記憶的本子。

例句 ノートに おもしろい ことを いっぱい 書きました。

　　　／在筆記本上寫滿了有趣的文字。

☞ **哪裡不一樣呢?**

- **紙**（かみ）:可書寫的東西。
- **ノート**:書寫的本子。

実力テスト

做對了，往 😊 走，做錯了往 ✕ 走。

次の文の（　）には、どんな言葉が入りますか。
1・2から最も適当なものを一つ選んでください。

實力測驗　Q 哪一個是正確的？
>> 答案在題目後面 ➡

1 （　）は 1000円しか あり
ません。
1. 円
2. お金

譯 我身上的（錢）只有一千圓。
1. 円：日圓
2. お金：錢，貨幣

2 （　）で 顔から 体まで
洗います。
1. ボールペン
2. ソープ

譯 我用（肥皂）從臉洗到身體。
1. ボールペン：原子筆
2. ソープ：肥皂

3 （　）に インクを 入れる。
1. ペン
2. 万年筆

譯 我把墨水注入（鋼筆）裡。
1. ペン：筆
2. 万年筆：鋼筆

4 日曜日は 手紙を （　）、本を
読んだり します。
1. コピーしたり
2. 書いたり

譯 我星期天通常（寫）信或讀書。
1. コピーしたり：拷貝，複製
2. 書いたり：寫，書寫

5 喫茶店で コーヒーを 飲みながら、
（　）を 読んで います。
1. 雑誌
2. 字引

譯 在咖啡廳裡一面喝咖啡一面看（雜誌）。
1. 雑誌：雜誌，期刊
2. 字引：字典

6 （　）を 使わないで 英語の
新聞を 読みました。
1. 辞書
2. 本

譯 不使用（辭典）讀英文報紙。
1. 辞書：辭典
2. 本：書籍

7 （　）を 1枚 取って ください。
1. 紙
2. ノート

譯 請拿一張（紙）給我。
1. 紙：紙
2. ノート：筆記本

バンザーイ!!

がんばってください！！

214

❶ 從「我身上只有一千圓」這一線索，知道
答案是「お金」（貨幣），指貨幣、金錢；
而「円」（えん）（日圓）指貨幣單位。不正確。

答案：2

❷ 從「從臉洗到身體」這一線索，知道答案是
「ソープ」（肥皂），清潔用品；而「ボー
ルペン」（原子筆）是文具用品。不正確。

答案：2

❸ 從「インクを入れる」（い）（注入墨水）這
一線索，知道答案是有貯存墨水裝置的
「万年筆」（まんねんひつ）（鋼筆）；而「ペン」（筆）
指原子筆。不正確。

答案：2

❹ 從「手紙を」（てがみ）（信）這一線索，知道答案是
「書く」（か）（書寫）；而「コピー」是複印。
不正確。

答案：2

❺ 從「喫茶店」（きっさてん）（咖啡廳）跟「読んで」（よ）（看）
這些線索，知道在咖啡廳裡看的是「雑
誌」（し）（雜誌）；而「字引」（じびき）（字典）指字典。
不正確。

答案：1

❻ 從「使わないで」（つか）（沒有使用）跟「英語の（えいご）
新聞を読みました」（しんぶん）（よ）（讀了英文報紙）這些
線索，知道沒有使用的工具是「辞書」（じしょ）（辭
典）；「本」（ほん）指書籍。不正確。

答案：1

❼ 從「1枚」（いちまい）中的量詞，知道答案是「紙」（かみ）（紙）；
而書寫筆記用的簿子「ノート」（筆記本），
量詞為「冊」（さつ）（本）。不正確。

答案：1

215

工作及郵局

203 がくせい vs. せいと

がくせい【学生】

③ 學生

說明 上學校受教育的人。在日本嚴格說來，是指大學生或短大的學生。

例句 <ruby>学生<rt>がくせい</rt></ruby>は、3<ruby>人<rt>さんにん</rt></ruby>しか いません。／只有三個學生。

●比較

せいと【生徒】

③ 學生

說明 在學校學習的人，特別是指在中小學學習的人。

例句 <ruby>教室<rt>きょうしつ</rt></ruby>に、<ruby>先生<rt>せんせい</rt></ruby>と <ruby>生徒<rt>せいと</rt></ruby>が います。
　　　　／教室裡有老師和學生。

☞ **哪裡不一樣呢？**

• <ruby>学生<rt>がくせい</rt></ruby>：指大學生或短大的學生。
• <ruby>生徒<rt>せいと</rt></ruby>：指在中小學學習的人。

204 けいかん vs. せんせい

けいかん【警官】

③ 警官，警察

說明 「警察官」的簡稱。做警察工作的公務員。多專指巡警。「お<ruby>巡<rt>まわ</rt></ruby>りさん」
是比較親切的稱呼方式。

例句 <ruby>彼女<rt>かのじょ</rt></ruby>は <ruby>婦人警官<rt>ふ じんけいかん</rt></ruby>です。／她是女警。

● 比較

せんせい【先生】

③ 老師，師傅；醫生，大夫

[說明] 在學校等居於教育，指導別人的人；又指對高職位者的敬稱如：醫生、政治家等。

[例句] いすから 立って、先生に あいさつしました。。

／從椅子上站了起來向老師問好。

☞ 哪裡不一樣呢？

- **警官**：在警署任職。
- **先生**：指老師或對高職位者的稱呼。

205 おまわりさん vs. いしゃ

おまわりさん【お巡りさん】

③（俗稱）警察，巡警

[說明] 對「警官」（警察）的親切稱呼。

[例句] 知らないので、交番で おまわりさんに 聞いて ください。

／我不知道，請到派出所請教員警。

● 比較

いしゃ【医者】

③ 醫生，大夫

[說明] 檢查生病或受傷的病患，並加以治療的人。也就是把治病、治傷做為職業的人。

[例句] 医者に なって、病気の 人を 助けたいです。

／我希望成為醫師，救助生病的人。

☞ 哪裡不一樣呢？

- **お巡りさん**：在派出所任職的人。
- **医者**：指以治病為業的人。

かいしゃ vs. きぎょう

かいしゃ【会社】

名 公司;商社

說明 以營利為目的,依照公司法,組織而成的法人。

例句 9時に 会社へ 行きます。／九點去公司。

● 比較

きぎょう【企業】

名 籌辦事業;企業,事業

說明 從事生產、製造、運銷及貿易等活動,以營利為目的的事業組織。

例句 私は 日本企業で 働きたいです。／我想在日商公司工作。

☞ 哪裡不一樣呢?

• 会社:依公司法組成的。指公司。
• 企業:從事經濟活動等的組織。指企業。

しごと vs. つとめる

しごと【仕事】

名 工作;職業

說明 指使用身體或頭腦工作;也指為了生活而從事的職務或工作。

例句 仕事の 前か 後に 電話を します。／在工作前或後打電話。

● 比較

つとめる【勤める】

他下一 工作,任職

說明 為了獲得金錢,成為某一組織的一份子,每天上班做一定的工作。

例句 父は 銀行に 勤めて います。
　　　／家父目前在銀行工作。

☞ **哪裡不一樣呢？**

- **仕事**：指工作。名詞。
- **勤める**：指任職。動詞。

208　てがみ vs. はがき

てがみ【手紙】

名 信，書信，函

說明 把想傳達的事，或想跟對方問好，寫下來寄給別人的文書。

例句 手紙を　もらって、嬉しく　なりました。
／收到信後高興得不得了。

● 比較

はがき【葉書】

名 明信片

說明 在一定規格的紙上寫上信文，在另一面寫上對方的住址、姓名等，發出的信件。

例句 結婚した　ことを　はがきで　知らせた。
／用明信片上通知結婚的訊息。

☞ **哪裡不一樣呢？**

- **手紙**：有信封。
- **はがき**：無信封。

209　きって vs. きっぷ

きって【切手】

名 郵票

說明 寄信時用來代替金錢，貼在信封上的小紙片。

例句 切手は、どこに　貼りますか？／郵票要貼在哪裡呢？

比較

きっぷ【切符】

名 票，車票

`說明` 乘坐交通工具，或看電影時，證明付過錢的票據。

`例句` 電車に 乗る 前に、切符を 買います。
／搭電車前先買車票。

☞ 哪裡不一樣呢？

- 切手：指郵票。
- 切符：指車票。

---

210 ふうとう vs. ポスト

ふうとう【封筒】

名 信封，封套

`說明` 裝書信或文件等郵寄的紙袋。

`例句` きれいな 紙で 作った 封筒に 手紙を 入れました。
／把信放進了用漂亮的紙摺成的封套裡。

比較

ポスト【post】

名 郵筒，信箱

`說明` 郵局在路旁設立供人投信的筒狀設備。

`例句` ポストに おもしろい 手紙が 入って いた。
／郵筒裡躺著趣味造型的信函。

☞ 哪裡不一樣呢？

- 封筒：裝信件的紙袋。
- ポスト：寄信的筒狀設備。

15 実力テスト 做對了，往 😊 走，做錯了往 ✕ 走。

次の文の（　　）には、どんな言葉が入りますか。1・2から最も適当なものを一つ選んでください。

實力測驗

Q 哪一個是正確的？
>> 答案在題目後面

1 アリさんは、東京大学（とうきょうだいがく）の（　　）です。
1. 学生（がくせい）
2. 生徒（せいと）

譯 阿里先生是東京大學的（學生）。
1. 学生：（主要指大專院校的）學生
2. 生徒：（中學，高中）學生

2 新（あたら）しい（　　）は やさしくて、学校（がっこう）が 楽（たの）しく なりました。
1. 警官（けいかん）
2. 先生（せんせい）

譯 新來的（老師）很溫柔，上學變得很有趣。
1. 警官：警察
2. 先生：老師

3 自転車泥棒（じてんしゃどろぼう）で（　　）に 捕（つか）まった。
1. お巡（まわ）りさん
2. 医者（いしゃ）

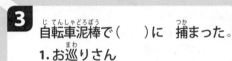

譯 （員警）抓到了自行車的竊賊。
1. お巡りさん：俗稱警察
2. 医者：醫生

4 風邪（かぜ）を 引（ひ）いて、（　　）を 休（やす）みました。
1. 会社（かいしゃ）
2. 企業（きぎょう）

譯 感冒了向（公司）請假。
1. 会社：公司
2. 企業：企業

5 （　　）疲（つか）れた 後（あと）は、テレビを 見（み）て すぐ 寝（ね）ます。
1. 仕事（しごと）で
2. 勤（つと）めて

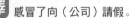

譯 （工作）得很疲憊時，看看電視就馬上睡覺。
1. 仕事で：工作
2. 勤めて：（靜態的）任職

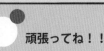

頑張ってね！！

がんばってください！！

6 封筒に （　）を 入れました。
1. 手紙
2. はがき

7 駅では （　）を 売って います。
1. 切手
2. 切符

譯　把（信）放進了信封裡。
1. 手紙：信
2. はがき：明信片

譯　車站會販售（車票）。
1. 切手：郵票
2. 切符：車票

8 （　）に 切手を 貼ります。
1. 封筒
2. ポスト

譯　在（信封）上貼郵票。
1. 封筒：信封
2. ポスト：郵筒

MEMO

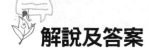 

❶ 從「東京大学」這一線索，知道答案是「学生」（學生），指大學生或短大的學生；而「生徒」（學生）指在中小學學習的人。不正確。

答案：1

❷ 從「讓人變得喜歡上學了」這一線索，知道答案是在學校教育學生的「先生」（老師）；而「警官」（警察）是從事警察工作的公務員。不正確。

答案：2

❸ 從「捕まった」（抓到了）這一線索，知道答案是從事警察工作的「お巡りさん」（警察）；而「医者」（醫生）是治療生病或受傷的病患的人。不正確。

答案：1

❹ 從「休みました」（請了假）這一線索，知道答案是「会社」（公司）；而「企業」（企業）是從事經濟活動等的組織。也指事業。一般不講「跟企業請假」。不正確。

答案：1

❺ 從「疲れた後は」（很疲憊）這一線索，知道答案是「仕事」，指工作；「勤める」指擔任職務。不正確。

答案：1

❻ 從「封筒に」（信封裡）跟「入れました」（放進了）這些線索，知道放入信封的是「手紙」（信），信有信封；而「はがき」（明信片）是不用信封的。不正確。

答案：1

❼「車站會販售」的是「切符」（車票）；而「切手」（郵票）的販售處一般是「郵便局」。不正確。

答案：2

❽ 需要「貼郵票」的是「封筒」（信封）裝信件的紙袋；而「ポスト」（郵筒）是寄信的裝置。不正確。

答案：1

Part 3 • 日常生活

Track ◎ 30

方向位置

211 にし vs. ひがし

にし【西】

名 西，西方，西邊

説明 方位之一。四個基本方向之一。太陽落下的方位。

例句 ここから 西に 行くと、川が あります。
／從這裡往西走，有一條河。

● 比較

ひがし【東】

名 東，東方，東邊

説明 方位之一。四個基本方向之一。太陽升起的方向。

例句 太陽は 東から 西へ 動きます。／太陽由東向西運行。

☞ 哪裡不一樣呢？

• 西：西方。太陽落下的方位。
• 東：東方。太陽升起的方向。

212 きた vs. みなみ

きた【北】

名 北，北方，北邊

説明 方位名。四個基本方位之一。早晨面對太陽升起時左手的一方。

例句 北の 空に 星が 七つ 並んで います。
／北方的天空分布著七顆星星。

● 比較

みなみ【南】

名 南，南方，南邊

說明 方位名。四個基本方位之一。早晨面對太陽升起時右手的一方。

例句 南の 風は 暖かい。北の 風は 冷たい。
／南風溫暖，北風寒冷。

☞ **哪裡不一樣呢？**

- 北：北方。面對太陽升起時左手的一方。
- 南：南方。面對太陽升起時右手的一方。

---

213 うえ vs. そと

うえ【上】

名 （位置）上面；上，高，好；表面，外面

說明 位置比基準高的一方；程度、地位、年齡、能力、數量等比較高；事物的表面、外側；相反詞是「下」。

例句 英語は 姉の ほうが 上だ。
／姊姊的英文能力在我之上。

● 比較

そと【外】

名 外，外面；外面，表面；外頭，外面

說明 某一特定範圍以外的外部；相對於裡面的外邊；家以外的地方，外頭。

例句 外では 雨が 降って います。
／外面下著雨。

☞ **哪裡不一樣呢？**

- 上：指位置、程度、地位、年齡、能力、數量高。
- 外：指事物的外面。

214 した vs. へた

した【下】

名 （位置的）下，下面；低，小；裡面

説明 把物體丟下時的降落方向，位置比基準低的一方；程度、地位、年齡、能力、數量等比較低；從外面看不見的裡面。相反詞是「上」。

例句 本の 下に ノートが あります。
　　／書下面有筆記本。

● 比較

へた【下手】

名・形動 （技術等）不高明，不擅長，笨拙

説明 表示技術拙劣，做不好事情的樣子。沒有不愉快的暗示，只是客觀地敘述而已。

例句 私は、歌が 下手です。
　　／我的歌喉很差。

☞ 哪裡不一樣呢？

• 下：指位置、程度、地位、年齡、能力、數量低。
• 下手：指不擅長某事。

215 ひだり vs. みぎ

ひだり【左】

名 左，左邊，左方；左手

説明 面向北時，靠西的一面。人體上位於心臟的那一側；一般人吃飯時拿碗的那一隻手。

例句 銀行の 左には、高い 建物が あります。
　　／銀行的左邊有一棟高大的建築物。

● 比較

みぎ【右】

⒜ 右，右邊，右方；右手

説明 面向南則靠西的一面。人體沒有心臟的一側；一般人吃飯時拿筷子的那一隻手。

例句 道を 渡る 前に、右と 左を よく 見て ください。
／過馬路前請看清楚右左兩邊有無來車。

☞ 哪裡不一樣呢？

• 左：左邊。面向北時，靠西的一面。
• 右：右邊。面向南時，靠西的一面。

216 なか vs. ほか

なか【中】

⒜ 裡面；其中；內部

説明 四面包圍著的物體的內側；又指許多事物之中；從外面看不到的內部。

例句 この 中で、どれが 一番 きらいですか？
／這裡面你最討厭的是哪一個呢？

● 比較

ほか【外】

⒜・副助 其他，另外；別的，旁邊；（下接否定）只有，只好

説明 除此之外的事或物；也指不是這個，是別的東西、人、地方等；下接否定，表示否定某物以外之意。

例句 外に なにか 質問は ありますか？
／還有沒有其他問題要發問？

☞ 哪裡不一樣呢？

• 中：之中。
• 外：之外。

217 まえ vs. むこう

まえ【前】

⊛（空間的）前，前面；前面，面前

説明 自然站立時，眼睛、鼻子所面對的方向。又指某一物體正前方的位置。

例句 車は、家の　前に　止まって　います。
　　　／車子停在家門前。

● 比較

むこう【向こう】

⊛ 正對面；前面；那邊

説明 在自己正前方稍遠的地方；指從自己這一邊來看，隔著某物，越過它
　　的前方；話題中所指的某處。

例句 この　橋の　向こうは　東京です。
　　　／這座橋的另一邊是東京。

☞ 哪裡不一樣呢？

• 前：在前面。
• 向こう：在前面稍遠的地方。

218 あと vs. うしろ

あと【後】

⊛（地點）後面；（時間）以後；（順序）之後；（將來的事）以後

説明 指背面的方向，地點、位置的後面；現在之後，某時之後；某連續事
　　物中，接下來的事物；過些時間以後。

例句 まず　飛行機に　乗って、その　あと　電車と　バスに　乗ります。
　　　／先搭飛機，然後換乘電車和巴士。

比較

うしろ 【後ろ】

名 後面，背面；背後，背地裡

說明 與臉部相反的方向，與物體正面相反的方向；表面看不到的地方，事物朝里面的部分。

例句 郵便局は　スーパーの　後ろです。

／郵局位於超市後方。

☞ 哪裡不一樣呢？

- 後：用在地點、時間、順序、將來的事。
- 後ろ：用在方向、背後的事物。

做對了，往 😊 走，做錯了往 ✖ 走。

次の文の（　）には、どんな言葉が入りますか。1・2から最も適当なものを一つ選んでください。

實力測驗

Q 哪一個是正確的？

>> 答案在題目後面

1 （　）の 空から 日が のぼって来ます。

1. 西
2. 東

譯 太陽從天空的（東方）升起。
1. 西：西邊
2. 東：東邊

2 台湾は 日本の （　）に あります。

1. 北
2. 南

譯 台灣位於日本的（南方）。
1. 北：北邊
2. 南：南邊

3 山の （　）に 白くて 大きい 建物が あります。

1. 上
2. 外

譯 山（上）有一棟大型建築物。
1. 上：上面
2. 外：外面

4 机の （　）が 汚く なりました。

1. 下
2. 下手

譯 桌子（下面）變髒了。
1. 下：下面
2. 下手：不擅長

5 英語は （　）から 書く。

1. 左
2. 右

譯 英文的寫法是從（左）到右。
1. 左：左邊
2. 右：右邊

6 「京都の　旅行は　みんな　行きますか。」「私は　行きませんが、（　）の　人たちは　行きますよ。」
1.中　　2.ほか

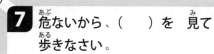

頑張ってね！！

譯「大家都去京都旅遊嗎？」「我不能去，但是（其他）人都會去喔。」
1.中：其中
2.ほか：其他

7 危ないから、（　）を　見て　歩きなさい。
1.前
2.向こう

8 「公園の　（　）に　何か　ありますか。」「小さい　山が　あります。」
1.後　　2.後ろ

譯 走路時請看（前面），不然會發生危險。
1.前：前面
2.向こう：正對面

譯「公園（後面）有什麼呢？」
「有一座小山丘。」
1.後：後面
2.後ろ：後面；背面

MEMO

解說及答案

❶ 太陽升起的方位是「東」（東邊）；而「西」（西邊）是太陽落下的方位。不正確。

答案：2

❷ 「台灣位於日本」的是「南」（南邊）；而「北」（北邊）。不正確。

答案：2

❸ 從「山の」（山的）這一線索，知道答案是指位置的「上」（上面）；而「外」（外面）是指事物的外面。不正確。

答案：1

❹ 從「机の」（桌子的）這一線索，知道答案是指位置的「下」（下面）；而「下手」（不擅長）指不擅長某事。不正確。

答案：1

❺ 英文是從左寫到右的，答案是「左」（左邊）；「右」（右邊）。不正確。

答案：1

❻ 要表示「我不能去，但是（其他）人都會去」要用「ほか」（其他），表示除此之外的人事物；而「中」（其中）表示許多事物之中。不正確。

答案：2

❼ 從「危ないから」（因為危險）跟「見て歩きなさい」（走路時要看）這些線索，知道答案是站立時面對的方向的「前」（前面）；而「向こう」（正對面）是在前面稍遠的地方。不正確。

答案：1

❽ 從不會動的「公園の」（公園的）這一線索，知道答案是「後ろ」（後面），用在不會動的東西、場所的後面；「後」（後面）表示會移動的東西、時間等的後面。不正確。

答案：2

位置、距離、重量等

219 ちかく vs. となり

ちかく【近く】

(名・副) 附近，近旁；接近；（時間上）近期，即將

説明 其附近一帶；離某一為基準的地方不遠之處；也指時間上的靠近。

例句 家の 近くで、タクシーを 降りる。
／在家附近下計程車。

● 比較

となり【隣】

(名) 鄰居，鄰家；隔壁，旁邊；鄰近，附近

説明 左或右相連的位置。也指該位置的人。

例句 花屋は 郵便局の 隣に ある。／花店在郵局隔壁。

☞ 哪裡不一樣呢？

- 近く：在附近不遠。
- 隣：左右相連的位置。

220 がわ vs. へん

がわ【側】

(名・接尾) …邊，…側；…方面，立場；周圍，外殼

説明 接在東西南北、左右或指示代名詞等詞後面，表示「…邊」；相對的
事物的某一方；包圍著中心部分的東西。

例句 玄関を 入って 左側が 台所です。／進玄關後左手邊是廚房。

へん【辺】

② 附近，一帶；程度，大致

説明 表示大致的地點或程度的詞。「辺」一般不能單獨使用。

例句 財布は　どの　辺で　なくしましたか。
／錢包是在哪一帶弄丟的呢？

☞ 哪裡不一樣呢？

• 側：有一定的範圍。例如：左邊（左側）、右邊（右側）。
• 辺：範圍較大。

---

221 そば vs. よこ

そば【側・傍】

② 旁邊，近處，附近

説明 指近處、旁邊、附近，跟基準物之間的距離很少的地方。

例句 私の　そばに　いて　ください。
／請留在我身邊。

● 比較

よこ【横】

② 横向；横，寬；旁邊；側面

説明 與地面平行左右的方向；也指其長度；還有相鄰在隔壁的意思；東西的側面之意。

例句 ドアの　横に　本棚が　あります。
／門邊有書架。

☞ 哪裡不一樣呢？

• そば：在旁邊附近。
• 横：在横向旁邊。

---

222 かど vs. まるい

かど【角】

名 角；(道路的)拐角，角落

說明 物品一端的尖處；又指道路的拐角。

例句 机の 角を 丸く して ください。／請把桌角磨圓。

● 比較

まるい【丸い・円い】

形 圓形，球形

說明 呈現出圓形或球形的形狀。立體物用「丸い」，平面物用「円い」。

例句 いつごろ、月は 丸く なりますか？／請問月亮會在什麼時候變圓呢？

☞ **哪裡不一樣呢？**

- 角：形狀為尖。
- 丸い・円い：形狀為圓。

223 いま vs. さき

いま【今】

名·副 現在，此刻；(表最近的將來)馬上；剛才

說明 現在的一瞬，此時此刻；也指包括離現在極近的未來或過去的詞。

例句 先生がたは、今 どこに いらっしゃいますか？
／老師們現在在哪裡呢？

● 比較

さき【先】

名 先，早，前頭；頂端，尖端；前面

說明 進行中的事物的最前頭。也指次序在前；細長物的最前端；行進中的前方。

例句 先に 帰りますので、あとは よろしく お願いします。
／我先回去了，後續事務麻煩你們了。

☞ 哪裡不一樣呢？

- **今**：現在的一瞬；離現在極近的未來或過去。
- **先**：在進行的事物中，是最前面的。

224 キロ vs. メートル

キロ【（法）kilogramme 之略】

名 千克, 公斤

說明 重量單位, 公斤的十分之一。

例句 この 牛は 重さが 700 キロ あります。
／這頭牛重達七百公斤。

● 比較

メートル【mètre】

名 公尺, 米

說明 國際公制的長度單位。一公里等於 1000 公尺, 也簡稱為「キロ」。符號是「km」。

例句 そこから あそこまで、10 メートル あります。
／從那裡到更遠那邊是十公尺。

☞ 哪裡不一樣呢？

- **キロ**：重量單位, 公斤。
- **メートル**：長度單位, 公尺。

225 キロ vs. グラム

キロ【（法）kilo mêtre 之略】

名 一千公尺, 一公里

說明 國際公制的長度單位。一公里等於一千公尺, 也簡稱為「キロ」。符號是「km」。

例句 ここから 隣の 町まで 200 キロメートルぐらいです。
／從這裡到鄰鎮大約距離兩百公里。

● 比較

グラム【(法) gramme】

名 公克

説明 國際公制的重量單位。符號「g」。一公斤的千分之一。克。

例句 三つで 200 グラムです。／三個共二百公克。

☞ 哪裡不一樣呢？

- キロ：長度單位，公里。
- グラム：重量單位，公克。

---

226 はん vs. はんぶん

はん【半】

名・接尾 一半；…半

説明 一半，一半的數量；指時間的 30 分。

例句 もう 5時半に なりました。／已經五點半了。

● 比較

はんぶん【半分】

名 半，一半，二分之一

説明 二分之一。把全體平分成兩份時，其中的一份。

例句 急いで やって、かかる 時間を 半分に します。
／加速做完，只花了一半時間。

☞ 哪裡不一樣呢？

- 半：一半的數量；也指三十分鐘。
- 半分：指全體的二分之一。

227 つぎ vs. まえ

つぎ【次】

㊂ 下次，下回，接下來；第二，其次

說明 順序排在下一個，緊接在後面的；居某事物的第二地位。

例句 次の テストは、大丈夫でしょう。
　　　／下次考試應該沒問題吧。

●比較

まえ【前】

㊂ （時間的）…前，之前

說明 前接時間詞，表示過去，也就是現在以前。

例句 それは、何年前の 話ですか？
　　　／那是幾年前的事呢？

☞ **哪裡不一樣呢？**

- 次：順序之後。
- 前：時間之前。

228 いくつ vs. いくら

いくつ【幾つ】

㊂ （不確定的個數，年齡）幾個，多少；幾歲

說明 詢問可數的東西的數量，人的年齡有多大的詞。一般詢問個數、年齡及天數等。

例句 店の 人は 何を いくつ 出しますか。
　　　／店員拿出幾件什麼東西呢？

比較

いくら【幾ら】

图（錢，價格，數量等）多少；（只有）一點兒

說明 詢問數量、價錢或份量的詞；不確定的數量、價錢或份量等，強調其多或少時用的詞。

例句 その 長^{なが}い スカートは、いくらですか？

／那條長裙多少錢呢？

☞ **哪裡不一樣呢？**

- **いくつ**：多用於詢問數量、年齡及天數。

- **いくら**：多用於詢問價錢、數量及份量。

做對了，往 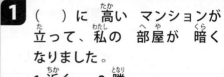 走，做錯了往 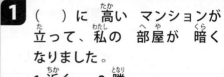 走。

次の文の（　）には、どんな言葉が入りますか。1・2から最も適当なものを一つ選んでください。

實力測驗
Q 哪一個是正確的？
>> 答案在題目後面

1 （　）に 高い マンションが 立って、私の 部屋が 暗く なりました。
1. 近く　　2. 隣

譯（隔壁）聳立著一棟高樓大廈，使我的房間變得很暗。
1. 近く：附近
2. 隣：隔壁

2 銀行は、この 角を 曲がって、左（　）に あります。
1. 側
2. 辺

譯 銀行在這個轉角過去的左（邊）。
1. 側：…邊，…側
2. 辺：附近，一帶

3 紙を （　）4センチ 切りました。
1. そば
2. 横

譯 把紙張裁成了（寬度）四公分。
1. そば：旁邊
2. 横：寬

4 駅を 出て、二つ目の （　）を 左に 曲がって ください。
1. 角
2. 丸い

譯 出站後，請在第二個（轉角）左轉。
1. 角：（道路的）拐角
2. 丸い：圓的

5 木村さんは（　）どこに 住んで いますか。
1. 今
2. 先

譯 木村小姐（現在）住在哪裡呢？
1. 今：現在
2. 先：之前

6 ホテルは、この 道を 400（　　）
いって 右側に あります。
1. キロ
2. メートル

頑張ってね！！

譯 旅館位於這條路四百（公尺）處的右邊。
1. キロ：公斤、公里
2. メートル：公尺

7 すみません。この 牛肉は 100
（　　） いくらですか。
1. キロ
2. グラム

8 宿題を まだ（　　）しか 書いて
いません。
1. 半
2. 半分

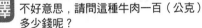

譯 不好意思，請問這種牛肉一百（公克）
多少錢呢？
1. キロ：公斤、公里
2. グラム：公克

譯 習題才做到（一半）而已。
1. 半：中途，一半
2. 半分：特指二分之一

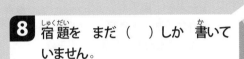

9 友だちが 来る（　　）に 部屋を
きれいに します。
1. 次
2. 前

譯 我在朋友來訪（之前）把房間整理乾淨。
1. 次：接下來
2. 前：之前

10 この リンゴは 一つ（　　）
ですか。
1. いくつ
2. いくら

譯 這種蘋果一個（多少錢）呢？
1. いくつ：多少個
2. いくら：多少錢

❶ 從「使我的房間變得很暗」這一線索，知道答案是左右位置緊鄰的「隣」（隔壁）；而「近く」（附近）指在附近不遠。不正確。

答案：2

❷ 答案是「側」（…邊）有一定的範圍。例如：左邊（左側）、右邊（右側）；而「辺」（附近）表示大致的地點，所指範圍較大。不正確。

答案：1

❸ 從「4センチ」（四公分）這一線索，知道答案是指寬度的「橫」（寬）；而「そば」（旁邊）是指跟基準物之間的距離很少的旁邊、附近的意思。不正確。

答案：2

❹ 從「左に曲がって」（左轉）這一線索，知道答案是道路拐角的「角」（拐角）；而「丸い」（圓的）是圓形或球形的形狀。不正確。

答案：1

❺ 表示「現在住在哪裡呢」，用「今」（現在），指現在，包括說話前后的一段時間；而「先」（之前）指次序在最前面。不正確。

答案：1

❻ 表示道路的長度用「メートル」（公尺）長度單位；而「キロ」有兩個意思：一是重量單位「キログラム」（公斤），一是長度單位「キロメートル」（公里）。都不正確。

答案：2

❼ 表示牛肉的重量用「グラム」（公克）重量單位；而「キロ」有兩個意思：一是重量單位「キログラム」（公斤），一是長度單位「キロメートル」（公里）。都不正確。

答案：2

❽ 從「宿題」（習題）這一線索，知道答案是表示全體的二分之一數量的「半分」（一半）；而「半」（二分之一）一般前面會加「數字＋量詞」，如「5時半」。且大多用在時間和距離上。不正確。

答案：2

❾ 答案是「前」（之前），表示某時間、動作之前；而「次」（接下來）表示順序之後。不正確。

答案：2

❿ 從詢問「這種蘋果一個…呢？」這一線索，知道答案是詢問價錢的「いくら」（多少錢）；而「いくつ」（多少個）多用於詢問數量、年齡及天數。不正確。

答案：2

意思相對的

229　つめたい vs. さむい

つめたい【冷たい】

㊑ 冷，涼；冷淡，不熱情

說明 表示物體的溫度低超過限度，接觸時感覺溫度非常低的樣子。摸到冰塊的感覺；對對方漠不關心。

例句 冷蔵庫で、水を 冷たく します。／把水放在冰箱冷藏。

●比較

さむい【寒い】

㊑ （天氣）寒冷；冷

說明 表示氣溫非常低；又指氣溫低於限度，使全身感到又冷又不舒服的樣子。

例句 本屋の 前は 寒いから、会う ところは 中に しましょうか。

／書店前面太冷了，碰面的地點改到店裡面吧。

☞ 哪裡不一樣呢？

- 冷たい：接觸低溫物體而感到冷。
- 寒い：氣溫低而感到冷。

230　あたらしい vs. わかい

あたらしい【新しい】

㊑ 新的，新鮮的；新的

說明 指產生之後沒有多久，時間過去不久的樣子；又表示事物、想法，初次出現的樣子。是客觀的表現。

例句 これ、私の 新しい アパートの 電話番号です。

／這是我新家公寓的電話號碼。

わかい 【若い】

㊙ 年紀小，有朝氣；幼稚；年輕

說明 用在人的場合指年齡小，精力充沛，經驗不足。強調相對來說年齡處
於較小的狀態；幼稚不成熟；以年齡來看，顯得年輕。

例句 コンサートは　若い　人で　いっぱいだ。
／演唱會上擠滿了年輕人。

☞ **哪裡不一樣呢？**

- 新しい：用在事物，表示新的。
- 若い：用在年齡，表示年紀小的。

---

231 ふるい vs. わるい

ふるい 【古い】

㊙ 以往，古老；過時，落後；不新鮮

說明 客觀地表示經過長久的年月；或表示與過去相同，感覺不到變化；
不符合時下潮流。

例句 この　家は、とても　古いです。
／這棟房子的屋齡很老了。

比較

わるい 【悪い】

㊙ 不好，壞的；不好；差，壞；不好

說明 從道德上看不好、惡劣；機遇等不好；質量、能力等不好。各種各樣
不好的狀態。

例句 悪い　映画は　子どもに　見せません。
／不讓孩子看不良的電影。

☞ **哪裡不一樣呢？**

- 古い：客觀地表示經歷年月，老舊的狀態。
- 悪い：主觀地表示惡劣、能力等不好的樣子。

232 あつい vs. ひろい

あつい【厚い】

形 厚；(感情，友情)深厚

說明 從一面到相反的一面的距離大或深。至於多厚並沒有絕對的標準，一般會因東西的不同而有差異；感情深厚的樣子。

例句 ケーキを 厚く 切らないで ください。
／請不要把蛋糕切成厚片。

● 比較

ひろい【広い】

形 (面積，空間，幅度)廣大，寬廣，寬闊；(範圍)廣泛

說明 面積、空間或幅度等大而寬敞的樣子；覆蓋範圍大。跟暗示整個量大的「大きい」(大)比較，「広い」暗示平面面積大。

例句 北海道は 九州より 広いです。
／北海道比九州遼闊。

☞ 哪裡不一樣呢？

- 厚い：用在厚度。
- 広い：用在面積。

233 うすい vs. ほそい

うすい【薄い】

形 薄；淺，淡；待人冷淡

說明 表示東西的厚度薄，沒有深度；又指顏色或味道淡；感情淡薄的樣子。

例句 パンを 薄く 切ります。
／把麵包切成薄片。

ほそい【細い】

形 細，細小，瘦削；狹窄

説明 形容細長的東西，如線、鉛筆、樹木、身體、手指或腳等，周圍的長度短；也指寬度窄小。

例句 山の 細い 道を 車で 通るのが 嫌です。
／我討厭開車行駛在山間的小路上。

☞ 哪裡不一樣呢？

• 薄い：東西厚度薄。
• 細い：東西形狀細長。

234 あまい vs. からい

あまい【甘い】

形 甜的；甜蜜的，甜美的

説明 具體地表示食物的味道，像白糖或蜂蜜那樣的味道；給人好感的，讓對方喜歡的。

例句 これは、甘い お菓子です。
／這是甜點。

● 比較

からい【辛い】

形 辣，辛辣；鹹的；嚴格

説明 味覺的形容詞之一。嘴裡放進辣椒、芥末或咖哩粉似地，舌頭受到刺激，感覺火辣辣的；味道太鹹的；評價嚴格的。

例句 辛い ものが 大好きです。
／我最喜歡吃辛辣的食物。

☞ 哪裡不一樣呢？

• 甘い：指甜味。
• 辛い：味道刺激，辣味；太鹹的。

いい・よい vs. けっこう

いい・よい【良い】

(形) 好，佳，良好；可以，行

説明 表示各種各樣的良好狀態。質量或程度等優異、理想的樣子；又表示答應對方希望的事。褒義詞。

例句 午前は いい 天気ですが、午後は 雨が 降ります。
／上午天氣還很好，下午卻下起雨來。

● 比較

けっこう【結構】

(形動・副) 很好，出色；可以；(表示否定) 不用，不要；相當

説明 非常好、程度高的樣子。用在對結果或現象表示肯定和滿足的時候；又表示「也可以」的意思；還有，禮貌地拒絕對方表示「不用了」；也表示在一般程度之上。

例句 結構な ものを ありがとうございます。
／謝謝您做出如此講究的作品。

☞ 哪裡不一樣呢？

- **いい**：事物或行為有良好的狀態；又表示答應對方。
- **結構**：結果或現象比想像中的好；又表示拒絕對方。

236 いそがしい vs. たいへん

いそがしい【忙しい】

(形) 忙，忙碌

説明 要做的事情一個接著一個，沒有一時閒暇，忙得不可開交的樣子。

例句 仕事で 忙しかったです。
／那時工作忙得不可開交。

たいへん【大変】

(副・形動) 不得了；很，非常，太

說明 表示事物的程度十分嚴重的樣子。也指十分辛苦的樣子；也表示遠遠超過普通的程度。是一種比較口語的說法。

例句 ピアノを　2階に　あげるのが　大変だ。
／要把鋼琴搬上二樓可是一件大工程。

☞ 哪裡不一樣呢？

- **忙しい**：事情緊接而來，沒有空閒時間。
- **大変**：指事情程度甚大、十分嚴重、辛苦。

Track ◉ 33

237　きらい vs. いや

きらい【嫌い】

(形動) 嫌惡，厭惡，不喜歡

說明 不合乎自己的愛好。表示厭惡最一般的用語。原則上是貶義詞。相反詞是「好き」。

例句 好きか　嫌いか　教えて　ください。
／請告訴我，你到底是喜歡還是討厭。

いや【嫌】

(形動) 討厭，不喜歡，不願意；厭煩

說明 很不願意接納，對事物或人不快的樣子。貶義詞。多半是主觀上的厭惡，有時候沒有明確的理由；也表示不願意繼續下去的心情。

例句 黒い　シャツは　嫌です。白いのが　いいです。
／我討厭黑色襯衫，喜歡白色的。

☞ 哪裡不一樣呢？

- **嫌い**：用於厭惡的事物。
- **嫌**：用於不想要的事物。

238 すき vs. だいすき

すき【好き】

(名・形動) 喜好，愛好；愛，產生感情

說明 表示心被特定的事物所吸引的樣子；也表示被人所吸引的樣子。相反詞是「きらい」（討厭）。

例句 野菜が 好きな 人は 30人の 中で 3人でした。
／喜歡吃蔬菜的人在每三十人之中佔三人。

● 比較

だいすき【大好き】

(形動) 非常喜歡，最喜好

說明 表示心裡受到誘惑，非常喜歡的樣子。比「好き」程度更上一層。

例句 私は、お酒も 大好きです。
／我也非常喜歡喝酒。

☞ 哪裡不一樣呢？

- 好き：喜歡程度小於「大好き」。
- 大好き：喜歡程度高於「好き」。前面不再接程度副詞，如：とても。

239 おいしい vs. まずい

おいしい【美味しい】

(形) 美味的，可口的，好吃的

說明 食物美味的樣子。「おいしい」一般對象是食物，也有例外，如：「おいしい空気」（新鮮空氣）。

例句 その 店の ラーメンは、おいしいですか？
／那家店的拉麵好吃嗎？

まずい【不味い】

㊫ 不好吃，難吃

説明 味道不好的樣子。具有直接表現味道不好的強烈語感。相反詞是
「おいしい」（好吃）。

例句 この 料理は まずいです。
／這道菜很難吃。

☞ 哪裡不一樣呢？

- おいしい：味道好。
- まずい：味道不好。

240 おおい vs. たくさん

おおい【多い】

㊫ 多，多的

説明 表示數量或次數多到超過比較物或比較基準。

例句 兄弟が 7人ですか。多いですね。
／您有七個兄弟姊妹呀，好多喔。

● 比較

たくさん【沢山】

㊰·㊟·㊞ 很多，大量；足夠，不再需要

説明 當「副詞」時，表數量很多。當「形容動詞」時，表已經足夠，再也
不需要。反義詞是「すこし」。

例句 雪が たくさん 降ります。
／雪下得很大。

☞ 哪裡不一樣呢？

- 多い：指數量很多。
- たくさん：指數量很多；也指太多了，不再需要。

241 すくない vs. すこし

すくない【少ない】

形 少，不多

說明 數量小、僅有一點點。也指次數比一般少。

例句 最近 明るい ニュースが 少ないですね。
／最近沒什麼正面的新聞呢。

比較

すこし【少し】

副 少量，稍微，一點

說明 表示數量和程度的少，時間和距離短。相反詞是「たくさん」（很多）。

例句 彼は すぐに 来ますので、もう 少し 待って ください。
／他馬上就來了，請再稍等一下。

☞ **哪裡不一樣呢？**

- 少ない：只指數量少。有時含有驚訝、意外、責備的語感。
- 少し：指某範圍中的一點點。

242 たかい vs. おおきい

たかい【高い】

形 （程度，數量，價錢）高，貴；（身材，事物等）高，高的

說明 表示程度，數量，價錢，比起其他事物都要高，需要的更多；也指在基準面的上面，離地面的距離大。

例句 こんなに 高い 本は、だれも 買わないでしょう。
／這麼貴的書，誰也不會買吧。

おおきい【大きい】

㊑（體積，身高，程度，範圍等）大，巨大；（數量）大，廣大

說明 物體的面積或體積，或者事物的規模、範圍，在其他之上。又指數量在別的之上。

例句 旅行の かばんは ありますか。大きくて 軽いのが ほしいのですが。／這裡有賣旅行包嗎？我想要一只容量大且重量輕的。

☞ 哪裡不一樣呢？

* 高い：指物體從上到下距離大或價格高。
* 大きい：指物體的面積、體積大或數量大。

243 かるい vs. ちいさい

かるい【軽い】

㊑ 輕的，輕便的；（程度）輕微的；輕鬆的

說明 不需花費太大的力氣，很簡單地就能把東西移動或拿起；不是什麼了不起的程度；心中沒有任何負擔。

例句 こっちの 荷物の ほうが 軽いです。
／這個行李比較輕。

● 比較

ちいさい【小さい】

㊑ 小的；微少，輕微，幼小的

說明 表示物體的面積和體積，或者事物的規模和範圍比別的量小；又指數量、程度比別的輕微，年齡幼小的。

例句 おじいちゃんは 体が 小さいが、とても 元気です。
／爺爺雖然身材瘦小，仍然十分老當益壯。

☞ 哪裡不一樣呢？

* 軽い：體積輕。
* 小さい：體積小。

244 おもい vs. たいせつ

おもい【重い】

㊒（份量）重；沉重

說明 拿起或移動物體時，感到需要很大力量；也指心情不好。

例句 重い 荷物を 持ちました。
／帶了很重的行李。

● 比較

たいせつ【大切】

㊒働 重要，要緊；心愛，珍惜

說明 最重要，重要到不可缺少的程度；又指十分注意、關心的樣子。

例句 私の 大切な ものは、あれでは ありません。
／我最重要的東西不是那個。

☞ 哪裡不一樣呢？

- 重い：指物體具體份量重；心情不好。
- 大切：指心理上感到重要、關心。

Track ◎ 34

245 おもしろい vs. たのしい

おもしろい【面白い】

㊒ 好玩；有趣，新奇；可笑的

說明 表示高興得心曠神怡；引起興趣的樣子。引起興趣是個人帶有主動的慾望，比「楽しい」表現得理智些；也指可笑的、滑稽的。

例句 面白い ことを 言う お兄さんが 好きだ。
／我喜歡説話風趣的哥哥。

たのしい【楽しい】

㊙ 快樂，愉快，高興

說明 表示客觀的滿意的狀態，非常高興，心裡很興奮。

例句 みんなで 楽しく 日本語の 歌を 歌いました。
／大家一起開心地唱了日文歌。

☞ 哪裡不一樣呢？

> • 面白い：主觀地對事物感到有趣、好笑。
>
> • 楽しい：客觀地對事物感到滿足、高興。

---

246 せまい vs. つまらない

せまい【狭い】

㊙ 狹窄，狹小，狹隘

說明 表示空間面積小，達不到所需的寬廣度。

例句 親と 一緒に 住むから、うちが 狭く なりました。
／我和父母同住，所以家裡變得很擁擠。

● 比較

つまらない

㊙ 無趣，沒意思；無意義

說明 既沒趣也不可笑，不愉快的樣子；也表示沒有價值、無聊、荒謬。常用於日常會話。

例句 その 映画は、おもしろいか つまらないか 教えて ください。
／請告訴我那部電影有意思還是很無聊。

☞ 哪裡不一樣呢？

> • 狭い：指空間面積小。
>
> • つまらない：指心理感到無趣、沒有價值。

247 きたない vs. いや

きたない【汚い】

形 骯髒；（看上去）雜亂無章，亂七八糟

説明 表示具體的或抽象的不清潔、弄髒的樣子；也表示不整潔、雜亂無章，
使人感到不快的樣子。

例句 よく 洗いましたが、まだ 汚いです。
／雖然洗過很多次了，還是很髒。

● 比較

いや【嫌】

形動 討厭，不喜歡，不願意；厭煩

説明 很不願意接納，對事物或人不快的樣子。貶義詞。多半是主觀上的厭
惡，有時候沒有明確的理由；也表示不願意繼續下去的心情。

例句 黒い シャツは 嫌です。白いのが いいです。
／我不要黑色的襯衫，想要白色的。

☞ 哪裡不一樣呢？

- 汚い：指具體或抽象事物髒的狀態。
- 嫌：主觀上對事物的厭惡。

248 かわいい vs. きれい

かわいい【可愛い】

形 可愛，討人喜愛，小巧玲瓏；心愛，心疼

説明 小巧可愛，給人好感或討人喜歡的情況；也表示疼愛自己的孩子等。

例句 赤ちゃんの 小さい 手が かわいいです。
／嬰兒的小手好可愛。

きれい【綺麗】

形動 漂亮，好看；整潔，乾淨

説明 表示客觀敘述視覺、感覺好，美的樣子；又表示乾淨而美觀俐落，使人感到舒服的樣子。

例句 あの 目の きれいな 方は どなたですか。
／請問那位擁有一雙美麗眼眸的人是誰呢？

☞ 哪裡不一樣呢？

• かわいい：主觀地感到討人喜愛的情況。
• きれい：客觀敘述人事物的美或乾淨的樣子。

---

249 しずか vs. にぎやか

しずか【静か】

形動 靜，安靜；平靜，沈穩；文靜

説明 表示聲音非常小，幾乎聽不到，寂靜無聲；又指動作不激烈、安穩，活動少的樣子；性情溫和老實。

例句 ちょっと 静かに して ください。／請安靜一點。

● 比較

にぎやか【賑やか】

形動 熱鬧，繁華；有說有笑，鬧哄哄

説明 街上人多、繁盛活躍，有活力、騷動、熱鬧的樣子；也表示快活得又說又笑，歡鬧得有些煩人。

例句 そこは たくさん デパートが あって、人も たくさん いて、とても 賑やかでした。
／當初那裡有很多家百貨公司，人潮也相當擁擠，非常熱鬧。

☞ 哪裡不一樣呢？

• 静か：聲音安靜。
• 賑やか：聲音吵雜。

250 じょうず vs. できる

じょうず【上手】

名・形動 （某種技術等）擅長，高明，厲害

說明 技術、技能高超的樣子。跟暗示對於技術高超的感動「うまい」相比。「上手」強調技術卓越。

例句 彼女は 料理が とても 上手です。
／她的廚藝非常精湛。

● 比較

できる【出来る】

自上一 能，會，辦得到；做好，做完

說明 表示有能力或可能性做某事；某事被完成了，做好了。

例句 テストは 難しくて、全然 できませんでした。
／考題很難，我完全不會作答。

☞ 哪裡不一樣呢？

• 上手：擅長做某事。

• できる：做得到某事。

251 よわい vs. へた

よわい【弱い】

形 弱的；弱；不擅長

說明 表示力量不夠，不能依靠；也指作用力小；技術拙劣。

例句 弟は 体が 弱いから、毎日 運動を します。
／弟弟體力欠佳，因此天天運動。

へた【下手】

名·形動（技術等）不高明，不擅長，笨拙

說明 表示技術拙劣，做不好事情的樣子。沒有不愉快的暗示，只是客觀地敘述而已。

例句 アメリカ人は　箸を　使うのが　下手だ。
／美國人不擅於使用筷子。

☞ **哪裡不一樣呢？**

- 弱い：指體力、身體不好，精神薄弱的樣子。
- 下手：客觀地敘述技術拙劣的樣子。

252　ひくい vs. やすい

ひくい【低い】

形 低，矮；卑微，低賤

說明 低於某一標準面。也指從最下面到最上面的距離短；還表示等級或價值在其他事物之下。

例句 明日の　気温は、低いでしょう。
／明天的氣溫應該很低吧。

やすい【安い】

形 便宜，（價錢）低廉

說明 只花一點錢就能買到，價錢相對不高的樣子。

例句 この　店の　ラーメンは　安いです。そして、おいしいです。
／這家店的拉麵很便宜，而且又好吃。

☞ **哪裡不一樣呢？**

- 低い：指距離短；價值低。
- 安い：指價格低。

253　ちかい vs. みじかい

ちかい【近い】

⊞（距離）近，接近，靠近；（時間）快，將近

說明 地方、人或東西的空間距離小的樣子；又指時間的間隔小的樣子。

例句 山に　近い　ところに　住みたいですね。
　　　／我好想住在山邊喔。

●比較

みじかい【短い】

⊞（時間）短少；（距離，長度等）短，近

說明 指從開始到結束經過的時間少的樣子；又從一端到另一端的距離短的樣子。

例句 なぜ　女の人は　短い　スカートが　好きですか。
　　　／為什麼女人喜歡穿短裙呢？

☞ **哪裡不一樣呢？**

* 近い：事物空間的距離近；時間的間隔小。
* 短い：起點到終點的距離短；開始到結束時間少。

254　とおい vs. ながい

とおい【遠い】

⊞（距離）遠；（時間間隔）久遠；（關係）遠，疏遠

說明 指到那裡的距離長；也指去那裡很費時間的樣子；沒什麼交往，關係疏遠。

例句 遠い　国へ　行く　前に、先生に　あいさつを　します。
　　　／在遠渡重洋之前向老師辭行。

ながい【長い】

㊟（距離）長；（時間）長久，長遠

説明 從一端到另一端的距離大的樣子；又指從開始到結束，經過的時間相當長的樣子。

例句 道は、どれぐらい　長いですか？

／那條路大約多長呢？

☞ 哪裡不一樣呢？

• 遠い：事物空間的距離遠；時間的間隔遠。
• 長い：起點到終點的距離長；開始到結束時間長。

255 じょうぶ vs. つよい

じょうぶ【丈夫】

㊟（身體）健壯，健康；堅固，結實

説明 身體健康、結實的樣子；又指東西堅固，不容易損壞的樣子。

例句 この　靴は　安くて　丈夫ですよ。

／這雙鞋子雖然便宜，但是很耐穿喔。

● 比較

つよい【強い】

㊟ 強大，有力，擅長的；猛，強烈；強壯，結實

説明 與其他相比，在力量、技術、能力等優越；又指作用於他物的力量或勢頭大；對某現象的耐力大。

例句 明日は　一日　風が　強いでしょう。

／明日全天風勢強大。

☞ 哪裡不一樣呢？

• 丈夫：指身體結實，東西堅固。
• 強い：指身體結實，意志堅強；力量強大，能力優越；作用力大。

256 ふとい vs. あつい

ふとい【太い】

形 粗，肥胖

說明 字、線、鉛筆、木頭、手指、腳等線狀或棒狀物的周圍和寬度大。

例句 最近 足が 太く なりました。
／最近腿變粗了。

比較

あつい【厚い】

形 厚；（感情，友情）深厚，優厚

說明 從一面到相反的一面的距離大或深。至於多厚並沒有絕對的標準，
一般會因東西的不同而有差異；感情深厚的樣子。

例句 最近は 厚い 本が よく 売れて います。
／最近大部頭的書賣況奇佳。

☞ 哪裡不一樣呢？

- 太い：周圍和寬度大或胖。
- 厚い：指距離大或深。

257 むずかしい vs. こまる

むずかしい【難しい】

形 難；困難，難辦；麻煩，複雜

說明 困難、難懂的樣子；表示要解決或實現某一事情，需要許多能力或勞力，
或是即使付出勞力和能力也難以實現；繁瑣、麻煩的樣子。

例句 この 問題は、私にも 難しいです。
／這個問題對我來說也很難。

こまる【困る】

自五 沒有辦法，感到傷腦筋，困擾；困難，窮困

說明 不知道該怎麼辦才好，希望有人能伸出援手；又指沒有錢或物品，遇到難以解決的事情而苦惱，希望有人能幫助。

例句 お金が なくて、困りました。
／沒有錢，不知道該怎麼辦才好。

☞ **哪裡不一樣呢？**

- 難しい：事情困難，很難實現的樣子。
- 困る：遇到困擾的事物，希望有人能伸出援手。

258 べんり vs. やさしい

べんり【便利】

形動 方便，便利

說明 指做某事十分有用而且方便。常使用在一般生活會話中。

例句 この カメラは 簡単で 便利ですよ。
／這台相機操作容易、使用方便喔。

やさしい【優しい・易しい】

形 溫柔；簡單，容易

說明 對人和藹可親；也表示做事時，不需要花費太多時間、勞力和能力的樣子。

例句 「彼女は どんな 人ですか。」「やさしくて 元気な 人です。」
／「她是個什麼樣的人呢？」「是個溫柔又活潑的人。」

☞ **哪裡不一樣呢？**

- 便利：指做事方便。
- やさしい：指做事輕而易舉。

259 あかるい vs. げんき

あかるい【明るい】

形 明亮，光明；開朗活潑；鮮豔

說明 太陽或燈光等，光照充分，東西看得很清楚的狀態；也指人的性格不受拘束，明朗快活的樣子；顏色鮮明不黯淡。

例句 明るい 部屋が いいと 思います。
／我喜歡明亮的房間。

● 比較

げんき【元気】

名・形動 精神，朝氣，健康

說明 身體狀況良好，精力旺盛，生氣勃勃的樣子。

例句 おじいちゃんは もう 80歳ですが、毎日 とても 元気です。
／爺爺雖然已經高齡八十，但是每天都活力充沛。

☞ 哪裡不一樣呢？

- 明るい：指個性活潑或光線明亮。
- 元気：指身體有活力。

260 はやい vs. はやい

はやい【早い】

形（時間等）先；早

說明 比標準時間提早；還不到時間，為時尚早。

例句 うちの ものは みんな 早く 起きます。
／我們一家人全都很早起床。

はやい【速い】

形（動作等）迅速；快；（速度等）快速

說明 表示動作急速；又指做某事所需的時間短；移動、進展的速度很快。

例句 この 電車は 速いですね。
／這班電車開得真快呀。

☞ 哪裡不一樣呢？

- 早い：指時間早。
- 速い：所需時間短；動作、速度快。

---

261 おそい vs. ゆっくり

おそい【遅い】

形（速度上）慢，緩慢；（時間上）遲的，晚到的；趕不上

說明 表示移動、進展的速度慢，做某事時比別人費時間；又表示時間已
經過了好久。已經來不及了，趕不上了。

例句 もっと 飲みたいですが、もう 時間が 遅いです。
／雖然還想繼續喝，可是已經很晚了。

● 比較

ゆっくり

副 慢慢，不著急；舒適，安穩

說明 動作緩慢、不著急時間充裕的樣子；心情舒適、悠閒的樣子。

例句 ドアが ゆっくりと 閉まる。
／門緩緩地關上。

☞ 哪裡不一樣呢？

- 遅い：指動作慢或花時間。
- ゆっくり：動作慢且不著急的樣子。

1 実力テスト

做對了，往 😊 走，做錯了往 ✕ 走。

次の文の（　　）には、どんな言葉が入りますか。1・2から最も適当なものを一つ選んでください。

實力測驗

Q 哪一個是正確的？
>> 答案在題目後面

---

1 （　　）なったから、ストーブを
つけましょう。
1. 冷(つめ)たく
2. 寒(さむ)く

譯 變（冷）了，開暖爐吧。
1. 冷たく：涼的
2. 寒く：寒冷的

---

2 山下(やました)さんの 自転車(じてんしゃ)は （　　）
綺麗(きれい)です。
1. 若(わか)くて
2. 新(あたら)しくて

譯 山下小姐的自行車既（新穎）又美觀。
1. 若くて：年輕的
2. 新しくて：新的

---

3 今日(きょう)は 天気(てんき)が （　　）から、
傘(かさ)を 持(も)って いきなさい。
1. 古(ふる)い
2. 悪(わる)い

譯 今天天氣（不好），記得帶傘出門。
1. 古い：老舊的
2. 悪い：壞的

---

4 この アパートは （　　）、窓(まど)も
大(おお)きいです。
1. 厚(あつ)くて
2. 広(ひろ)くて

譯 這棟公寓不僅空間（寬敞），窗戶也很大。
1. 厚くて：厚的
2. 広くて：寬廣的

---

5 この 上着(うわぎ)は （　　）ので、
あまり 暖(あたた)かく ないです。
1. 薄(うす)い
2. 細(ほそ)い

譯 這件上衣很（薄），不怎麼暖和。
1. 薄い：單薄的
2. 細い：細小的

頑張ってね！！

做對了，往 😃 走，做錯了往 ❌ 走。

6 この ケーキには 砂糖が たくさん 入って います。とても （　） です。
1. 甘<small>あま</small>い　　2. 辛<small>から</small>い

7 午後<small>ごご</small>からは （　） 天気<small>てんき</small>でした。
1. いい
2. 結構<small>けっこう</small>な

譯 這個蛋糕裡放了非常多糖，非常的（甜）。
1. 甘い：甜的
2. 辛い：辣的

❌

譯 從下午開始天氣（放晴）了。
1. いい：好的
2. 結構な：十分地

8「きのうは、財布<small>さいふ</small>を 忘<small>わす</small>れて 困<small>こま</small>りました。」「そうですか。 （　） でしたね。」
1. 忙<small>いそが</small>しい　　2. 大変<small>たいへん</small>

❌

9 娘<small>むすめ</small>が （　） がるので 旅行<small>りょこう</small>は やめます。
1. 嫌<small>いや</small>
2. 嫌<small>きら</small>い

譯「昨天忘記帶錢包，傷透了腦筋。」 「這樣呀，真（糟糕）呢。」
1. 忙しい：忙碌的
2. 大変：不得了

❌

譯 由於女兒（不願意），因此不去旅行了。
1. 嫌：不願意
2. 嫌い：討厭

10 音楽<small>おんがく</small>は あまり （　） では ありません。
1. 好<small>す</small>き
2. 大好<small>だいす</small>き

❌

11 この 料理<small>りょうり</small>は （　） です。 また 食<small>た</small>べに きます。
1. おいしい
2. まずい

譯 我並不怎麼（喜歡）音樂。
1. 好き：喜歡
2. 大好き：非常喜歡

❌

譯 這道菜很（好吃），我還會再來光顧。
1. おいしい：好吃的
2. まずい：難吃的

12 買<small>か</small>いたい 物<small>もの</small>が （　） ある。
1. 多<small>おお</small>く
2. たくさん

頑張ってね！！

❌

譯 我想買的東西有（很多）。
1. 多く：多的
2. たくさん：大量

バンザーイ!!

---

13 （　　） 疲れたが、楽しい 一日でした。
1. 少ない
2. 少し

譯 雖然（有點）疲累，卻是愉快的一天。
1. 少ない：少的
2. 少し：一點點

---

14 駅の 北に （　　） 川が あります。
1. 高い
2. 大きい

譯 車站北邊有一條（大）河。
1. 高い：高的
2. 大きい：大的

---

15 おばは （　　） 声で 母と 話して います。
1. 軽い
2. 小さい

譯 阿姨正和媽媽（小）聲地講話。
1. 軽い：重量小，程度輕的
2. 小さい：小的，微少的

---

16 荷物に たくさん 服を 入れました。とても （　　） なりました。
1. 重く
2. 大切に

譯 行李裡面裝了很多衣服，結果變得非常（重）。
1. 重く：沉重
2. 大切に：重要

---

17 あの 映画は （　　） ないです。つまらないです。
1. 面白く
2. 楽しく

譯 那部電影沒有（意思），很無聊。
1. 面白く：有趣
2. 楽しく：快樂

---

18 この 映画は （　　） です。
1. 狭かった
2. つまらなかった

譯 這部電影的內容（乏善可陳）。
1. 狭かった：狭小
2. つまらなかった：無趣

---

19 ずいぶん （　　） 部屋だねえ。掃除しなさい。
1. 汚い
2. 嫌な

譯 這房間還真（髒）呀，給我打掃乾淨！
1. 汚い：雜亂無章
2. 嫌な：討厭，不喜歡

頑張ってね!!

267

做對了，往 😄 走，做錯了往 ❌ 走。

20 この 水は（　）です。
1. かわいい
2. きれい

21 ここは 図書館です。（　）に 勉強して ください。
1. 静か
2. 賑やか

訳 這裡的水很（清澈）。
1. かわいい：可愛
2. きれい：乾淨

訳 這裡是圖書館，請保持（安靜）用功讀書。
1. 静か：平靜
2. 賑やか：熱鬧

22 太郎は 絵を（　）に 描きます。
1. できる
2. 上手

❌

23 若いとき 体が（　）よく 会社を 休みました。
1. 弱くて
2. 下手

❌

訳 太郎的圖畫得（很好）。
1. できる：辦得到
2. 上手：擅長，厲害

❌

訳 我年輕時身體（虛弱），時常向公司請假。
1. 弱くて：虛弱
2. 下手：不擅長，笨拙

24 この 店は はじめは（　）ですが、だんだん 高く なりました。もう 買えません。
1. 低かった　　2. 安かった

25 私の 会社は 駅に（　）です。とても 便利です。
1. 近い
2. 短い

❌

訳 這家店一開始很（便宜），後來愈變愈貴，買不起了。
1. 低い：低，矮
2. 安い：（價錢）低廉

❌

訳 我公司離車站很（近），交通十分便捷。
1. 近い：（距離，時間）近
2. 短い：短小的

26 （　）時間、飛行機に 乗りました。
1. 遠い
2. 長い

❌

頑張ってね！！

❌

訳 搭了很（久）的飛機。
1. 遠い：（距離）遠
2. 長い：（時間、距離）長

バンザーイ!!

27 風が （　　）ですから。窓を 開けないで ください。
1. 丈夫
2. 強い

譯　風很（強），請不要開窗。
1. 丈夫：堅固，結實
2. 強い：強大，有力

28 暖かくて （　　）セーターを 買いました。
1. 太い
2. 厚い

譯　我買了暖和又（厚實）的毛衣。
1. 太い：肥胖的
2. 厚い：厚實的

29 この テストは （　　）ないです。
1. 困ら
2. 難しく

譯　這場考試並不（難）。
1. 困ら：感到傷腦筋
2. 難しく：困難

30 昨日の テストは （　　）なかった です。
1. 便利では
2. やさしく

譯　昨天的考試並不（容易）。
1. 便利では：方便
2. やさしく：容易

31 （　　）部屋が いいと 思います。
1. 明るい
2. 元気な

譯　我覺得（明亮的）房間不錯。
1. 明るい：明亮的
2. 元気な：精神的

32 時間が ありません。もう 少し （　　）歩いて ください。
1. 早く
2. 速く

譯　來不及了！請稍微走（快）一點。
1. 早く：（時間）快，早
2. 速く：（速度）快速

33 まだ 時間が ありますから、 （　　）食べて ください。
1. 遅い
2. ゆっくり

譯　時間還夠，請（慢慢）吃。
1. 遅い：緩慢的
2. ゆっくり：不著急

頑張ってね！！

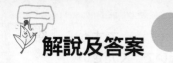

❶ 從「開暖爐吧」知道答案要選表示氣溫非常低，使全身感到寒冷不舒服的「寒い」（寒冷的）；而「冷たい」（涼的）是指接觸低溫物體而感到冷。不正確。　　答案：2

❷ 用在事物「自転車」，表示剛買沒多久的使用「新しい」（新穎）。　　答案：2

❸ 從「記得帶傘出門」，知道今天的天氣不好，所以要用表示天氣狀態不好的「悪い」（壞的）。　　答案：2

❹ 從「アパート」（公寓）這一線索，知道答案是用在面積的「広い」（寬廣的）；「厚い」（厚的）是用在厚度。不正確。　　答案：2

❺ 從「上着」（上衣）這一線索，知道答案是表示東西厚度薄的「薄い」（單薄的）；「細い」（細小的）表示東西形狀細長。不正確。　　答案：1

❻ 從「這個蛋糕裡放了非常多糖」這一線索，知道答案是「甘い」（甜的）；而「辛い」（辣的）表示味道刺激，辣味及太鹹的。不正確。　　答案：1

❼ 「天氣放晴」用「いい天気」。「いい」（好的）表示事物有良好的狀態；而「結構」（十分地）表示結果或現象比想像中的好。語意不符。　　答案：1

❽ 從「昨天忘記帶錢包」這一線索，知道答案是「大変」（不得了），指事情程十分嚴重、辛苦；而「忙しい」（忙碌的）表示事情緊接而來，沒有空閒時間。不正確。　　答案：2

❾ 「がる」（覺得…）的主體一般是第三人稱，這裡是「娘」（女兒），且接續方式是【形容詞・形容動詞詞幹】＋がる，所以正確答案是「嫌」（形容動詞「嫌だ」詞幹是「嫌」）。　　答案：1

❿ 從程度副詞「あまり～ではありません」（不太…）這一線索，知道答案是「好き」（喜歡）；而「大好き」（非常喜歡）前面不接程度副詞。不正確。　　答案：1

⓫ 從「また食べにきます」（還會再來光顧）這一線索，知道答案是味道好「おいしい」（好吃的）；而「まずい」（難吃的）表示味道不好。不正確。　　答案：1

⓬ 從「買いたい物」（我想買的東西）這一線索，知道答案是「たくさん」（大量），指數量很多，含有主觀的感情要素在裡面；「多い」（多的）是客觀地指數量很多。較不符語意。　　答案：2

⓭ 從「疲れた」（疲累）這一線索，知道答案是程度的少的「少し」（一點點）；而「少ない」（少的）指次數、數量少。不正確。　　答案：2

⓮ 從「川」（河）這一線索，知道形容河川的是答案的「大きい」（大的），指物體的面積大；而「高い」（高的）指物體從上到下距離大。不正確。　　答案：2

⓯ 從「声」（聲音）這一線索，知道答案是表示音量小的「小さい」（小的）；而「軽い」（輕的）指體積輕。不正確。　　答案：2

⓰ 從「行李裡面裝了很多衣服」這一線索，知道答案是「重い」（沉重），指物體具體份量重；而「大切」（重要）指心理上感到重要、關心。不正確。　　答案：1

⓱ 從「つまらないです」（很無聊）這一線索，知道答案是「面白い」（有趣），主觀地對事物感到有趣、好笑；而「楽しい」（快樂）是客觀地對事物感到滿足、高興。不正確。　　答案：1

⑱ 從「映画」（電影）這一線索，知道答案是「つまらない」（無趣），指心理感到無趣、沒有價值；而「狭い」（狹小）指空間面積小。不正確。

答案：2

⑲ 從「掃除しなさい」（給我打掃乾淨）這一線索，知道答案是「汚い」（雜亂無章），指具體事物髒的狀態；而「嫌」（不喜歡）是指主觀上對事物的厭惡。不正確。

答案：1

⑳ 從「水」（水）這一線索，知道答案是「きれい」（乾淨），客觀敘述事物乾淨的樣子；而「かわいい」（可愛）是指表示主觀地感到討人喜愛的情況。不正確。

答案：2

㉑ 從「這裡是圖書館」這一線索，知道答案是「静か」（平靜），指聲音安靜；而「賑やか」（熱鬧）是指聲音吵雜。不正確。

答案：1

㉒ 從「に描きます」（畫得）這一線索，知道答案要接的不能是動詞，而是形容動詞的「上手」（擅長）擅長做某事；而「できる」（辦得到）表示做得到某事，而且為動詞。不正確。

答案：2

㉓ 時常向公司請假，知道答案要的是指體力、身體不好的「弱い」（虛弱）。

答案：1

㉔ 從「後來愈變愈貴」這一線索，知道這家店一開始是價格低的「安い」（低廉）；而「低い」（矮）指距離短、價值低。不正確。

答案：2

㉕ 從「交通十分便捷」這一線索，知道答案是表示離車站距離近的「近い」（近的）；而「短い」（短小的）表示長度小，起點到終點的距離短。不正確。

答案：1

㉖ 從「時間」（時間）這一線索，知道答案是表示經過的時間相當長的「長い」（長的）；而「遠い」（遠的）表示事物空間的距離遠，時間的間隔遠。不正確。

答案：2

㉗ 指風雨的程度用「強い」（強大）；而「丈夫」（結實）指身體結實，東西堅固。不正確。

答案：2

㉘ 從「セーター」（毛衣）這一線索，知道答案是「厚い」（厚實的），指扁平物體上下兩個面距離較大的意思；而「太い」（肥胖的）指周圍和寬度大或胖。不正確。

答案：2

㉙ 從「テスト」（考試）這一線索，知道答案是表示困難、難懂，要解決或實現需要許多能力的「難しい」（困難）；而「困る」（感到傷腦筋）是指遇到困擾的事物，希望有人能伸出援手。不正確。 答案：2

㉚ 從「テスト」（考試）這一線索，知道答案是「やさしい」（容易），指考試輕而易舉，不需要花費太多時間和腦力；而「便利」（方便）指做事方便。不正確。

答案：2

㉛ 從「部屋」（房間）這一線索，知道答案是「明るい」（明亮的），指光線明亮；而「元気」（精神的）是指身體有活力。不正確。

答案：1

㉜ 從「時間がありません」（來不及了）這一線索，知道答案是「速い」（快速的），指動作速度快；而「早い」（早的）指時間早。不正確。 答案：2

㉝ 從「時間還夠」這一線索，知道答案是表示動作慢且不著急，時間充裕的「ゆっくり」（不著急）；而「遅い」（緩慢的）指動作慢，比別人費時間。而且動詞前面也不能直接接形容詞基本形。不正確。 答案：2

其他形容詞

262 あたたかい vs. やさしい

あたたかい【暖かい・温かい】

形 暖和的，溫暖的；暖和的，溫和的

說明 氣溫不冷不熱，感覺舒適；又指東西的溫度不涼，感覺舒適。

例句 明日は　いい　天気で、暖かく　なります。
／明天將是晴朗而溫暖的天氣。

● 比較

やさしい【優しい・易しい】

形 溫柔；簡單，容易

說明 對人和藹可親；表示學習或理解簡單易懂。做事時不需要花費太多時間、勞力和能力的樣子。

例句 どの　問題が　やさしいですか？／哪一道問題比較簡單呢？

☞ 哪裡不一樣呢？

• あたたかい：指身體上感到的氣溫、溫度等的溫暖。

• やさしい：指性情溫柔，也指學習或做事輕而易舉。

263 あぶない vs. しんぱい

あぶない【危ない】

形 危險，不安全；靠不住的，令人擔心的；（形勢，病情等）危急

說明 即將要發生不好的事，令人擔心的樣子；要產生不好的結果，不可信賴、令人擔心的樣子；身體、生命處於危險狀態。

例句 あっちは　危ないから、気を　つけて。／那邊危險，小心一點。

● 比較

しんぱい【心配】

[名・形動] 擔心，不安，掛念；照顧，操心

說明 對現在還有未來即將發生的事感到不安，不知道該如何處理；也表示惦記著並給予照顧。

例句 なかなか　結婚しない　娘が　心配だ。
／女兒遲遲不結婚，真讓人擔心。

☞ 哪裡不一樣呢？

- 危ない：表示危險。
- 心配：表示擔心。

---

264 いたい vs. たいへん

いたい【痛い】

[形] 疼痛；（因為遭受打擊而）痛苦，難過

說明 表示肉體上的痛苦；又表示因精神上遭受打擊的痛苦。

例句 靴が　小さくて、足が　痛い。
／鞋子太小，穿得腳好痛。

● 比較

たいへん【大変】

[副・形動] 不得了；很，非常，太

說明 表示事物的程度十分嚴重的樣子。也指十分辛苦的樣子；也表示遠遠超過普通的程度。是一種比較口語的說法。

例句 病気に　なって、大変だった。
／生病以後，生活變成了一團糟。

☞ 哪裡不一樣呢？

- 痛い：肉體或精神上受到痛苦的樣子。
- 大変：指事情程度甚大、十分嚴重、辛苦。

ない vs. ゼロ

ない【無い】

形 無，不在；沒，沒有

說明 表示事物不存在；沒有持有、擁有。

例句 あれ、かぎが ないですね。どこに 置いたんですか。
／咦，沒有鑰匙耶？放到哪裡去了呢？

●比較

ゼロ【zero】

名（數）0；零分；零

說明 指正數和負數中間的數，這是實數，而不是「無」。考試或比賽沒有
得分；什麼都沒有，或沒有價值。

例句 この ビジネスは ゼロから 始めました。
／這項事業當初是從零起步的。

☞ 哪裡不一樣呢？

- **ない**：指事物不存在。
- **ゼロ**：有從頭（零）開始的意思。

実力テスト

做對了，往 走，做錯了往 走。

次の文の（　　）には、どんな言葉が入りますか。1・2から最も適当なものを一つ選んでください。

實力測驗

Q 哪一個是正確的？
>> 答案在題目後面

1 今日は とても（　　） 一日でしたね。
1. 暖かい
2. やさしい

譯 今天是非常（暖和的）一天呢。
1. 暖かい：溫暖的
2. やさしい：溫柔的

2 （　　）ですから、前の 人を 押さないで ください。
1. 危ない
2. 心配

譯 請不要推前面的人，這樣很（危險）。
1. 危ない：危險
2. 心配：擔心

3 雪で 庭の 掃除が（　　）です。
1. 痛い
2. 大変

譯 下雪使得打掃庭院變得很（麻煩）。
1. 痛い：疼痛
2. 大変：麻煩

4 お金が（　　）から、旅行に 行きません。
1. ない
2. ゼロ

譯 因為（沒有）錢，所以沒辦法去旅行。
1. ない：沒有
2. ゼロ：（數）零

MEMO

解說及答案

❶ 從「一日」（いちにち）（一天）這一線索，知道答案是「暖かい」（あたたかい）（溫暖的）指身體感到的氣溫溫暖；而「やさしい」（溫柔的）是指性情溫柔，也指學習或做事輕而易舉。不正確。

答案：1

❷ 從「請不要推前面的人」，知道答案是「危ない」（あぶない）（危險），表示危險，即將要發生不好的事；而「心配」（しんぱい）（擔心）表示擔心、不安，不知道該如何處理。不正確。

答案：1

❸ 從「下雪使得打掃庭院」這一線索，知道答案是「大変」（たいへん）（麻煩），指事情程度甚大、十分辛苦；而「痛い」（いたい）（疼痛）指肉體或精神上受到痛苦的樣子。不正確。

答案：2

❹「沒有錢」用「お金がない」（かね）。「ない」（沒有）指事物不存在；而「ゼロ」（零）是「無」的數字化，阿拉伯數字為「０」。有從頭（零）開始的意思。不正確。

答案：1

其他形容動詞

266　いや vs. はい

いや【嫌】

形動 討厭，不喜歡，不願意；厭煩

說明 很不願意接納，對事物或人不快的樣子。貶義詞。多半是主觀上的厭惡，有時候沒有明確的理由；也表示不願意繼續下去的心情。

例句 「もう　少し　食べないか。」「いや、もう　お腹が　いっぱいだ。」
／「要不要多吃一點？」「不了，已經很飽了。」

● 比較

はい

感 （回答）有，到；（表示同意）是的

說明 被叫到名字，回答對方的應答聲；同意對方的說法，或願意按照對方的意思做。

例句 「すみません。お茶　二つ　ください。」「はい、お茶を　二つですね。」
／「不好意思，請給我們兩杯茶。」「好的，您們要點兩杯茶對吧？」

☞ 哪裡不一樣呢？

• 嫌：主觀的對事物的厭惡。
• はい：表應答、同意。

267　いちいち vs. いろいろ

いちいち【一々】

名·副 一一，一個一個；全部

說明 一個一個，逐一地；完全沒有遺漏，沒有例外。含有計較芝麻綠豆小事的語意。

例句 勉強する　とき、いちいち　辞書を　調べるのは　大変だ。
／學習的時候，每一個生詞都要查辭典，實在很辛苦。

いろいろ【色々】

(名・形動・副) 各種各樣，各式各樣，形形色色

說明 種類繁多，富於變化，著重在各個事物的不同。廣泛地用在一般的口語中。

例句 いろいろ　ありますが、あなたは　どれが　好きですか？
／這裡有各種款式，你喜歡哪一個呢？

☞ 哪裡不一樣呢？

• いちいち：指每個都要一一計較。
• いろいろ：指多個事物種類繁多，各自不同。

268　ほんとう vs. ほんとうに

ほんとう【本当】

(名・形動) 真正，真實，真（的）

說明 指實際上是那樣，確實不假。也指真東西。

例句 やったのは　僕じゃないです。本当です。
／不是我做的！我沒說謊！

ほんとうに【本当に】

(副) 真的，真實地

說明 用在確認程度很高，強調程度之甚的詞。

例句 あの　背の　高い　魚屋さんは　本当に　親切だ。
／那位身材高大的魚販待客非常親切。

☞ 哪裡不一樣呢？

• 本当：指事物的真實。
• 本当に：指程度高。

269 ゆうめい vs. りっぱ

ゆうめい【有名】

形動 有名，聞名，著名

說明 指名字在報紙或電視常出現，廣為人知，引人注目的樣子。

例句 これが　宮崎駿の　有名な　作品です。
／這是宮崎駿的著名作品。

● 比較

りっぱ【立派】

形動 了不起，出色，優秀；漂亮，美觀

說明 形容人的行為時，指十分優秀；形容事物如建築物、宴會、物品等時，
表示豪華、威嚴、高價等，一般不用在小東西上面。

例句 あなたの　お父さんは、立派で　すばらしいです。
／令尊相當傑出而了不起。

☞ 哪裡不一樣呢？

• 有名：指知名度。
• 立派：指人的行為優秀或建築物、物品價值高等。

3 実力テスト

做對了，往 😊 走，做錯了往 ✗ 走。

次の文の（　　）には、どんな言葉が入りますか。1・2から最も適当なものを一つ選んでください。

實力測驗

Q 哪一個是正確的？
>> 答案在題目後面

1「小林さんは　いませんでしたか。」
「（　　）、いませんでした。」

1. いや
2. はい

譯「小林先生當時不在嗎？」
「（是的），他那時不在。」
1. いや：（表示否決）不
2. はい：（表示同意）是的

2 この　工場では　（　　）な　国の人が　働いて　います。

1. いちいち
2. いろいろ

譯 這家工廠有來自（各個）國家的人工作。
1. いちいち：一個一個
2. いろいろ：各種各樣

3「わたしは　テレビを　あまり見ません。」「（　　）ですか。」

1. 本当
2. 本当に

譯「我不太看電視。」「是（真的）嗎？」
1. 本当：真的
2. 本当に：真正地

4 この　国は　果物で　（　　）だ。

1. 有名
2. 立派

譯 這個國家享有水果王國的（盛名）。
1. 有名：有名
2. 立派：優秀

MEMO

280

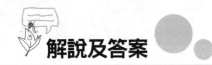 

❶ 針對詢問「小林先生當時不在嗎？」，回答說「他那時不在。」知道答案是「はい」（是的）表應答、肯定的說法；而「いや」（不）表示否決。不正確。

答案：2

❷ 答案是「いろいろ」（各種各樣）指種類繁多，各自不同；而「いちいち」（一個一個）指逐一地，完全沒有遺漏，且每個都要一一計較。不正確。

答案：2

❸ 答案是「本当」（真的），指實際上是那樣，確實不假；而「本当に」（真正地）強調程度高。不正確。

答案：1

❹ 答案是「有名」（有名），指廣為人知，知名度高；「立派」（優秀）指人的行為優秀或建築物、物品價值高等。不正確。

答案：1

意思相對的

270　およぐ vs. とぶ

およぐ【泳ぐ】

自五（人，魚等在水中）游泳；穿過，擠過

說明 人、動物或魚在水上或水中，用手腳划水前進；分開人群向前行走。

例句 一日 泳いで、とても 疲れました。
／一整天游泳下來，累壞了。

● 比較

とぶ【飛ぶ】

自五 飛，飛行，飛翔；跳，越；跑

說明 浮在空中移動；也有縱身向空中躍起。也指從某物上面越過；也指火急、匆忙地往某處跑動。

例句 飛行機が 空を 飛んで います。／飛機遨翔天際。

☞ 哪裡不一樣呢？

- 泳ぐ：在水中移動。
- 飛ぶ：在空中移動。

271　さんぽ vs. あるく

さんぽ【散歩】

名・自サ 散步，隨便走走

說明 指在家裡附近，為了散心或健康，漫步而行。

例句 毎晩、家の まわりを 散歩します。／每天晚上都在家附近散步。

比較

あるく【歩く】

(自五) 走路，步行

說明 用腳走路。表示具體的動作。

例句 前を 向いて 歩きましょう。
／向著前方邁開步伐吧。

☞ **哪裡不一樣呢？**

• 散歩：指沒有目的地、悠閒走路的樣子。
• 歩く：指走路。

---

272 はいる vs. いれる

はいる【入る】

(自五) 進，進入；加入；收入

說明 某事物由外面向裡面移動；參加組織或團體；成為自己所有或管理的東西。

例句 かばんに 何が 入って いますか？
／提包裡裝著什麼東西呢？

比較

いれる【入れる】

(他下一) 放入，裝進，送進；新添；計算進去

說明 把某東西從外向裡放；使新加入；包括在一起。

例句 本を かばんに 入れます。
／把書放進提包裡。

☞ **哪裡不一樣呢？**

• 入る：自動詞。某事物由外面向裡面移動。
• 入れる：他動詞。把某東西從外往裡放。

でる【出る】

自下一 出來，出去；離開

說明 從裡面向外面移動。相反詞是「入いる」（進入）；還有為了到別處去，從那裡離開。

例句 家を 出た あとで、雨が 降って きました。
／走出家門以後，下起雨來了。

• 比較

だす【出す】

他五 拿出，取出；寄出；派出

說明 使其從裡向外移動；又指郵寄信件或包裹；使其從某處到別處去。

例句 手紙は 三日 前に 出しました。
／信在三天前就寄了。

☞ 哪裡不一樣呢？

- 出る：自動詞。從裡面向外面移動。
- 出す：他動詞。使其從裡向外移動。

いく・ゆく【行く】

自五 走；往，去；經過，走過

說明 鄭重的說法是「ゆく」。人或動物離開現在的所在地點；去某一目的地，或為某一目的而去；表示經過那裡。

例句 兄は 行きますが、私は 行きません。
／哥哥要去，但是我不去。

でかける【出かける】

自下一 到…去，出去，出門；要出去

説明 因為有事，向著某處出發。又單純指離家出門到外面；正要從某處出去。

例句 **出かけますか？　家に　いますか？**
／你想出門嗎？還是要待在家裡呢？

☞ 哪裡不一樣呢？

- **行く**：離開目前地點，往目的地去。
- **出かける**：因有事而外出。大多用於從家到外面。

275 くる vs. いく

くる【来る】

自カ （空間，時間上的）來，來到；到，到來

説明 某事物在空間或時間上，朝自己所在的方向接近；到了某時期，或某時間。

例句 **日本語を　勉強しに　来ました。**
／為了學習日文而來到了這裡。

いく【行く】

自五 走；往，去；經過，走過

説明 鄭重的説法是「ゆく」。人或動物離開現在的所在地點；去某一目的地，或為某一目的而去；表示經過那裏。

例句 **先週、上野へ　桜を　見に　行った。**
／上星期去了上野賞櫻。

☞ 哪裡不一樣呢？

- **来る**：接近現在所在地。來。
- **行く**：遠離現在所在地。去。

276 うる vs. かう

うる【売る】

他五 賣，販賣

說明 把東西、權利及創意等收錢以後交給對方。相反詞是「買う」。

例句 デパートで、かわいい スカートを 売って いました。
／我曾在百貨公司裡販賣可愛的裙子。

●比較

かう【買う】

他五 買，購買

說明 支付金錢，把物品或權利變成自己的。相反詞是「売る」（賣）。

例句 車が 古く なったので 新しいのを 買った。
／由於車子已經舊了，所以買了一輛新的。

☞ 哪裡不一樣呢？

• 売る：指賣。
• 買う：指買。

277 おす vs. ひく

おす【押す】

他五 擠；推；壓，按

說明 向對面方向用力推；又指從後面用力，使其前進；從上面用力或重量往下壓。

例句 この カメラは、ここを 押して ください。
／這台相機請按這裡操作。

比較

ひく【引く】

他五 拉，拖；翻查；感染（傷風感冒）

說明 使物體靠近自己的方向；又指在很多資料中裡查找出來；又指引入體內。

例句 辞書を　引きながら、英語の　本を　読みました。
　　　／那時一邊查字典一邊閱讀英文書。

☞ **哪裡不一樣呢？**

- 押す：往自己的反方向推。
- 引く：往自己的方向拉；也指感冒。

278　おりる vs. ふる

おりる【下りる・降りる】

自上一 【下りる】（從高處）下來，降落；【降りる】（從車，船等）下來

說明 指人或物從高處向下方移動；也指從車、船等交通工具下來。

例句 バスを　降ります。
　　　／從巴士下車。

比較

【降る】

自五 落，下，降（雨，雪，霜等）

說明 雨、雪等從天空落下。一般也用在很多細小的東西，從高高的地方落下之意。

例句 雪が　降って、寒いです。
　　　／下雪了，好冷。

☞ **哪裡不一樣呢？**

- 下りる・降りる：用於從高處或交通工具下來。
- 降る：從天空落下，多用於天氣。

のぼる vs. のる

のぼる【登る】

（自五）攀登（山）；登，上

說明 以自己的力量，從下往上（傾斜地）一步一步爬。又寫作「上る」；泛指人、動物或交通工具，從下往上，向高處去。

例句 土曜日は 子どもと 山に 登りました。
／星期六和孩子去爬了山。

● 比較

のる【乗る】

（自五）騎乘，坐；登上

說明 乘入電車、自用車等交通工具，置身於交通工具上；又指上到某物上面。相反詞是「降りる」。

例句 自転車に 上手に 乗ります。
／騎自行車的技術很好。

☞ 哪裡不一樣呢？

- 登る：由下往上，向高處移動。爬。
- 乗る：指上到某物上面。搭乘。

かす vs. かりる

かす【貸す】

（他五）（錢、東西等）借出，借給，出租；幫助別人，出…

說明 以之後歸還為條件，請他人借出自己的東西，如錢或物品；讓自己的知識或能力對別人有幫助。

例句 傘を 貸して ください。
／請借我傘。

● 比較

かりる【借りる】

〔他上一〕（錢、東西等）借進，租用；借助

說明 在約定以後返還的條件下，使用他人的東西。也用在以金錢租用的情況；讓別人的知識或能力為自己所用。

例句 借りた　本は　一週間後　返して　ください。
／借閱的書請於一星期後歸還。

☞ 哪裡不一樣呢？

• **貸す**：借出金錢、物品。
• **借りる**：借入金錢、物品。

---

281 すわる vs. つく

すわる【座る】

〔自五〕坐，跪座；就（要職）

說明 使膝蓋彎曲，使腰部落下。含括坐椅子或坐地上。相反詞是「立つ」；也指就重要職位。

例句 この　本屋には　椅子も　あって、座って　読んでも　いいんです。
／這家書店還擺了椅子，可以坐下來看書沒關係。

● 比較

つく【着く】

〔自五〕到，到達，抵達，寄到；席，入坐

說明 移動位置，到達某一場所、地點；人佔據某位子。

例句 駅に　着いて、電話を　します。
／到車站後打電話。

☞ 哪裡不一樣呢？

• **座る**：表示坐的動作。
• **着く**：表示到達某地方。

282 たつ vs. おきる

たつ【立つ】

<ruby>自五</ruby> 立，站；站立；冒，升；出發

說明 物體不離原地，呈上下豎立的狀態；又指坐著、臥著的人或動物站起來；從下面向上升起；也指向目的地出發。

例句 みんなの 前まえに 立たって、話はなしました。
　　／站在大家的前面說話了。

● 比較

おきる【起きる】

<ruby>自上一</ruby>（倒著的東西）起來，立起來，坐起來；起床

說明 躺著的人或物立起來；又指睡醒及起身下床的意思。

例句 わたしは 毎朝まいあさ 早はやく 起おきます。
　　／我每天早上都很早起床。

☞ 哪裡不一樣呢？

- 立たつ：物體不離原地上下豎立。站立。
- 起おきる：倒著的東西豎立起來。起床。

283 たべる vs. のむ

たべる【食べる】

<ruby>他下一</ruby> 吃

說明 把食物放到嘴裡咀嚼，嚥下去。

例句 食たべたい 物ものは、何なんでも 食たべて ください。
　　／喜歡吃的東西請隨意享用。

比較

のむ【飲む】

(他五) 喝，吞，嚥，吃（藥）

說明 液體、氣體及粉粒等，嚥入體內的動作。

例句 ちょっと　疲れましたね。何か　飲みませんか。
／有點累了吧？要不要喝點什麼？

☞ **哪裡不一樣呢？**

- 食べる：需咀嚼。
- 飲む：不需咀嚼。

Track ◎ 40

284 かえす vs. かえる

かえす【返す】

(他五) 還，歸還，退還；退回，送回

說明 返還原處，拿回到原來的地方；又指從別人借來的東西，歸還給該人。

例句 図書館に　本を　返して　から、帰ります。
／先去圖書館還書以後再回家。

比較

かえる【帰る】

(自五) 回到，回來，回家；歸去

說明 人或動物回到原先的地方，或交通工具等回到原先的地方、原本該在的地方；回到自己的家或祖國。

例句 仕事は　まだ　終わりませんが、今日は　もう　帰ります。
／工作雖然還沒做完，今天就先回去吧。

☞ **哪裡不一樣呢？**

- 返す：物品回到原處。
- 帰る：人或動物回到歸屬地。

285　ねる vs. やすむ

ねる【寝る】

(自下一) 睡覺，就寢；躺下，臥

說明 身體橫躺著休息，不去思考任何事；又指人類或動物使身體橫臥。

例句 風邪を　引いて　寝て　います。
／感冒了，正在睡覺。

●比較

やすむ【休む】

(他五・自五) 休息，歇息；停止；睡，就寢；請假，缺勤

說明 把工作或活動停下，使身心的疲勞得以解除；把一直做的事，停止一段時間；就寢睡覺；沒去上課、上班。

例句 風邪を　引いて、会社を　休みます。
／感冒了，向公司請假。

☞ 哪裡不一樣呢？

- 寝る：閉著眼讓身體休息。
- 休む：停下活動讓身體休息。

286　ぬぐ vs. とる

ぬぐ【脱ぐ】

(他五) 脫去，脫掉，摘掉

說明 把衣服、鞋等穿在身上的東西去掉。相反詞：穿衣是「着る」、穿鞋是「履く」。

例句 ここで　靴を　脱いで　ください。
／請在這裡脫下鞋子。

● 比較

とる【取る】

(他五) 拿取，執，握；採取

說明 手的動作，用手拿著東西。為了某種目的，用手去拿過來；也指摘取蔬菜、水果，採集貝殼等動作。

例句 すみません、車の かぎを 取って ください。

／不好意思，麻煩把車鑰匙遞給我。

☞ 哪裡不一樣呢？

• 脱く：將穿戴於身上的東西拿掉，如衣物等。
• 取る：用手拿著東西。

---

287 きる vs. つく

きる【着る】

(他上一)（穿）衣服

說明 為了禦寒或讓自己好看，而穿在身上。一般指手通過袖子，上半身或全身穿上之意。

例句 スーツを 着て、出かけます。

／穿上套裝出門。

● 比較

つく【着く】

(自五) 到，到達，抵達，寄到；入席，入坐

說明 移動位置，到達某一場所、地點；人佔據某位子。

例句 あなたは 昨日 何時に 家に 着きましたか。

／你昨天幾點到家的？

☞ 哪裡不一樣呢？

• 着る：穿衣服。
• 着く：到達某場所。

288 うまれる vs. たんじょうび

うまれる【生まれる】

(自下一) 出生；誕生，產生

說明 從母體生出嬰兒來，或孵出蛋來；原來沒有的東西，初次出現。

例句 あなたは、どちらで　生まれましたか？
／請問你是在什麼地方出生的呢？

● 比較

たんじょうび【誕生日】

(名) 生日

說明 人出生的日子。而「誕生」除了人，也可以指動物的出生。還有，也用在組織、場所等新成立之日。

例句 父の　誕生日に　ネクタイを　送った。
／我在爸爸生日那天送了他領帶。

☞ 哪裡不一樣？

- 生まれる：指人及動物的出生；事物初次出現。
- 誕生日：指人及動物出生之日；組織、場所新成立之日。

289 しぬ vs. なくす

しぬ【死ぬ】

(自五) 死亡

說明 失去生命。因病或事故喪失生命。

例句 死んだ　お祖母さんに　もう　一度　会いたいです。
／我希望能與已過世的祖母再度見上一面。

● 比較

なくす【失くす・無くす】

他五 丟失；消除

説明 失去原本持有的東西；本來存在的事物消失了。

例句 地震で　大勢の　人が　家を　なくした。
／許多人在地震中失去了家園。

☞ 哪裡不一樣呢？

- **死ぬ**：動物等失去生命力。
- **無くす**：失去所持事物。

おぼえる vs. わすれる

おぼえる【覚える】

他下一 記住，記得；學會，掌握

説明 透過見聞或學習記入腦中，而不忘記；也指努力掌握自己經驗過的事或學過的事。

例句 平仮名は　覚えましたが、片仮名は　まだです。
／平假名已經會了，但是還沒學片假名。

● 比較

わすれる【忘れる】

他下一 忘記，忘掉；遺忘，忘記；忘帶

説明 曾經記得的事，想不起來；應該做的事，因為一時疏忽而忘了；本來應該拿來的東西，因為疏忽而忘記帶來了。

例句 私は、あなたを　忘れません。
／我沒有忘記你。

☞ 哪裡不一樣呢？

- **覚える**：有記憶。
- **忘れる**：沒有記憶。

291　ならう vs. べんきょう

ならう【習う】
他五 學習；模仿

說明 向別人學習學問、技藝等的做法。有接受指導之意；也指依樣子做，仿效的意思。

例句 母に　料理を　習いました。
／我向媽媽學了烹飪。

● 比較

べんきょう【勉強】
名・自他サ 努力學習，唸書

說明 指為掌握學問、知識和技能等而勤奮努力學習。

例句 この　本を　使って　勉強します。
／用這本書研讀。

☞ 哪裡不一樣呢？

- 習う：向別人學習。
- 勉強：自主學習。

292　よむ vs. かく

よむ【読む】
他五 閱讀，看；唸，朗讀

說明 看文章、繪畫、圖表、符號等理解其意義；又指看著文字發出聲音。

例句 考えが　青いよ。いろんな　本を　読んで　勉強しなさい。
／你的想法太幼稚了！應當廣泛涉獵各種領域的書籍。

●比較

かく【書く】

他五 寫，書寫；寫作（文章等）

說明 使用鉛筆或原子筆等，記文字、記號或線條，使之看得見；又指作文章或創作作品。

例句 ここには 何(なに)も 書(か)かないで ください。
／這一處請不要書寫任何文字。

☞ 哪裡不一樣呢？

• 読(よ)む：看文章。
• 書(か)く：寫文字。

---

293 わかる vs. しる

わかる【分かる】

自五 知道，明白；知道，了解；懂得，理解

說明 對於事物的意思、內容、情況，能分析其邏輯，並有條理地理解；不清楚的事情，弄懂了；理解人的心情和人情。

例句 先生(せんせい)、4番(よんばん)が 分(わ)かりませんでした。
／老師，我那時不懂四號選項是什麼意思。

●比較

しる【知る】

他五 知道，得知；懂得，理解；認識

說明 對於事物的存在、發生，確實知道；對於事物的意思、內容、情況，能透過經驗或知識正確判斷，確實理解；見過面，能夠確定地辨識某人。

例句 森進一(もりしんいち)という 歌手(かしゅ)を 知(し)って いる？
／你曉得一位名叫森進一的歌星嗎？

☞ 哪裡不一樣呢？

• 分(わ)かる：了解原本已經存在的事物之實態。
• 知(し)る：經由知識、情報或經驗而來的「知道、了解」。

294 きく vs. しつもん

きく【聞く】

他五 聽，聽到；聽從，答應；詢問

說明 用耳朵感受音、聲、話等，理解其內容；答應要求；為了請教不明白的事情，詢問別人。

例句 日曜日は 本を 読んだり、音楽を 聞いたり して います。
／星期天通常看看書、聽聽音樂。

● 比較

しつもん【質問】

名・自サ 提問，詢問

說明 指把不懂的事，想知道的事、心裡懷疑的事等拿來問對方，請他說明。

例句 質問の ある 人は 手を あげて ください。
／有問題的人請舉手。

☞ 哪裡不一樣呢？

- 聞く：指問的行為。
- 質問：指問題本身。

295 いう vs. はなす

いう【言う】

自・他五 說，講

說明 把心裡想的事，用語言表達。也包括經過整理的內容，又書面都可以用。類似「話す」。

例句 木村さんは、明日 パーティーで 歌を 歌うと いって います。／聽說木村先生明天將在酒會上高歌一曲。

はなす【話す】

(他五) 說，講；交談，商量

說明 用有聲語言傳達事情或自己的想法；也有與對方交談、溝通之意。

例句 彼に　何を　話しましたか？

／你跟他說了什麼？

☞ **哪裡不一樣呢？**

* 言う：把心裡想的事，用語言表達。交談不一定要有對象。
* 話す：用有聲語言傳達想法；交談要有對象。

---

296 かく vs. かく

かく【書く】

(他五) 寫，書寫；寫作（文章等）

說明 使用鉛筆或原子筆等，記文字、記號或線條，使之看得見；又指作文章或創作作品。

例句 片仮名か　平仮名で　書く。

／請寫上片假名或平假名。

比較

かく【描く】

(他五) 畫，繪製

說明 事物、風景、人物及圖表等在紙上描繪出來。

例句 絵を　描くのは　下手ですが、見るのは　好きです。

／我畫得不好，但是喜歡欣賞繪畫。

☞ **哪裡不一樣呢？**

* 書く：文字表現。
* 描く：圖形表現。

次の文の（　　）には、どんな言葉が入りますか。
1・2から最も適当なものを一つ選んでください。

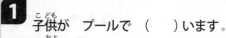

實力測驗　Q 哪一個是正確的？
>> 答案在題目後面

1
子供が　プールで　（　　）います。
1. 泳いで
2. 飛んで

譯
孩童正在泳池（游泳）。
1. 泳いで：游泳
2. 飛んで：飛翔

2
はじめは　電車に　乗って、次は
バス、最後は　ここまで　（　　）
きました。
1. 散歩して　　2. 歩いて

譯
一開始搭電車，接著換乘巴士，最後（步行）抵達了這裡。
1. 散歩して：散步
2. 歩いて：走路

3
先月、新しい　アパートに　（　　）。
1. 入れました
2. 入りました

譯
上個月（搬進了）新公寓。
1. 入れました：放入
2. 入りました：進入

4
毎朝　何時に　家を　（　　）か。
1. 出します
2. 出ます

譯
你每天早上幾點（離開）家門呢？
1. 出します：拿出
2. 出ます：離開

5
トイレに　（　　）たい　人は、この
休み時間に　（　　）きて　ください。
1. 行き、行って
2. 出かけ、出かけて

譯
想（去）廁所的人，請利用這段休息時間（前往）。
1. 行き、行って：去
2. 出かけ、出かけて：出去

6
「あしたも　来ますか。」
「いいえ、あしたは　（　　）。」
1. 来ません
2. 行きません

譯
「你明天也來嗎？」
「不，明天（不來）。」
1. 来ません：不來
2. 行きません：不去

7
新聞を　（　　）、お金を　払います。
1. 売って
2. 買って

譯
（買下）報紙後付錢。
1. 売って：賣出
2. 買って：購買

がんばってください！！

300

8 風邪を（　　）昨日から　学校を
休んで　います。
1. 押して
2. 引いて

譯　（得了）感冒，從昨天就向學校請假。
1. 押して：推，按
2. 引いて：感染（傷風感冒）

9 次の　山下公園で　バスを（　　）。
1. 降ります
2. 降ります

譯　將在下一站山下公園從巴士（下車）。
1. 降ります：（從車，船等）下來
2. 降ります：（雨，雪，霜等）落下

10 土曜日は　子どもと　山に（　　）
です。
1. 登ったん
2. 乗ったん

譯　星期六我和孩子去（爬了山）。
1. 登ったん：攀登（山）
2. 乗ったん：騎乘，坐

11 先週　図書館から（　　）辞書は
この　辞書です。
1. 貸した
2. 借りた

譯　上星期向圖書館（借了）的辭典是這一本。
1. 貸した：借出
2. 借りた：借進

12 学生は　ここの　椅子に（　　）
ください。
1. 座って
2. 着いて

譯　學生請（坐）在這裡的椅子上。
1. 座って：坐
2. 着いて：到達

13 私は　たいてい　朝　8時に
（　　）。
1. 立ちます
2. 起きます

譯　我通常早上八點（起床）。
1. 立ちます：站立
2. 起きます：起床

14 ご飯を　食べた　後で、薬を
（　　）。
1. 食べます
2. 飲みます

譯　吃完飯以後（服用）藥物。
1. 食べます：吃
2. 飲みます：喝，吃（藥）

頑張ってね！！

做對了，往 😊 走，做錯了往 ❌ 走。

15 明日 図書館へ 辞書を（　）に
いきます。
1. 返し
2. 帰り

譯 明天要去圖書館（歸還）辭典。
1. 返し：歸還
2. 帰り：回家

---

16 あなたは どうして 会社を
（　）か。
1. 寝ました
2. 休みました

譯 你為什麼向公司（請了假）呢？
1. 寝ました：睡覺
2. 休みました：請假

---

17 「どうして 上着を（　）か。」
「暑かったからです。」
1. 脱ぎました
2. 取りました

譯 「為什麼要把外套（脫了）呢？」
「因為很熱。」
1. 脱ぎました：脫去
2. 取りました：拿取

---

18 あの 白い 服を（　）いる
人が 田中さんです。
1. 着て
2. 着いて

譯 （穿著）白色衣服的那個人是田中先生。
1. 着て：（穿）衣服
2. 着いて：到達

---

19 私は 南の 国で（　）。
1. 生まれました
2. 誕生日でした

譯 我（出生於）南方的國度。
1. 生まれました：出生
2. 誕生日でした：生日

---

20 彼は 病気で（　）。
1. 死にました
2. 無くしました

譯 他因病（過世了）。
1. 死にました：死亡
2. 無くしました：丟失；消除

---

21 学校に 本を（　）から、
宿題を しませんでした。
1. 覚えた
2. 忘れた

譯 把課本（忘）在學校了，所以沒有寫作業。
1. 覚えた：記住
2. 忘れた：忘記

バンザーイ！
頑張ってね！！

302

22 私は　田中さんから　漢字を
（　　　）。
1. 習いました
2. 勉強しました

頑張ってね！！

譯 我向田中先生（學習了）漢字。
1. 習いました：學習
2. 勉強しました：唸書

23 ここに　名前と　住所を　（　　　）
ください。
1. 読んで
2. 書いて

24「明日、宿題を　忘れないで
ください。」「（　　　）。」
1. 分かりました
2. 知りました

譯 請在這裡（寫下）姓名和住址。
1. 読んで：閱讀
2. 書いて：書寫

譯「明天請別忘了帶作業來。」
「（知道了）。」
1. 分かりました：明白了，瞭解了
2. 知りました：已經得知

25 日曜日は　家で　音楽を　（　　　）。
1. 聞きます
2. 質問します

26 君の　国では　何語を　（　　　）か。
1. 言います
2. 話します

譯 星期天會在家裡（聽）音樂。
1. 聞きます：聽
2. 質問します：提問

譯 在你的國家是用什麼語言（交談）呢？
1. 言います：說話
2. 話します：談話

27 日本語で　手紙を　（　　　）。
1. 書きます
2. 描きます

譯 我以日文（寫）信。
1. 書きます：書寫
2. 描きます：畫，描繪

❶ 從「プール」（游泳池）這一線索，知道
答案是「泳ぐ」（游泳）；而「飛ぶ」
（飛翔）是在空中移動。不正確。

答案：1

❷ 從「一開始搭電車，接著換乘巴士」這一
目的性強的線索，知道答案是「歩く」
（走路）；而「散歩」（散步）指沒有目
的地、悠閒走路的樣子。不正確。

答案：2

❸ 從「新しいアパートに」（新公寓）這一線
索，知道答案是「入る」（進入），表示
某人事物由外面向裡面移動；而「入れる」
（放入）把某東西，從外往裡放。不正確。

答案：2

❹ 「離開家門」用「家を出ます」（家）。答案
是「出る」（離開），表示出去；而「出す」
（拿出）有提交的意思。不正確。

答案：2

❺ 答案是「行く」（去），表示離開目前地點，
往目的地去；而「出かける」（出去）表
示因有事而外出，大多用於從家到外面。
不正確。

答案：1

❻ 從「来ます」（來）這一線索，知道答案是
「来る」（來），接近現在所在地；而「行
く」（去）指遠離現在所在地。不正確。

答案：1

❼ 從「お金を払います」（付錢）這一線
索，知道答案是「買う」（購買）；而
「売る」指賣出。不正確。

答案：2

❽ 「感冒」是「風邪を引く」。答案是「引く」
（感染）；而「押す」（推）指往自己的反
方向推。不正確。

答案：2

❾ 「從巴士下車」用「バスを降ります」。答
案是「降りる」（下來），用於從交通工
具下來；而「降る」（落下）是從天空落
下，多用於天氣。不正確。

答案：1

❿ 「爬山」用「山に登る」。答案是「登る」
（攀登），表示由下往上，向高處移動；
而「乗る」（騎乘）指上到某物上面。不
正確。

答案：1

⓫ 從「図書館から」（向圖書館）這一線索，
知道答案是「借りる」（借進），表示借
入物品、金錢；而「貸す」（借出）是借
出物品、金錢。不正確。

答案：2

⓬ 「坐在椅子上」用「椅子に座る」。答案是「座る」
（坐），表示坐的動作；而「着く」（到達）表示
到達某地方。不正確。

答案：1

⓭ 「八點起床」用「8時に起きます」。答案
是「起きる」（起床），表示躺著的東西
豎立起來；而「立つ」（站立）是物體不
離原地上下豎立。不正確。

答案：2

⓮ 「吃藥」用「薬を飲みます」。答案是「飲む」
（喝）而不是「食べる」（吃）。

答案：2

⓯ 「歸還辭典」用「辞書を返す」。答案是「返す」
（歸還），表示物品回到原處；而「帰る」
（回家）表示人或動物回到歸屬地。不正確。

答案：1

⓰ 「向公司請了假」用「会社を休みました」。
答案是「休む」（請假），表示停下活動
讓身體休息；而「寝る」（睡覺）是閉著
眼讓身體休息。不正確。

答案：2

❶❼「脫外套」用「上着を脱ぐ」。答案是「脫ぐ」（脫去），表示將穿戴於身上的衣物脫掉。

答案：1

❶❽「穿衣服」用「服を着る」。答案是「着る」（穿）；而「着く」（到達）表示到達某場所。不正確。

答案：1

❶❾答案是「生まれる」（出生）指人及動物的出生；而「誕生日」（生日）指人及動物出生之日。不正確。

答案：1

❷⓪答案是「死ぬ」（死亡），表示動物等失去生命力；而「無くす」（丟失）表示失去所持事物。不正確。

答案：1

❷❶答案是「忘れる」（忘記），表示應該做的事，因為一時疏忽而忘了；而「覚える」（記住）表示透過見聞或學習記入腦中。不正確。

答案：2

❷❷答案是「習う」（學習），指向別人學習，這裡是向「田中先生」學習；而「勉強」（唸書）表示自主學習。不正確。

答案：1

❷❸從「ここに名前と住所を」（在這裡…姓名和住址）這一線索，知道答案是「書く」（書寫），寫文字；而「読む」（閱讀）是閱讀文章。不正確。

答案：2

❷❹從「明天請別忘了帶作業來」這一線索，知道答案是「分かる」（明白），表示了解前面提醒的事物；而「知る」（知道）經由知識、情報或經驗而來的「知道、了解」。不正確。

答案：1

❷❺「聽音樂」用「音楽を聞く」。答案是「聞く」（聽），指聽的行為；而「質問」（提問）指問對方自己想知道的事、心裡懷疑的事。不正確。

答案：1

❷❻「用什麼語言交談」用「何語を話します」。答案是「話す」（談話），表示用有聲語言傳達想法。

答案：2

❷❼「寫信」用「手紙を書く」。答案是「書く」（書寫），用文字表現；而「描く」（描繪）是用圖形表現。不正確。

答案：1

有自他動詞的

297 あく vs. あける

あく【開く】

(自五) 開，打開；開始，開業

說明 關閉的東西開了，又指沒有障礙物阻擋，可以自由地進出了；商店等開始營業。

例句 風で 窓が 開いた。／窗戶被風吹開了。

●比較

あける【開ける】

(他下一) 打開，開（著）；騰出；開業

說明 把關著的東西打開；又指把佔著地方的東西去掉使其有通路；商店等開始營業。

例句 誰かが ワインを 開けて、 飲んで しまった。／有人打開葡萄酒喝掉了。

☞ 哪裡不一樣呢？

- 開く：自動詞。關閉的東西開了。
- 開ける：他動詞。把關著的東西打開。

298 かかる vs. かける

かかる【掛かる】

(自五) 懸掛，掛上；花費

說明 東西從上往下垂懸掛著。一般用假名書寫；也表示需要花費。

例句 どうして こんな 絵が 壁に かかって いるんですか？
／牆上為什麼要掛這種畫呢？

比較

かける【掛ける】

他下一 掛在（牆壁），戴上（眼鏡）；打（電話）

說明 把東西牢牢地固定住，以免脫落。使穩固地成為那種狀態；又指打電話等取得聯繫。

例句 壁に　コートが　掛けて　あります。

／牆上掛著大衣。

☞ **哪裡不一樣呢,**

• **掛かる**：自動詞。東西從上往下垂懸掛著。

• **掛ける**：他動詞。把東西牢牢地固定住。

---

299 きえる vs. けす

きえる【消える】

自下一 （燈，火等）熄滅，消失，失去，（雪等）融化

說明 光、顏色、形狀、聲音等不見了。原有的事物消失了。看得見的不見了、聽得見的聽不到了。

例句 風で　ろうそくの　火が　消えた。

／風把燭火吹熄了。

比較

けす【消す】

他五 熄掉，撲滅；關掉，弄滅

說明 滅掉光或火；關上電器用品（如電視電腦等以電驅動）的開關，使其不再運轉。

例句 電気を　消して　から、うちを　出ます。

／關掉電燈後離開家門。

☞ **哪裡不一樣呢？**

• **消える**：自動詞。光、顏色、形狀、聲音等不見了。

• **消す**：他動詞。滅掉光或火。

300 しまる vs. しめる

しまる【閉まる】

(自五) 關閉；關門，停止營業，關（店）

説明 開著的門窗等關起來；又指商店或銀行等，結束了當天的工作。

例句 店は　もう　閉まりました。
　　／店已經關了。

● 比較

しめる【閉める】

(他下一) 關閉，合上；打烊，歇業

説明 把開著的物體，如門窗等關閉起來；又指使事物告一段落，如商店或
銀行結束當天的工作。

例句 戸を　閉めたのは　誰ですか？
　　／是誰把門關上的？

☞ 哪裡不一樣呢？

* 閉まる：自動詞。開著的門窗等關起來。
* 閉める：他動詞。把開著的門窗等關閉起來。

301 ならぶ vs. ならべる

ならぶ【並ぶ】

(自五) 並排，並列，列隊

説明 某物和其他物處於橫向相鄰的位置。又指 A 後是 B，B 後是 C，排成行列。

例句 駅の　前には、小さな　店が　並んで　いる。
　　／車站前有成排的小店。

● 比較

ならべる【並べる】

(他下一) 並排，並列；排列

說明 使某物和其他物處於橫向相鄰的位置；還有，排成行列的意思。

例句 玄関に 靴を 並べました。
／把鞋子擺在玄關了。

☞ 哪裡不一樣呢？

- 並ぶ：自動詞。某物和其他物處於橫向相鄰的位置。
- 並べる：他動詞。使某物和其他物處於橫向相鄰的位置。

---

302 はじまる vs. はじめる

はじまる【始まる】

(自五) 開始，開頭；發生

說明 開始以前完全沒有的事物，進入新的局面；出現原來沒有的現象。

例句 学校は 四月から 始まります。
／學期從四月開始。

● 比較

はじめる【始める】

(他下一) 開始，創始

說明 表示開始新的行動、事物，開始做。

例句 時間に なりました。試験を 始めます。
／時間到了，開始考試。

☞ 哪裡不一樣呢？

- 始まる：自動詞。開始以前完全沒有的事物。
- 始める：他動詞。開始新的行動。

2 実力テスト

做對了，往 走，做錯了往 ✖ 走。

次の文の（　）には、どんな言葉が入りますか。1・2から最も適当なものを一つ選んでください。

實力測驗

Q 哪一個是正確的？
>> 答案在題目後面

---

1 窓を（　）、外を 見た。
1. 開いて
2. 開けて

譯 把窗戶（打開）往外看。
1. 開いて：（自動詞）開
2. 開けて：（他動詞）打開

---

2 私は 夕べ 友達に 電話を（　）。
1. 掛かりました
2. 掛けました

譯 我昨晚給朋友（打了）電話。
1. 掛りました：懸掛
2. 掛けました：打（電話）

---

3 私は いつも 電気を（　）寝ます。
1. 消えて
2. 消して

譯 我習慣（關）燈睡覺。
1. 消えて：（自動詞）熄滅
2. 消して：（他動詞）關掉

---

4 「レストランは 開きましたか。」
「いいえ、まだ（　）います。」
1. 閉まって
2. 閉めて

譯 「餐廳已經開了嗎？」
「不，還是（關）著的。」
1. 閉まって：（自動詞）關閉
2. 閉めて：（他動詞）合上

---

5 写真を 撮りますから、（　）ください。
1. 並んで
2. 並べて

譯 要拍照了，請（並列）站好。
1. 並んで：（自動詞）排成行列
2. 並べて：（他動詞）排列擺放

---

6 音楽会は 何時に（　）か 知って いますか。
1. 始まる
2. 始める

譯 你知道音樂會將在幾點（開始）嗎？
1. 始まる：（自動詞）開始
2. 始める：（他動詞）使開始

310

❶ 從「窓を」（窗戶）這一線索，知道答案是他動詞的「開ける」（打開），把關著的東西打開；而「開く」（開）為自動詞，關閉的東西開了。不正確。

答案：2

❷ 「打電話」用「電話をかける」。答案是「掛ける」（撥打），他動詞，指打電話等取得聯繫；而「掛かる」（懸掛）是自動詞，表示東西從上往下垂懸掛著。不正確。

答案：2

❸ 「關燈」用「電気を消す」。答案是「消す」（關掉），他動詞，滅掉光或火；而「消える」（熄滅）是自動詞，表示光、顏色、形狀、聲音等不見了。不正確。

答案：2

❹ 答案是「閉まる」（關閉），自動詞，指商店等，結束了當天的工作；而「閉める」（合上）是他動詞，表示讓商店結束當天的工作。不正確。

答案：1

❺ 答案是「並ぶ」（排成行列），自動詞，某物和其他物處於橫向相鄰的位置；而「並べる」（排列擺放）是他動詞，使某物和其他物處於橫向相鄰的位置。不正確。

答案：1

❻ 答案是「始まる」（開始），自動詞，表示事物的開始；而「始める」（使開始）是他動詞，使某事物開始新的行動。不正確。

答案：1

する動詞

303 する vs. なる

する
(自・他サ) 做，進行

說明 進行、從事某項工作或活動。

例句 仕事を　して　いるから、忙しいです。／我正在工作，所以很忙。

● 比較

なる【為る】
(自五) 成為，變成，當（上）；到

說明 變成別的事物或狀態；又指時間流逝，到了某個時期。

例句 いつか、花屋さんに　なりたいです。
　　／我希望有一天能開一家花店。

☞ 哪裡不一樣呢？

- **する**：做某事。
- **なる**：成為某事物或狀態。

304 せんたく vs. そうじ

せんたく【洗濯】
(名・他サ) 洗衣服，清洗，洗滌

說明 指把髒衣服等洗乾淨。

例句 洗濯から　掃除まで、全部　やりました。
　　／從洗衣服到打掃全部做完了。

● 比較

そうじ【掃除】

名・他サ 打掃，清掃，掃除

說明 指用掃把掃，用抹布擦，把地方或東西弄乾淨。

例句 友達が 来る 前に 部屋を 掃除します。
／在朋友來訪之前打掃房間。

☞ 哪裡不一樣呢？

• 洗濯：將衣物洗乾淨。
• 掃除：使用道具將地方弄乾淨。

305 りょこう vs. かんこう

りょこう【旅行】

名・自サ 旅行，旅遊，遊歷

說明 指出門到外地去進行參觀。

例句 インドや タイなど、東南アジアの 国を 旅行したいです。
／我想去印度或泰國之類東南亞國家旅行。

● 比較

かんこう【観光】

名 觀光

說明 周遊觀覽外地的景致、風物或名勝等。

例句 そこは 有名な 観光地です。
／那裡是知名的觀光勝地。

☞ 哪裡不一樣呢？

• 旅行：指出遠門進行參觀。
• 観光：指參觀古蹟等活動。

3 実力テスト

做對了，往  走，做錯了往 走。

次の文の（　）には、どんな言葉が入りますか。1・2から最も適当なものを一つ選んでください。

實力測驗

Q 哪一個是正確的？
>> 答案在題目後面

1
私は　毎日　英語を　勉強（　　）。
1. します
2. なります

譯
我每天（研讀）英文。
1. します：做，進行
2. なります：成為，變成

2
玄関の　（　　）を　お願いします。
1. 洗濯
2. 掃除

譯
麻煩（打掃）玄關。
1. 洗濯：洗衣服
2. 掃除：打掃

3
新婚（　　）は　ハワイに
行きました。
1. 旅行
2. 観光

譯
我們蜜月（旅行）去了夏威夷。
1. 旅行：旅行
2. 観光：觀光

MEMO

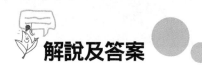

解說及答案

❶ 從「勉強（べんきょう）」（研讀）這一サ變動詞，知道要接的是「します」。

答案：1

❷ 答案是「掃除（そうじ）」（打掃），表示使用道具將地方弄乾淨；而「洗濯（せんたく）」（洗衣服）是將衣物洗乾淨。不正確。

答案：2

❸ 「蜜月旅行」習慣用「新婚旅行（しんこんりょこう）」。答案是「旅行（りょこう）」（旅行），指出遠門進行參觀；而「観光（かんこう）」（觀光）指參觀古蹟等活動。

答案：1

315

其他動詞

306 あう vs. かかる

あう【会う】

自五 見面，會面；偶遇，碰見

説明 和別人見面；遇到某件事。

例句 日曜日の 午後 1時に 彼女と 会います。
／星期天下午一點要和她見面。

● 比較

かかる【掛かる】

自五 懸掛，掛上；花費

説明 用「お目にかかる」表示「会う」的謙虚説法。

例句 この 間、駅で 山田先生に お目に かかりました。
／前陣子在車站遇到了山田老師。

☞ 哪裡不一樣呢？

- 会う：普通形。
- かかる：「お目にかかる」是「会う」的謙讓語。

307 あがる vs. あげる

あがる【上がる】

自五 登，上；提高，上升

説明 低處向高處移動；地位、等級、層次、程度（成績、物價、人氣）等提升。著重在一口氣上升，達到頂點的狀態。

例句 上に 上がると 海が よく 見える。／爬到上面就可以飽覽海景。

● 比較

あげる【上げる】

他下一 舉起，使升高；提高

說明 使向高處移動。抬。舉；又指程度（長度、重量、強度等）或價錢提高。

例句 分からない 人は 手を 上げて ください。
／不懂的人請舉手。

☞ 哪裡不一樣呢？

• 上がる：自動詞。向高處移動。
• 上げる：他動詞。使向高處移動。

308 あそぶ vs. やすみ

あそぶ【遊ぶ】

自五 玩，遊玩；閒著，沒工作

說明 使精神愉快，做自己喜歡的、輕鬆的活動；又指不工作，閒待著。

例句 六本木ヒルズという ところで 遊びました。
／我們去了一處名為六本木之丘的地方遊覽。

● 比較

やすみ【休み】

名 休息；假日，休假，休息（時間）；停止營業；睡覺

說明 指停止學習或工作等，使身心得到休息；也指這種時間或日期；也指商店等停止營業；進入睡眠狀態。

例句 土曜日と 日曜日は 休みです。
／星期六和星期天是假日。

☞ 哪裡不一樣呢？

• 遊ぶ：以玩樂得到放鬆、休息。
• 休み：以停止活動得到休息。

309 あびる vs. あらう

あびる【浴びる】

(他上一) 淋，浴，澆；照，曬

說明 把涼水或熱水往身上澆、淋；也指陽光等光亮的東西，照射到身上。

例句 冷たい 水を 浴びて、風邪を 引いた。／淋了冷水後感冒了。

● 比較

あらう【洗う】

(他五) 沖洗，清洗，洗滌

說明 用水和洗滌劑等敲打、搓、揉去污的動作。

例句 石鹸で 洗いました。／用肥皂洗乾淨了。

☞ 哪裡不一樣呢？

- 浴びる：往身上澆淋。
- 洗う：用水和洗滌劑等洗淨。

310 ある vs. いる

ある【在る】

(自五) 在，存在

說明 表示無生命的東西、植物、事物等的存在。

例句 新聞は テーブルの 上に あります。／報紙擺在桌上。

● 比較

いる【居る】

(自上一) （人或動物的存在）有，在；居住在

說明 人、動物等有生命的物體，在那裡可以看得見。指人或動物的存在；
也指人或動物住在那裡。

例句 田中さんは 短い スカートの 女性の 右に います。
／田中小姐在那位穿短裙的女士的右邊。

☞ 哪裡不一樣呢？

- **ある**：用於無生命。
- **いる**：用於有生命。

311 ある vs. もつ

ある【有る】

(自五) 有，持有，具有

說明 表示無生命的東西、植物、事物等的存在。

例句 鉛筆は　ありますが、ペンは　ありません。
／我有鉛筆，但是沒有鋼筆。

● 比較

もつ【持つ】

(他五) 拿，帶，持，攜帶

說明 用手拿著。又指東西帶在身上，或是拿在手上，或是放在口袋、皮包裡。

例句 百円玉を　いくつ　持って　いますか？／你身上有幾枚百圓硬幣呢？

☞ 哪裡不一樣呢？

- **ある**：東西的存在。
- **持つ**：東西的所有。

312 もうす vs. いう

もうす【申す】

(他五) 說，講，告訴，叫做

說明 「言う」、「話す」的謙語。下屬或晚輩對上司或長輩使用的詞。

例句 山田と　申しますが、あなたは　田上さんですか。
／敝姓山田，請問您是田上小姐嗎？

比較

いう【言う】

(自・他五) 說，講

説明 把心裡想的事，用語言表達。也包括經過整理的內容，又書面都可以用。類似「話す」。

例句 木村さんは 今日は 来ないでしょう。忙しいと 言っていましたから。

／木村先生今天應該不會來吧。他說過自己很忙。

☞ 哪裡不一樣呢？

• 申す：謙讓語。
• 言う：一般的說法。

---

313 いる vs. ほしい

いる【要る】

(自上一) 需要，必要

説明 需要費用、物品、時間等，沒有就會發生困難。一般大多用平假名「いる」。

例句 日本の 大学に 入るには 100万円 いります。

／要進入日本的大學就讀需要花費一百萬日圓。

比較

ほしい

(形) 要，想要

説明 希望成為自己的東西，想弄到手的樣子。

例句 友達は だれもが ほしいと 思います。

／我認為任何人都想要朋友。

☞ 哪裡不一樣呢？

• いる：指必要。絕對需要的，不可或缺的。
• ほしい：指慾望。想弄到手。

314 うたう vs. おどる

うたう【歌う】

他五 唱歌

説明 把歌詞配上節奏和旋律，發出聲音。

例句 どちらの 歌を 歌いますか？／你要唱哪首歌？

● 比較

おどる【踊る】

他五 跳舞，舞蹈

説明 隨著節奏跳躍、旋轉，輕快地扭動身體。

例句 元気に よく 歌って、踊りましょう。／讓我們一起來大聲唱歌和跳舞吧！

☞ 哪裡不一樣呢？

- 歌う：唱歌。
- 踊る：跳舞。

315 おく vs. とる

おく【置く】

他五 放，置，擱

説明 基於某一目的，把東西放在某處。

例句 そこに、荷物を 置いて ください。／請把行李放在那邊。

● 比較

とる【取る】

他五 拿取，執，握；採取，摘

説明 手的動作，用手拿著東西。為了某種目的，用手去拿過來；也指摘取蔬菜、水果，採集貝殼等動作。

例句 「しょう油を 取って ください。」「はい、どうぞ。」
／「請把醬油遞給我。」「在這裡，請用。」

- 置<ruby>く<rt>お</rt></ruby>：物品離開自己。
- 取<ruby>る<rt>と</rt></ruby>：物品靠近自己。

316　おわる vs. とまる

おわる【終わる】

（自五）完畢，結束，終了

說明 事情或動作到了最後的階段，不再繼續下去，有「完了」之意。

例句 試験が　終わったら、ラーメンを　食べに　行きましょう。
／等考完試以後，我們一起去吃拉麵吧。

●比較

とまる【止まる】

（自五）停，停止，停頓；中斷，止住

說明 人、交通工具和機器等動的東西停止活動力；也指發出的東西不出了，或連續的東西斷了。

例句 バスが　バス停に　止まりました。／巴士在站牌停了下來。

☞ 哪裡不一樣呢？

- 終わる：持續的事物停止。
- 止まる：人、交通工具和機器等動的東西停止。

317　しめる vs. かける

しめる【締める】

（他下一）勒緊，繫著

說明 好好纏起或用力繫住，使其不鬆弛或脫落。

例句 色の　きれいな　ネクタイを　締めました。
／繫了一條花色很美的領帶。

● 比較

かける【掛ける】

他下一 掛在（牆壁），戴上（眼鏡）；打（電話）

說明 把東西牢牢地固定住，以免脫落。使穩固地成為那種狀態；又指打電話等取得聯繫。

例句 教室に　絵が　かけて　あります。／教室裡掛著畫。

☞ 哪裡不一樣呢？

• **締める**：纏起或繫住物品。

• **掛ける**：用繩子等讓物品固定在某處。

318 かぶる vs. はく

かぶる【被る】

他五 戴（帽子等），（從頭上）蒙，（從頭上）套，穿

說明 拿薄又寬的東西，往頭或臉上放上覆蓋物。

例句 どうして　帽子を　被るのですか？
／為什麼要戴帽子呢？

● 比較

はく【履く・穿く】

他五 穿（鞋，襪，褲子等）

說明 穿。保護腳的鞋子、襪子等用「履く」，穿在下半身的褲子和裙子等用「穿く」。

例句 どんな　靴を　履きますか？
／穿什麼樣的鞋子呢？

☞ 哪裡不一樣呢？

• **被る**：穿在頭部以上。

• **履く・穿く**：穿在頭部以下。

319　きる vs. みがく

きる【切る】

他五 切，剪，裁剪，切傷

説明 用刀或剪刀等，刺傷或切斷連接的東西。

例句 紙を 小さく 切って ください。／請把紙張裁小。

● 比較

みがく【磨く】

他五 刷洗，擦亮

説明 用刷子等前後左右磨擦，使其光亮好看。

例句 顔を 洗って、歯を 磨きます。／洗臉刷牙。

☞ 哪裡不一樣呢？

- 切る：裁切物品。
- 磨く：刷淨、磨亮物品。

320　こたえる vs. きく

こたえる【答える】

自下一 回答，答覆；解答

説明 對對方的詢問或招呼，以語言或動作回答；又指分析問題，提出答案。

例句 質問に 答えて ください。／請回答問題。

● 比較

きく【聞く】

他五 聽，聽到；聽從，答應；詢問

説明 用耳朵感受音、聲、話等，理解其內容；答應要求；為了請教不明白的事情，詢問別人。

例句 ３０人の 子どもに 一番 好きな 食べ物を 聞きました。
／詢問了三十個小孩什麼是他們最喜歡的食物。

☞ 哪裡不一樣呢？

- 答^{こた}える：回答問題。
- 聞^きく：聆聽。也有提問之意。

321 さく vs. あく

さく【咲く】

自五 開（花）

說明 花蕾展開。

例句 花^{はな}が きれいに 咲^さきました。／花開得很漂亮。

● 比較

あく【開く】

自五 開，打開；開始，開業

說明 關閉的東西開了，又指沒有障礙物阻擋，可以自由地進出了；商店等 開始營業。

例句 鍵^{かぎ}が かかって いて ドアが 開^あきません。
／門鎖著，打不開。

☞ 哪裡不一樣呢？

- 咲^さく：花開的狀態。
- 開^あく：關閉的東西開了。

Track ◎ 46

322 さす vs. とる

さす【差す】

他五 撐（傘等）；照射

說明 指把傘撐在頭上；又指光線照射。

例句 傘^{かさ}を さして、雨^{あめ}の 中^{なか}を 歩^{ある}きました。
／撐著傘在雨中漫步。

とる【撮る】

他五 拍（照片），攝影

説明 利用攝影器材將人或事物的形像記錄在軟片或卡帶上。

例句 山の 写真を 撮るのが 好きです。
／我喜歡拍攝山景。

☞ **哪裡不一樣呢？**

- 差す：撐傘或光線照射。
- 撮る：指照相。

---

323 すう vs. ふく

すう【吸う】

他五 吸，抽，喝

説明 把氣體或液體從口、鼻吸入體內。從嘴巴進入的動詞有「吸う」（吸入）、「食べる」（吃）、「飲む」（喝）。

例句 父は たばこを 吸って います。
／爸爸正在抽菸。

ふく【吹く】

自五 （風）刮，吹；（緊縮嘴唇）吹氣

説明 空氣流動；也指噘著嘴或嘴對著細管等，用力吹氣的意思。

例句 海から 涼しい 風が 吹いて きました。
／從海上拂來了涼風。

☞ **哪裡不一樣呢？**

- 吸う：氣體往內。
- 吹く：氣體往外。

324 すむ vs. いる

すむ【住む】

（自五）住，居住

說明 確定家的地點，並在那裡生活。

例句 留学生たちは、ここに 住んで います。
／留學生們住在這裡。

● 比較

いる【居る】

（自上一）（人或動物的存在）有，在；居住在

說明 人、動物等有生命的物體，在那裡可以看得見。指人或動物的存在；也指人或動物住在那裡。

例句 黒くて 大きな 魚が 2匹 います。
／有兩條既黑又大的魚。

☞ 哪裡不一樣呢？

• 住む：指存在某處生活。

• いる：指存在。

325 たのむ vs. おねがいします

たのむ【頼む】

（他五）請求，要求；點菜；依靠

說明 自己沒辦法做的事，或對自己而言太困難了，希望對方為自己做某件事；又指在餐廳等點菜；當做依靠。

例句 コーヒーを 頼んだ あとで、紅茶が 飲みたく なった。
／點了咖啡以後，卻想喝紅茶了。

おねがいします【お願いします】

(寒暄) 麻煩，請

說明 請求別人時，有禮貌的説法。懇求對方去做自己所期望的事。

例句 ５２円の 切手を ３枚と ８２円の 切手を ５枚 お願いします。

／請給我三張五十二圓的郵票和五張八十二圓的郵票。

☞ **哪裡不一樣呢？**

- **頼む**：自己無法處理的事，請求別人幫助。
- **お願いします**：請求別人做某事。語感上比「頼む」有禮貌。

---

326 ちがう vs. そう

ちがう【違う】

(自五) 不同，不一樣；錯誤，不對

說明 狀態不同、不一樣；又指和正確的有差異。

例句 東京の 言葉と 大阪の 言葉は、少し 違います。

／東京話和大阪話有點不一樣。

● 比較

そう

(感)（回答）是，沒錯

說明 表示對對方所説的話和態度同意的心情。

例句 そうです。これが 私ので、それが あなたのです。

／沒錯，這個是我的，那個是你的。

☞ **哪裡不一樣呢？**

- **違う**：表不對。或狀態不同。
- **そう**：表同意。

327 つかう vs. やる

つかう【使う】

(他五) 用，使用；花費

說明 為了某一目的，而使用某物或身體的一部分；也表示為某目的而花費了東西、時間、金錢，而使其起作用。

例句 どうぞ、その 辞書を 使って ください。
／這本辭典給您，敬請使用。

● 比較

やる

(他五) 做，進行；給予

說明 相當於「する」，也就是進行某項工作或活動。說法比較隨便；授受的「給」，除了給同輩或晚輩，也可以用在動植物上。

例句 この 仕事は、明日中に やります。
／這份工作將在明天之內完成。

☞ **哪裡不一樣呢？**

• 使う：使用某物達成某目的。

• やる：做某件事。

328 つかれる vs. なくす

つかれる【疲れる】

(自下一) 疲倦，疲勞

說明 由於耗費了體力和精神，精力變得不足。用在肉體跟精神兩方面。

例句 電車の 中で 英語を 勉強すると、目が 疲れませんか。
／在電車上研讀英文，眼睛不累嗎？

なくす【無くす・失くす】

(他五) 丟失；消除

說明 失去原本持有的東西；本來存在的事物消失了。

例句 大事（だいじ）な お金（かね）を なくして、困（こま）りました。

／遺失了重要用途的錢，不知如何是好。

☞ 哪裡不一樣呢？

- 疲（つか）れる：喪失體力和精神。
- なくす：喪失所持事物。

---

329 つくる vs. はる

つくる【作る】

(他五) 做，製造；創造；創作

說明 加工（一般是用手操作的）原料、材料，製成新的物品；造出全新的東西；也指進行文學藝術的創造。

例句 晩（ばん）ご飯（はん）は、作（つく）って あります。

／晚飯已經做好了。

● 比較

はる【貼る・張る】

(他五) 貼上，糊上，黏上

說明 用漿糊等黏上。

例句 切手（きって）が 貼（は）って あります。

／已經貼上郵票了。

☞ 哪裡不一樣呢？

- 作（つく）る：製造物品。
- 貼（は）る・張（は）る：使某物附著在物體上。

つける vs. つく

つける【点ける】

(他下一) 點（火），點燃；扭開（開關），打開

説明 指使火著起來；又指打開電燈、電視、暖爐等電器的開關。

例句 暗いから、電気を つけました。／屋裡很暗，所以開了電燈。

● 比較

つく【着く】

(自五) 到，到達，抵達，寄到；入席，就座

説明 移動位置，到達某一場所、地點；人佔據某位子。

例句 わたしが 家に 着いたのは 8時でした。／我是在八點回到了家裡。

☞ 哪裡不一樣呢？

- **つける**：打開物品開關。點燃。
- **着く**：到達某地方。

---

331 **あるく vs. はしる**

あるく【歩く】

(自五) 走路，步行

説明 用腳走路。表示具體的動作。

例句 町の 中を 歩くのが 好きです。／我喜歡在街上散步。

● 比較

はしる【走る】

(自五)（人，動物）跑步，奔跑；（車，船等）行駛

説明 人或動物以比步行快的速度移動腳步前進；人和動物以外的物體，如汽車以高速移動之意。

例句 車が 町を 走ります。／車子在路上行駛。

- 歩<ruby>あ</ruby>く：用腳走路。
- 走<ruby>はし</ruby>る：指跑，用腳快速向前移動。別受中文「走」的影響。

332 ひく vs. あそぶ

ひく【弾く】

他五 彈奏（樂器）

說明 用鋼琴或小提琴、吉他等弦樂器演奏。

例句 私<ruby>わたし</ruby>は ピアノを 弾<ruby>ひ</ruby>く 仕事<ruby>しごと</ruby>を したいです。
／我想要從事能夠彈奏鋼琴的工作。

● 比較

あそぶ【遊ぶ】

自五 玩，遊玩；閒著，沒工作

說明 使精神愉快，做自己喜歡的、輕鬆的活動；又指不工作，閒待著。

例句 若者<ruby>わかもの</ruby>が 多<ruby>おお</ruby>くて、賑<ruby>にぎ</ruby>やかな 渋谷<ruby>しぶや</ruby>で 遊<ruby>あそ</ruby>びたいです。
／我想到年輕人聚集、繁華熱鬧的澀谷玩。

☞ 哪裡不一樣呢？

- 弾<ruby>ひ</ruby>く：指演奏樂器。
- 遊<ruby>あそ</ruby>ぶ：指玩樂。

333 まがる vs. まっすぐ

まがる【曲がる】

自五 彎曲；拐彎

說明 指變得不直，彎曲的樣子；又指不直走，往左或往右轉，改變行進的方向。

例句 次<ruby>つぎ</ruby>の 角<ruby>かど</ruby>を 曲<ruby>ま</ruby>がって、右側<ruby>みぎがわ</ruby>の 三<ruby>みっ</ruby>つ目<ruby>め</ruby>の 建物<ruby>たてもの</ruby>です。
／下個轉角拐過去後，右手邊的第三棟建築物。

● 比較

まっすぐ【真っ直ぐ】

(副・形動) 筆直，不彎曲；直接

説明 一點兒也不彎曲的樣子；又指中途哪兒也不去，一直朝著目的地前進。

例句 酒屋に 着くまで この 道を まっすぐ 行きなさい。

／請沿著這條路直走，就能抵達酒舖了。

☞ 哪裡不一樣呢？

- 曲がる：彎曲。
- まっすぐ：筆直。

---

334 まつ vs. まちあわせ

まつ【待つ】

(他五) 等候，等待

説明 盼望人、事物的到來，盼望早日實現。

例句 あなたは、まだ あの 人を 待って いるの？

／你還在等著那個人嗎？

● 比較

まちあわせ【待ち合わせ】

(名) 等候，碰頭

説明 事先決定好場所跟時間，在那裡等候對方到來。

例句 東京駅の 前で 待ち合わせしましょう。

／我們在東京車站前面會合吧。

☞ 哪裡不一樣呢？

- 待つ：等待人事物的到來。
- 待ち合わせ：約定好時間場所，等待人來。

みる【見る】

他上一 看，觀看；瀏覽，觀看

説明 用眼睛感覺物體的形狀、顏色等；透過視覺來判斷事物的內容。

例句 天気が よくて、遠くまで よく 見えます。
／天氣很好，能夠清楚看到遠處。

●比較

みせる【見せる】

他下一 讓…看，給…看

説明 在別人面前拿出某物，使別人能夠看見。

例句 舌を 出して 医者に 見せました。／伸出舌頭讓醫師診察了。

☞ 哪裡不一樣呢？

- 見る：自己看見。
- 見せる：讓別人看見。

なく【鳴く】

自五 （鳥，獸，蟲等）叫，鳴

説明 鳥獸昆蟲等動物發出的聲音。人的哭聲則用漢字「泣く」。

例句 猫が、 おなかが すいて 鳴いて います。／貓咪肚子餓得喵喵叫。

●比較

よぶ【呼ぶ】

他五 呼喚，招呼；喊，叫，邀請，叫來；叫做，稱為

説明 為引起對方注意而呼喚；又指發出聲音、打電話或寫信等，叫對方過來；（某事物）稱為。

例句 誰かを 呼んで ください。／請找人過來！

☞ 哪裡不一樣呢？

• 鳴_なく：無言語。
• 呼_よぶ：有言語。

337 わたす vs. わたる

わたす【渡す】

他五 交給，交付；送到

說明 從一人手裡移交到另一人手裡；又指把人或物越過某一空間，從這邊送到那邊。

例句 あなたの お姉_{ねえ}さんに この 手紙_{てがみ}を 渡_{わた}して ください。
／請把這封信轉交給令姊。

● 比較

わたる【渡る】

自五 渡，過（河）

說明 搭乘交通工具、走路或是游泳，通過路、河川、海等到達另一側。

例句 船_{ふね}に 乗_のって、川_{かわ}を 渡_{わた}ります。
／搭船渡過河川。

☞ 哪裡不一樣呢？

• 渡_{わた}す：交給他人。
• 渡_{わた}る：越過某地到另一側。

4 実力テスト

做對了，往 😊 走，做錯了往 ❌ 走。

次の文の（　）には、どんな言葉が入りますか。
1・2から最も適当なものを一つ選んでください。

⬆ 實力測驗　Q 哪一個是正確的？
>> 答案在題目後面 ➡

1 エレベーターの 中で 社長に （　）
ので ていねいに 頭を 下げた。
1. 会った
2. かかった

譯 因為在電梯中（遇到）社長，禮貌地向社長鞠躬致意。
1. 会った：遇到
2. かかった：懸掛

2 手を （　）、道を 渡ります。
1. 上げて
2. 上がって

譯 （舉）起手穿越馬路。
1. 上げて：（他動詞）舉起
2. 上がって：（自動詞）提高，上升

3 一週間の （　）を 取って、
沖縄を 旅行しました。
1. 遊ぶ
2. 休み

譯 請了一個星期的（休假），去沖縄旅行了。
1. 遊ぶ：遊玩
2. 休み：休假

4 シャツを （　） ください。
1. 浴びて
2. 洗って

譯 請（清洗）襯衫。
1. 浴びて：淋，浴
2. 洗って：洗滌

5 部屋に だれか （　） か。
1. ありました
2. いました

譯 有誰（來過）房間嗎？
1. ありました：（無生命的東西，植物）存在
2. いました：（人或動物）存在

6 今晩、パーティーが （　）か
どうか 教えて ください。
1. ある
2. 持つ

譯 請告訴我今晚到底（有）沒有派對。
1. ある：有
2. 持つ：攜帶

7 「ありがとう」は 韓国語で
なんと （　）か。
1. 申します
2. 言います

譯 「謝謝」的韓語該怎麼（說）呢？
1. 申します：叫做，稱
2. 言います：說

バンザーイ!!

がんばってください！！

336

8 医者は　経験が　（　）。
1. いる
2. ほしい

譯　醫師（需要）經驗的累積。
1. いる：需要
2. ほしい：想要，慾望

9 歌を　（　）ながら、歩き
ましょう。
1. 歌い
2. 踊り

譯　讓我們一面（唱歌），一面走路吧。
1. 歌い：唱歌
2. 踊り：跳舞

10「ここには　自転車を　止めないで
ください。」「じゃ、どこに　（　）か。」
1. 置きます
2. 取ります

譯「請不要把自行車停在這裡。」
「那麼，可以（停放）在什麼地方呢？」
1. 置きます：放置
2. 取ります：拿取

11 学校が　（　）から、野球を
しに　いきましょう。
1. 終わって
2. 止まって

譯　等課程（結束）後，一起去打棒球吧。
1. 終わって：結束
2. 止まって：停止；中斷

12 彼は　ネクタイを　（　）います。
1. 締めて
2. 掛けて

譯　他（繫）著領帶。
1. 締めて：繫著
2. 掛けて：掛在（牆壁）

13 山下さんは　昨日は　赤い
スカートを　（　）　いました。
1. 被って
2. 穿いて

譯　山下小姐昨天（穿）著一條紅裙子。
1. 被って：戴（帽子等）
2. 穿いて：穿（鞋，襪；褲子等）

14 弟は　歯を　（　）　寝ました。
1. 切らないで
2. 磨かないで

譯　弟弟沒（刷）牙就睡了。
1. 切らないで：裁剪
2. 磨かないで：刷洗

頑張ってね！！

做對了，往 走，做錯了往 走。

がんばってください！！

15 日本の　新しい　歌を　よく　（　　）。
1. 答えます
2. 聞きます

譯　我常（聽）日本的新歌。
1. 答えます：回答
2. 聞きます：聽

16 花が　たくさん　（　　）公園が　きれいに　なりました。
1. 咲いて
2. 開いて

譯　公園裡（開著）許多花，變得非常美麗。
1. 咲いて：開（花）
2. 開いて：打開

17 いつ　この　写真を　（　　）か。
1. 差しました
2. 撮りました

譯　你是什麼時候（拍了）這張照片的？
1. 差しました：撐（傘等）；插
2. 撮りました：拍（照片）

18 ここでは　たばこを　（　　）ください。
1. 吸わないで
2. 吹かないで

譯　在這裡請（不要吸）菸。
1. 吸わないで：不吸
2. 吹かないで：不吹

19 この　アパートの　一階は　おじいさんが　（　　）います。
1. 住んで
2. いて

譯　這棟公寓的一樓有個爺爺（住）在裡面。
1. 住んで：居住
2. いて：人或動物的存在

20 はじめまして。大島株式会社の　山田です。どうぞよろしく（　　）。
1. 頼みます
2. お願いします

譯　初次見面，我是大島股份有限公司的山田。（請）多多指教。
1. 頼みます：請；委託，託付
2. お願いします：麻煩，請

21 「あなたは 韓国の 方ですか。」
「はい、（　　）です。」
1. そう
2. 違い

頑張ってね！！

「你是韓國人嗎？」「對，我（是）。」
1. そう：是，沒錯
2. 違い：錯誤

22 「この 本を どうぞ。」「どうも
ありがとう。大切に （　　）。」
1. 使います
2. やります

23 地震で 家を （　　）人の
ために、お金を 集めて いる。
1. 疲れた
2. なくした

「這本書借您。」
「非常感謝，我會珍惜地（使用）。」
1. 使います：使用
2. やります：做

我們正為了在地震中（失去了）家園
的災民而募款。
1. 疲れた：疲倦
2. なくした：失去

24 壁に 写真が （　　）あります。
1. 作って
2. 貼って

25 ホテルは 空港から タクシーで
５０分ぐらいで （　　）。
1. つけます
2. 着きます

牆壁上（貼）著照片。
1. 作って：創造
2. 貼って：貼上

從機場搭計程車大約五十分鐘即可
（抵達）旅館。
1. つけます：點燃
2. 着きます：到達

26 車が 街の 中を （　　）います。
1. 歩いて
2. 走って

汽車正在路上（奔馳）。
1. 歩いて：走路
2. 走って：（車，船等）行駛

339

がんばってください！！

27 明日の　日曜日、どこかへ
（　　）に　いきませんか。
1. 弾き
2. 遊び

譯 明天是星期日，要不要去哪裡（玩一玩）
呢？
1. 弾き：彈奏
2. 遊び：遊玩

28 東京から　台東まで（　　）
飛ぶ　飛行機は　ない。
1. 曲がる
2. まっすぐ

譯 沒有從東京（直達）台東的航班。
1. 曲がる：拐彎
2. まっすぐ：筆直不彎曲

29 「あなたも　手伝って　ください。」
「ちょっと（　　）ください。手を
洗って　から　手伝います。」
1. 待って　　2. 待ち合わせ

譯 「麻煩你也來幫忙。」「請稍（等）
一下，我去洗了手再來幫忙。」
1. 待って：等待
2. 待ち合わせ：等候，碰頭

30 夜は　テレビを（　　）から、
寝ます。
1. 見て
2. 見せて

譯 我晚上（看）電視以後才睡覺。
1. 見て：看
2. 見せて：讓…看

31 誰かが　君を（　　）いるよ。
1. 鳴いて
2. 呼んで

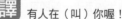

譯 有人在（叫）你喔！
1. 鳴いて：（鳥，獸，蟲等）叫，鳴
2. 呼んで：呼叫，招呼

32 あの　橋を（　　）、学校へ
行きます。
1. 渡して
2. 渡って

譯 我（走過）那座橋去學校。
1. 渡して：交給
2. 渡って：渡（河、橋）

❶ 答案是「会う」（見面），表示遇到某人；「お目にかかる」（見到您）是「会う」的謙讓語，而只用「かかる」沒有見面的意思。不正確。

答案：1

❷ 「舉起手」用「手を上げる」。答案是「上げる」（舉起），他動詞，使向高處移動；而「上がる」（提高）是自動詞，指向高處移動。不正確。

答案：1

❸ 「請假」用「休みを取る」。答案是「休み」（休假），表示停止活動得到休息；而「遊ぶ」（遊玩）表示玩樂得到放鬆、休息。不正確。

答案：2

❹ 答案是「洗う」（洗滌），表示用水和洗滌劑等洗淨；而「浴びる」（淋）指往身上澆淋。不正確。

答案：2

❺ 從「だれか」（有誰）這一線索，知道答案是用於有生命的「いる」（在）；而「ある」（在）用於無生命。不正確。

答案：2

❻ 從「パーティー」（派對）這一線索，知道答案是「ある」（有），表示事物的存在，也就是「到底有沒有派對」；而「持つ」（攜帶）表示東西的所有。不正確。

答案：1

❼ 「用韓語說」用「韓国語で言う」。答案是「言う」（說）。

答案：2

❽ 答案是「いる」（需要），指必要，絕對需要的，不可或缺的；而「ほしい」（想要）指慾望，想把某東西弄到手。不正確。

答案：1

❾ 「唱歌」用「歌を歌う」。答案是「歌う」（唱歌）；而「踊る」是跳舞。不正確。

答案：1

❿ 答案是「置く」（放置），表示基於某一目的，把東西放在某處；而「取る」（拿取）表示為了某種目的，用手去拿過來。不正確。

答案：1

⓫ 答案是「終わる」（結束），表示持續的事物結束；而「止まる」（停止）表示人、交通工具和機器等動的東西停止。不正確。

答案：1

⓬ 「繫領帶」用「ネクタイを締める」。答案是「締める」（繫著），表示纏繞起或繫住物品；而「掛ける」（懸掛）是用繩子等讓物品固定在某處。不正確。

答案：1

⓭ 答案是「穿く」（穿），用在穿褲子、鞋子等下半身的衣物；而「被る」（戴）是穿戴在頭部以上。不正確。

答案：2

⓮ 答案是「磨く」（刷洗），刷淨、磨亮物品；而「切る」（裁剪）是指裁切物品。不正確。

答案：2

⓯ 答案是「聞く」（聽）聆聽；而「答える」（回答）回答問題。不正確。

答案：2

⓰ 「花開」用「花が咲く」。答案是「咲く」（開），用在花開的狀態；而「開く」（打開）表示關閉的東西開了。不正確。

答案：1

⓱ 答案是「撮る」（拍攝），指照相；而「差す」（撐）指撐傘或光線照射。不正確。

答案：2

⓲ 答案是「吸う」（吸入），把氣體或液體從口、鼻吸入體內，氣體往內；「吹く」（吹〈氣〉）表示嘟著嘴吹氣，氣體往外。不正確。

答案：1

⓲ 答案是「住む」（居住），指存在某處生活；而「いる」（在）指存在。不正確。

答案：1

⓴ 初次見面，習慣的寒暄語用「請多多指教」，日語是「どうぞよろしくお願いします」。答案是「お願いします」（麻煩）。

答案：2

㉑ 從「はい」（對）這一線索，知道答案是「そう」（是），表同意；而「違う」（錯誤）表不對，不同意。不正確。

答案：1

㉒ 「珍惜地使用」用「大切に使う」。答案是「使う」（使用），使用某物達成某目的；而「やる」（做）指做某件事。不正確。

答案：1

㉓ 從「家を」（家園）這一線索，知道答案是「なくす」（失去），表示喪失所持事物；而「疲れる」（疲倦）指喪失體力和精神。不正確。

答案：2

㉔ 從「壁に」（牆壁上）這一線索，知道答案是「貼る」（貼上），使某物附著在物體上；而「作る」（製造）是指製造物品。不正確。

答案：2

㉕ 答案是「着く」（到達）表示到達某地方；而「つける」（點燃）指使火燃燒，或是打開物品開關。不正確。

答案：2

㉖ 「車が」（汽車）這一線索，知道答案是交通工具快速向前移動的「走る」（行駛）。別受中文「走」的影響喔；而「歩く」（走路），表示用腳走路。不正確。

答案：2

㉗ 從「要不要去哪裡？」這一線索知道答案是表示玩樂的「遊ぶ」（遊玩）；而「弾く」（彈奏），是指演奏樂器。不正確。

答案：2

㉘ 從「飛ぶ」（飛）這一線索，知道答案是「まっすぐ」（筆直），表示筆直不彎曲，也就是直飛；而「曲がる」表示彎曲。不正確。

答案：2

㉙ 「請稍等一下」用「ちょっと待ってください」。答案是「待つ」（等待），表示等待人事物的到來；而「待ち合わせ」（等候，碰頭），是約定好時間場所，等待人來。不正確。

答案：1

㉚ 「看電視」用「テレビを見る」。所以答案是「見る」（看），表示自己看見；而「見せる」（讓…看），是讓別人看見。不正確。

答案：1

㉛ 從「誰か」（有人）這一線索，知道答案是人發出聲音呼叫對方的「呼ぶ」（呼叫）；而「鳴く」（鳴叫），是鳥獸昆蟲等動物發出的聲音。不正確。

答案：2

㉜ 答案是「渡る」（渡），表示越過某地到另一側，這裡是「走過那座橋去學校」；而「渡す」（交付），指交給他人。不正確。

答案：2

時候

338 あさって vs. おととい

あさって【明後日】

名 後天

説明 今天的下下一天。明天的第二天。

例句 郵便局へは、明後日 行きます。／後天再去郵局。

● 比較

おととい【一昨日】

名 前天

説明 昨天的前一天。念法比較特別喔！

例句 一昨日、誰かと 会いましたか？
　　　／前天和誰見過面了嗎？

☞ 哪裡不一樣呢？

- 明後日：今天的後兩天。
- 一昨日：今天的前兩天。

339 あした vs. きのう

あした【明日】

名 明天

説明 今天的下一天。「あした」稍鄭重的説法是「明日」（明日）。只是「明日」還有不遠的將來之意。

例句 今日も 明日も 仕事です。／今天和明天都要工作。

きのう【昨日】

名 昨天;過去

説明 昨天的前一天:也表示不久前記憶猶新的過去。念法比較特別喔!

例句 昨日、友達と けんかしました。
／昨天和朋友吵架了。

☞ 哪裡不一樣呢?

- 明日:今天的後一天。
- 昨日:今天的前一天。

340 きょう vs. いま

きょう【今日】

名 今天

説明 現在正置身於其中的這一天。

例句 昨日は 暑かったです。今日も 暑いです。
／昨天很熱吧,今天也好熱。

● 比較

いま【今】

名 現在,此時,此刻;副 馬上,剛才

説明 現在的一瞬,此時此刻;也指包括離現在極近的未來或過去的詞。

例句 「今は 何を して いますか。」「音楽を きいて います。」
／「現在在做什麼呢?」「我正在聽音樂。」

☞ 哪裡不一樣呢?

- 今日:指現在過的這一天。
- 今:現在的一瞬間;接近過去和未來間。

341 まいしゅう vs. まいにち

まいしゅう【毎週】

名 每個星期，每週，每個禮拜

説明 每一個星期。全部的週。

例句 毎週、どんな スポーツを しますか？／請問每週都做什麼樣的運動呢？

● 比較

まいにち【毎日】

名 每天，每日，天天

説明 沒有特定的一天，同一情況連續好幾天。

例句 毎日、うちから 会社まで 歩いて います。／每天都從家裡走路到公司。

☞ 哪裡不一樣呢？

- 毎週：每一週。
- 毎日：每一天。

342 あさ vs. ひる

あさ【朝】

名 早上，早晨；早上，午前

説明 天亮後一直到上午十點左右的數小時；有時指從天亮到正午這一段時間。

例句 忙しいから、朝から 何も 食べて いません。
／因為很忙，從早上到現在什麼都沒吃。

● 比較

ひる【昼】

名 白天，白晝；中午；午飯

説明 從日出到日落的一段時間；又指正午前後一段時間；又指午飯。

例句 昼休みが 終わって、午後の 仕事が 始まった。
／午休結束後開始了下午的工作。

- 朝：中午十二點以前。
- 昼：中午十二點。

343 けさ vs. あさ

けさ【今朝】

⑧ 今天早上

說明 今天早晨。

例句 夜 遅くまで お酒を 飲んで いたので、今朝は 頭が 痛い。
／由於喝酒直到深夜，今天早上鬧頭痛。

● 比較

あさ【朝】

⑧ 早上，早晨；早上，午前

說明 天亮後一直到上午十點左右的數小時；也有時指從天亮到正午這一段時間。

例句 朝は 食事を 作ったり、お弁当を 作ったり して、忙しい。
／早上既要做早餐又要做飯盒，忙得很。

☞ 哪裡不一樣呢？
- 今朝：指今天早上。
- 朝：指早上。

344 まいあさ vs. まいばん

まいあさ【毎朝】

⑧ 每天早上

說明 每一個早晨。這裡的「毎」是「每一個」的意思囉！

例句 私たちは、 毎朝 体操を して います。／我們每天早晨都做體操。

● 比較

まいばん 【毎晩】

图 每天晚上

說明 每一個晚上。所有的晚上。

例句 彼は 毎晩 遅くまで 起きて います。
　　　／他每天晚上都熬夜。

☞ **哪裡不一樣呢？**

> • 毎朝：指每個早上。
> • 毎晩：指每個晚上。

Track 49

345 ごぜん vs. ごご

ごぜん 【午前】

图 上午，午前

說明 從天亮到正午之間。又指從夜裡十二點到正午之間。

例句 午前 10時に、先生と 会います。
　　　／在上午十點和老師見面。

● 比較

ごご 【午後】

图 下午，午後，後半天

說明 從正午到日落之間。也指從正午到夜裡十二點這段時間。

例句 午後に 仕事を します。
　　　／在下午工作。

☞ **哪裡不一樣呢？**

> • 午後：中午十二點後。
> • 午前：中午十二點前。

346　ゆうがた vs. ゆうべ

ゆうがた【夕方】

⒜ 傍晚

說明 從開始日落到周圍變暗的一段時間。大約在下午五點到七點之間。

例句 商店街は　夕方に　なると　にぎやかだ。
／商店街每到傍晚總是熙來攘往。

● 比較

ゆうべ【夕べ】

⒜ 昨天晚上，昨夜；傍晚

說明 「きのうの夜」，就是昨天晚上；接近晚上的時候。

例句 彼は　夕べ　遅くに　電話を　かけて　きました。
／他昨晚深夜打了電話來。

☞ 哪裡不一樣呢？

- 夕方：指傍晚。
- 夕べ：指昨晚；也指傍晚。

347　ばん vs. よる

ばん【晩】

⒜ 晚，晚上

說明 一天裡大約由日落，到人們就寢的這段時間。

例句 二人で　映画を　見に　行った　あの　晩から　彼女が
好きに　なった。／自從兩人一起去看了電影的那一晚就喜歡上她了。

● 比較

よる【夜】

⒜ 晚上，夜裡

說明 從日落到第二天日出前的一段黑暗的時間。

例句 朝から ずっと 仕事でしたから、夜は、ゆっくり 休みたい
です。／從早上開始都在工作，所以晚上想要好好休息。

☞ 哪裡不一樣呢？

- 晩：從日落到就寢。
- 夜：從日落到日出前。

---

348 はじめ vs. いちばん

はじめ 【初め】

名 開始，開頭，起頭

說明 最初的時候。一般指在時間上最早的意思。

例句 初めは、何も わかりませんでした。／一開始，我什麼都不懂。

● 比較

いちばん 【一番】

名・副 最初，第一；最好，最優秀

說明 表示某一順序中的第一個；表示在眾多之中最好的。

例句 誰が 一番 頭が いいですか？／誰最聰明呢？

☞ 哪裡不一樣呢？

- 初め：用於事物的一開始。
- 一番：用於順序開頭或程度最好。

---

349 じ vs. じかん

じ 【時】

名 …時

說明 時間單位。接在時間詞的後面，表示「…點」、「…時」。

例句 母は 1時に 帰りました。／媽媽1點回來的。

じかん【時間】

接尾 …小時，…點鐘

説明 計算時間的單位。表示花了多少時間。

例句 東京から 京都まで 2時間 かかります。
／從東京到京都要花兩個小時。

☞ 哪裡不一樣呢？

- 時：時間的單位，接在時間後面表示「幾點」。
- 時間：計算時間的單位。用了多少時間。

---

350 いつ vs. なんじ

いつ【何時】

代 何時，幾時，什麼時候

説明 表示不定時或關於時間的疑問。通常用平假名「いつ」。

例句 誕生日は いつですか。
／你生日是哪一天呢？

● 比較

なんじ【何時】

代 幾點鐘

説明 不知道時間，詢問確切時間的詞。

例句 毎朝 何時に 会社に 行きますか。
／每天早上幾點去公司呢？

☞ 哪裡不一樣呢？

- いつ：詢問時間或時期。
- 何時：詢問「幾點幾分幾秒」的時間。

351 じかん vs. とき

じかん【時間】

名 時間，功夫

說明 指過去、現在、未來無止境地延續的時間。也指某一段時間。

例句 時間が 遅いから、帰りませんか？
／時間不早，要不要回去了？

● 比較

とき【時】

名（某個）時候，時候

說明 表示時期、時候；也表示某個特定的時刻。

例句 私は 電車に 乗って いる とき、だいたい 英語を
勉強します。
／我搭電車時通常會研讀英文。

☞ 哪裡不一樣呢？

- **時間**：指某一段時間。
- **とき**：指某個時期。時間點。

実力テスト

做對了，往 😊 走，做錯了往 ✖ 走。

次の文の（　）には、どんな言葉が入りますか。
1・2から最も適当なものを一つ選んでください。

實力測驗　Q 哪一個是正確的？
>> 答案在題目後面

1
今日は　月曜日、（　）は
水曜日です。
1. 明後日
2. 一昨日

譯　今天是星期一，（後天）是星期三。
1. 明後日：後天
2. 一昨日：前天

2
今日の　つぎは　（　）です。
1. 昨日
2. 明日

譯　今天過後是（明天）。
1. 昨日：昨天
2. 明日：明天

3
（　）何時ですか。
1. 今日
2. 今

譯　（現在）幾點？
1. 今日：今天
2. 今：現在

4
父は　（　）日曜日に　釣りに
行きます。
1. 毎週
2. 毎日

譯　爸爸（每星期）天都去釣魚。
1. 毎週：每個星期
2. 毎日：每天

5
（　）の 12 時に　お客さんと
食事します。
1. 朝
2. 昼

譯　（中午）12 點要和客人共進午餐。
1. 朝：早上
2. 昼：中午

6
「おはようございます」は　（　）
人と　会った　ときに　いいます。
1. 今朝
2. 朝

譯　「早安」是人們在（早晨）見面時的問
候語。
1. 今朝：今天早上
2. 朝：早上

7
（　）歯を　磨いて　から
寝ます。朝は　磨きません。
1. 毎朝
2. 毎晩

譯　我（每晚）刷牙之後睡覺，早上不刷。
1. 毎朝：每天早上
2. 毎晩：每天晚上

がんばってください！！

8 今日は 朝から 昼まで
（　）中が 忙しかったです。
1. 午後
2. 午前

譯 今天從早上到中午的（上午時段）忙得
不可開交。
1. 午後：下午
2. 午前：上午

9 （　）は 7時間ぐらい
寝ました。
1. 夕方
2. 夕べ

譯 我（昨天晚上）睡了七個小時左右。
1. 夕方：傍晚
2. 夕べ：昨天晚上

10 昨日は 仕事で、（　）遅く
帰りました。
1. 晩
2. 夜

譯 昨天因為工作，直到（半夜）才回到家裡。
1. 晩：晚上
2. 夜：夜裡

11 いつが （　） 忙しいですか。
1. 一番
2. 初め

譯 請問什麼時候（最）忙錄呢？
1. 一番：第一；最
2. 初め：開始

12 家から 会社まで、1（　）半
ぐらいです。
1. 時
2. 時間

譯 從家裡到公司大約一個半（小時）。
1. 時：…時
2. 時間：…小時

13 お父さんは 来週 （　）が
暇ですか。
1. いつ
2. 何時

譯 爸爸下星期（什麼時候）有空呢？
1. いつ：何時
2. 何時：幾點鐘

14 出かける （　）は ドアを
閉めて くださいね。
1. 時間
2. とき

譯 外出（時）請關門喔。
1. 時間：時間
2. とき：（某個）時候

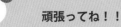

頑張ってね！！

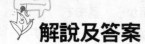 

❶ 從「今天是星期一」這一線索知道「星期三」是「明後日」（後天），指今天的後兩天；而「一昨日」（前天），指今天的前兩天。不正確。

答案：1

❷ 答案是「明日」（明天），指今天的後一天；而「昨日」（昨天），指今天的前一天。不正確。

答案：2

❸ 答案是「今」（現在），表示這個時候，指說話的時候；而「今日」（今天），指現在過的這一天。不正確。

答案：2

❹ 從「日曜日に」（星期天）這一線索，知道答案是指每一週的「毎週」（每個星期）；而「毎日」是每一天。不正確。

答案：1

❺ 從「12時に」（12點）這一線索，知道符合的答案是「昼」（中午），指中午十二點；而「朝」（早上），是中午十二點以前。不正確。

答案：2

❻「おはようございます」是早晨見面時的問候語，所以答案是「朝」（早上）；而「今朝」指今天早上。不正確。

答案：2

❼「早上不刷牙」這一線索，知道答案是每個晚上的「毎晩」；而「毎朝」指每個早上。不正確。

答案：2

❽ 從「今天從早上到中午的」這一線索，知道答案是「午前」（上午），指中午十二點前；而「午後」（下午），是中午十二點後。不正確。

答案：2

❾ 從「睡了七個小時左右」這一線索，知道答案是「夕べ」（昨晚），指昨天晚上；而「夕方」（傍晚），一般指傍晚。不正確。

答案：2

❿「直到半夜」用「夜遅く」。答案是從日落到日出前的「夜」（夜裡）；而「晩」（晚上），表示從日落到就寢。不正確。

答案：2

⓫ 答案是「一番」（最），表示再也沒有比這個更高程度了；而「初め」（開始），用在事物的一開始。不正確。

答案：1

⓬ 從「從家裡到公司大約」這一線索，知道答案是計算時間單位，表示用了多少時間的「時間」（…小時）；而「時」（…時），是時間的單位，接在時間後面表示「幾點」。不正確。

答案：2

⓭ 答案是詢問時間是什麼時候的「いつ」（何時）；而「何時」（幾點鐘），是詢問「幾點幾分幾秒」的時間。不正確。

答案：1

⓮ 從「請關門喔」這一動作，知道是指某一時間點的「とき」（時候），也就是外出的時候；而「時間」（時間），指某一段時間。不正確。

答案：2

年、月份

352 こんげつ vs. せんげつ

こんげつ【今月】

名 這個月

說明 「この月」（這個月）、「今の月」（現在這個月）。

例句 今月は、元気に 楽しく 仕事しましょう。
／這個月就好好提起精神，開心的工作吧。

●比較

せんげつ【先月】

名 上個月

說明 這個月的前一個月。這裡的「先」可以說是「上一個」的意思囉！

例句 先月の 旅行は、いかがでしたか？
／上個月的旅行好玩嗎？

☞ 哪裡不一樣呢？

- 今月：指這個月。
- 先月：指上一個月。

353 らいげつ vs. らいしゅう

らいげつ【来月】

名 下個月

說明 這個月的下個月。這裡的「來」就是「下一個」的意思囉！

例句 来月は 十一月ですね。／下個月是十一月吧。

らいしゅう【来週】

名 下星期

説明 現在這一週的下一週。這裡的「來」就是「下一個」的意思囉！

例句 テストは　来週です。
／考試將在下週舉行。

☞ **哪裡不一樣呢？**

> • 来月：指下個月。
> • 来週：指下一週。

---

354 まいげつ・まいつき vs. まいとし・まいねん

まいげつ・まいつき【毎月】

名 每個月

説明 每一個月。這裡的「每」就是「每一個」的意思囉！

例句 毎月の　三十日は、お休みです。
／每個月的三十號是公休日。

● 比較

まいとし・まいねん【毎年】

名 每年

説明 每一年。所有的年。這裡的「每」就是「每一個」的意思囉！

例句 うちは　家族で　毎年　パリに　行きます。
／我們全家每年都去巴黎。

☞ **哪裡不一樣呢？**

> • 毎月：每個月。
> • 毎年：每一年。

355 おととし vs. きょねん

おととし【一昨年】

名 前年

說明 「去年の前の年」（去年的前一年）。

例句 一昨年（おととし）、ここに 来（き）ました。／我前年來過這裡了。

● 比較

きょねん【去年】

名 去年

說明 今年的前一年。這裡的「去（きょ）」就想成是「前一個」的意思囉！

例句 2002年（にせんにねん）から 去年（きょねん）まで、大学（だいがく）で 勉強（べんきょう）しました。

／我自二〇〇二年到去年為止在大學就讀。

☞ 哪裡不一樣呢？

- 一昨年（おととし）：去年的前一年。
- 去年（きょねん）：今年的前一年。

356 ことし vs. らいねん

ことし【今年】

名 今年

說明 現在，自己正在生活著的這一年。

例句 あなたは、今年（ことし） いくつですか？／你今年幾歲呢？

● 比較

らいねん【来年】

名 明年

說明 今年的下一年。這裡的「來（らい）」就想成是「下一個」的意思囉！

例句 来年（らいねん）から 再来年（さらいねん）まで、アメリカに 留学（りゅうがく）します。

／從明年開始到後年將在美國留學。

☞ 哪裡不一樣呢？

> • 今年(ことし)：指這一年。
> • 来年(らいねん)：指下一年。

357 さらいねん vs. ねん

さらいねん【再来年】

名 後年

說明 今年的下下一年。

例句 再来年(さらいねん)までに　日本語(にほんご)が　上手(じょうず)に　なりたいです。
　　／希望後年能夠學好日文。

● 比較

ねん【年】

名 年

說明 計算年數的量詞。

例句 3年(さんねん)　勉強(べんきょう)した　あとで、仕事(しごと)を　します。
　　／讀書三年以後就去工作。

☞ 哪裡不一樣呢？

> • 再来年(さらいねん)：今年的下下一年。
> • 年(ねん)：計算年數。

2 実力テスト

做對了，往 😊 走，做錯了往 ✗ 走。

次の文の（　　）には、どんな言葉が入りますか。1・2から最も適当なものを一つ選んでください。

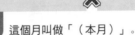

實力測驗

Q 哪一個是正確的？
>> 答案在題目後面

---

1 いまの 月は 「（　　）」と いいます。

1. 今月
2. 先月

譯 這個月叫做「（本月）」。
1. 今月：這個月
2. 先月：上個月

---

2 「（　　）試験が あります。」
「何曜日に ありますか。」

1. 来月
2. 来週

譯 「（下星期）有考試。」「是星期幾呢？」
1. 来月：下個月
2. 来週：下星期

---

3 この 会社では （　　） 一日と 十五日が 給料日です。

1. 毎月
2. 毎年

譯 這間公司（每個月的）一號和十五號是發薪日。
1. 毎月：每個月
2. 毎年：每年

---

4 （　　） 子どもが 生まれました。今月で 1歳3ヶ月です。

1. 一昨年
2. 去年

譯 （去年）孩子出生了，到這個月滿一歲三個月。
1. 一昨年：前年
2. 去年：去年

---

5 弟は 去年 生まれました。（　　） 1歳に なります。

1. 今年
2. 来年

譯 弟弟去年出生了，（今年）滿一歲。
1. 今年：今年
2. 来年：明年

---

6 （　　）に 一度 海外旅行に 行きます。

1. 再来年
2. 年

譯 （每年）去國外旅遊一趟。
1. 再来年：後年
2. 年：年

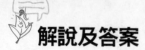 

❶ 從「いまの月^{つき}は」（這個月）這一線索，知道答案是這個月的「今月^{こんげつ}」；而「先月^{せんげつ}」（上個月），指上一個月。不正確。

答案：1

❷ 從「是星期幾呢？」這一線索，知道「有考試」的是「来週^{らいしゅう}」（下星期）；而「来月^{らいげつ}」（下個月），指下一個月。不正確。

答案：2

❸ 從「一號和十五號」這一線索，知道「公司發薪日」是「毎月^{まいげつ}」（每個月）；而「毎年^{まいねん}」表示每一年。不正確。

答案：1

❹ 從「到這個月滿一歲三個月」這一線索，知道「孩子出生」的是今年的前一年「去年^{きょねん}」（去年）；而「一昨年^{おととし}」（前年），是去年的前一年。不正確。

答案：2

❺ 從「弟弟去年出生了」這一線索，知道「滿一歲」的是「今年^{ことし}」（今年）；而「来年^{らいねん}」（明年），指下一年。不正確。

答案：1

❻ 從「に一度^{いちど}」（一趟）這一線索，知道答案是計算年數的「年^{ねん}」（年）；而「再来年^{さらいねん}」（後年），是今年的下下一年。不正確。

答案：2

3 代名詞

358 あれ vs. これ

あれ

（代）那，那個，那人，那裡

說明 指示遠離說話者和聽話者的人、事物、場所的詞。

例句 これは　あれとは　違^{ちが}います。／這個和那個不一樣。

● 比較

これ

（代）這，這個，這人，這裡

說明 指示離說話者近的人、事物、場所的詞。

例句 これは　汚^{きたな}いから、きれいなのを　ください。
　　　　／這個是髒的，請給我乾淨的。

☞ **哪裡不一樣呢？**

- **あれ**：離說話者遠的人、事物、場所。
- **これ**：離說話者近的人、事物、場所。

359 その vs. それ

その

（連體）那…，那個…

說明 從說話者的角度來看，指聽話者近處的人或東西等事物的詞。

例句 その　家^{いえ}には、誰^{だれ}か　住^すんで　います。／那間屋子住著什麼人呢？

それ

代 那，那個，那人，那裡

説明 從說話者的角度來看，指離聽話者近的人、事物、場所的詞。

例句 これが 終わった あとで、それを やります。
／這個做完以後去做那個。

☞ 哪裡不一樣呢？

- **その**：為連體詞。後面接名詞。不可以當主詞。
- **それ**：為指示代名詞。可以當主詞。

---

360 どの vs. どれ

どの

連體 哪個，哪…

説明 連體詞。指不能明確確定的事物時使用的詞。

例句 学生は どの ページを 開けますか。
／學生打開的是哪一頁呢？

● 比較

どれ

代 哪個

説明 不定稱的指示代名詞。在三個以上的限定範圍的事物中，指示不確定
人、事物、場所的詞。

例句 どれか、好きな ものを 取って ください。
／請拿一個你喜歡的。

☞ 哪裡不一樣呢？

- **どの**：連體詞。後面接名詞。不可以當主詞。
- **どれ**：指示代名詞。可以當主詞。

361　ここ vs. こちら

ここ

㈹ 這裡

說明 指示代名詞的近稱。指說話人目前所在的地方，也指靠近說話人的地方。

例句 ここで 車を 降ります。／在這裡下車。

● 比較

こちら

㈹ 這邊，這裡，這方面；我，我們；這位

說明 指離說話者近的地方。也指該處的物體；也指說話者或屬於說話者一方的人；也指身旁的尊長。口語為「こっち」。

例句 お客様、こちらへ どうぞ。／這位貴賓，請往這邊走。

☞ 哪裡不一樣呢？

- **ここ**：指說話者所在位置。
- **こちら**：指離說話者近的地方。

362　そこ vs. そちら

そこ

㈹ 那兒，那邊

說明 指離聽話者近的地方。或離聽話者比較近的地方。

例句 そこは どんな 所ですか？／那裡是什麼樣的地方呢？

● 比較

そちら

㈹ 那裡，那邊，那個；您，那位

說明 指離聽話者近的地方或事物；也指聽話者或聽話者一方的人。口語為「そっち」。

例句 そちらは、どなたですか？／那一位是誰呢？

363

☞ **哪裡不一樣呢？**

- そこ：離聽話者近的位置。
- そちら：指向聽話者近的方向。

363 あそこ vs. あちら

あそこ

代 那邊，那裡

說明 場所指示代名詞。指離說話者和聽話者都遠，但雙方都能看得到的地方。

例句 あそこの プールは、広くて きれいです。／那裡的泳池既寬敞又漂亮。

●比較

あちら

代 那兒，那裡；那個；那位

說明 指示離說話者，和聽話者都遠的方向的詞；也是指示在該方向上，存在的物體的詞；在較遠的地方的第三者。

例句 あちらは、小林さんという 方です。／那一位是小林先生。

☞ **哪裡不一樣呢？**

- あそこ：指地方。
- あちら：指方向。

364 どこ vs. どちら

どこ

代 何處，哪兒，哪裡

說明 指示不定或不明的地方的場所指示代名詞。

例句 二人は お昼ご飯を どこで 食べますか。
／你們兩個要在哪裡吃午飯呢？

● 比較

どちら

(代) 哪裡；哪個；哪位

說明 指示方向，地點，事物，人等不定或不明的方向的詞；從兩個以上的事物中選擇一個；還有「哪一位」的意思。口語為「どっち」。

例句 温かいのと　冷たいのと、どちらに　しますか。
　　　／熱的和冰的，要哪一種呢？

☞ 哪裡不一樣呢？

- **どこ**：指場所。
- **どちら**：指方向。

365 あの vs. この

あの

(連體) 那，那裡，那個

說明 連體詞。指示遠離說話者和聽話者的事物。一般用在指示方向、地點、事物、人等。

例句 この　店でも、あの　店でも　売って　います。
　　　／不論在這家店或是那家店均有販售。

● 比較

この

(連體) 這… ，這個…

說明 連體詞。指示離說話者近的事物。

例句 この　薬は　まだ　開けて　いません。
　　　／這盒藥還沒有打開。

☞ 哪裡不一樣呢？

- **あの**：離說話者和聽話者遠的事物。
- **この**：離說話者近的事物。

366 こんな vs. あんな

こんな

(連體) 這樣的，這種的

説明 靠近在自己的事物，或自己周遭的情況，是這樣的。

例句 誰^{だれ}も、こんな ことは しませんよ。／誰都不會做這種事喔。

● 比較

あんな

(連體) 那樣的，那種的

説明 指説話者和聽話者雙方都知道的事物，變成那種狀態，是那樣的。

例句 あんな 高^{たか}い 指輪^{ゆびわ}は 買^かわない。／那麼貴的戒指我才不買。

☞ 哪裡不一樣呢？

- こんな：只有説話者知道。
- あんな：説話者和聽話者都知道。

367 どんな vs. なに・なん

どんな

(連體) 什麼樣的

説明 對人事物的狀態或程度有疑問、不確定的樣子。

例句 あなたの お父^{とう}さんは どんな 人^{ひと}ですか。／令尊是什麼樣的人呢？

● 比較

なに・なん【何】

(代) 什麼，何

説明 指不知道名稱、性質及對象等的事物的詞。

例句 君^{きみ}たちは、何^{なに}を 勉強^{べんきょう}して いるの？／你們正在研讀什麼呢？

☞ **哪裡不一樣呢？**

- **どんな**：狀態或程度的不確定。
- **何**：不知道名稱、性質及對象。

368 だれ vs. だれか

だれ【誰】

⑪ 誰，哪位

說明 詢問人的詞。指不知姓名的人或不清楚的人的詞。

例句 「昨日 誰と 会いましたか。」「会社の 人と 会いました。」
／「昨天和誰見面了？」「和公司的同事見面了。」

● 比較

だれか【誰か】

⑪ 某人，有人

說明 指不特定的人的詞。知道有人但不特定是誰。

例句 外から 誰かが うちの 中を 見て いる。
／有人正從屋外窺看裡面。

☞ **哪裡不一樣呢？**

- **誰**：詢問不知姓名等的人。
- **誰か**：知道有人詢問是誰。

3 実力テスト

做對了，往 😊 走，做錯了往 ✗ 走。

次の文の（　　）には、どんな言葉が入りますか。1・2から最も適当なものを一つ選んでください。

實力測驗

Q 哪一個是正確的？

>> 答案在題目後面

1
「木村さん、それは　何ですか。」
「（　　）ですか。」
1. あれ
2. これ

譯
「木村先生，那是什麼東西呢？」
「你問（這個）嗎？」
1. あれ：那個
2. これ：這個

2
「この　ネクタイ　1本　いくらですか。」「（　　）は　1本　1000円です。」
1. その　　2. それ

譯
「這一款領帶一條多少錢呢？」
「（那一款）是一條一千圓。」
1. その：那…
2. それ：那個

3
あそこに　女の　子が　3人いますが、小林さんは　（　　）人ですか。
1. どの　　2. どれ

譯
那裡有三個女孩，小林同學是（哪個）呢？
1. どの：哪…
2. どれ：哪個

4
「李です。どうぞ　よろしく。」
「中山です。（　　）こそ　よろしく。」
1. ここ
2. こちら

譯
「敝姓李，請多指教。」
「敝姓中山，（也）請您指教。」
1. ここ：這裡
2. こちら：這邊，說話者這一方

5
「いい　お天気ですね。どこかお出かけですか。」「ええ、ちょっと（　　）まで。」
1. そこ　　2. そちら

譯
「天氣真好呀，要出門嗎？」
「是呀，到（附近）辦個事。」
1. そこ：那裡，附近
2. そちら：那邊，那一方

6
「（　　）の　方は　どなたですか。」「あの　方は　この　学校の　校長です。」
1. あそこ　　2. あちら

譯
「（那）一位是誰呢？」
「那位是這所學校的校長。」
1. あそこ：那裡
2. あちら：那邊，那一方

7 「もしもし、そちらは 桜大学(さくらだいがく)ですか。」「はい。そうです。（　）様(さま)でしょうか。」
1. どこ　　**2. どちら**

頑張ってね！！

譯 「喂？請問是櫻大學嗎？」「是的，沒錯，請問是（哪）位呢？」
1. どこ：哪裡
2. どちら：哪邊，哪一方

8 「（　）人(ひと)は 誰(だれ)ですか。」
「えっ？どの 人(ひと)ですか。」
「ほら、あそこに 立(た)って いる 人(ひと)です。」
1. あの　　**2. この**

9 もう （　） 時間(じかん)ですから、彼(かれ)は たぶん 来(こ)ないでしょう。
1. こんな
2. あんな

譯 「（那個）人是誰？」「什麼？哪個人？」
「那一個呀，就是站在那邊的人。」
1. あの：那個
2. この：這個

譯 都已經（這麼晚）了，他大概不來了吧。
1. こんな：這樣的
2. あんな：那樣的

10 （　）が ほしいか 言(い)って ください。
1. どんな
2. 何(なに)

11 あそこに いる 男(おとこ)の子(こ)は （　）ですか。
1. 誰(だれ)
2. 誰(だれ)か

譯 你想要（什麼），告訴我。
1. どんな：什麼樣的
2. 何：什麼

譯 在那邊的男孩是（誰）呢？
1. 誰：哪位
2. 誰か：某人

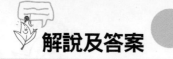

解說及答案

❶ 如果 AB 兩人分開站立的情況下，A 問「それ…」的時候，B 的回答是「これ…」。因此，答案是是離 B（木村先生）近的指示代名詞「これ」（這個）。

答案：2

❷ 如果 AB 兩人分開站立的情況下，A 問「この、これ…」的時候，B 的回答是「その、それ…」。再加上答案 1 的連體詞「その」後面要接名詞，而括號後面並沒有名詞，因此，答案是 2 的指示代名詞「それ」（那個，那一款），在這裡相當於「そのネクタイ」（那條領帶）。

答案：2

❸ 詢問特定的「三個女孩」中的哪一個，要用在特定的範圍內，詢問這個範圍內不確定的人事物的「どの」（哪…）。再加上同時是連體詞，後面要接名詞，這裡是「人^{ひと}」；而「どれ」（哪個）用在詢問不知道是哪一個的時候。而且後面不可以直接接名詞。不正確。

答案：1

❹ 表示「也請您指教」用「こちらこそよろしく」。答案是「こちら」。

答案：2

❺ 表示「到附近辦個事」用「ちょっとそこまで」。答案是「そこ」。

答案：1

❻ 如果 AB 兩人是站在一起的情況下，A 問「あの、あちら…」的時候，B 的回答是「あの、あちら…」。這裡的「あの、あちら…」是指離 AB 兩人都遠的人事物。因此答案指在遠處的第三者的「あちら」（那位）；而「あそこ」（那裡），指地方。不正確。

答案：2

❼ 答案是「どちら」（哪位），表示尊敬地詢問對方；而「どこ」（哪裡），是指場所。不正確。

答案：2

❽ 從 A 的第二句話中的「あそこ」（那邊）這一線索，知道答案是離 A 遠的「あの」（那個）。

答案：1

❾ 表示「已經這麼晚了」用「もうこんな時間^{じかん}」。所以答案是「こんな」（這樣的），表示這麼樣地，有預料之外的語感。

答案：1

❿ 答案是表示不知道是什麼東西的「何^{なに}」（什麼）；而「どんな」（什麼樣的），表示狀態或程度的不確定。不正確。

答案：2

⓫ 答案是「誰^{だれ}」（哪位）用在詢問不清楚的對象，一般用在疑問句；而「誰か^{だれ}」（某人），表示知道有人，詢問是誰。一般用在肯定句。不正確。

答案：1

感嘆詞及接續詞

369 ああ vs. あっ

ああ

感 （表驚訝等）啊，唉呀；（表肯定）哦；嗯

說明 對事物感到驚訝、悲傷、嘆息或喜悅時所發出的聲音；表示肯定、同意時的回答；也用在漫不經心的回答。

例句 「ダンスの 相手に なって ください。」「ああ、いいですよ。」
／「請當我的舞伴。」「喔，好呀。」

● 比較

あっ

感 啊，呀，哎呀

說明 吃驚或感動時發出的聲音；表示肯定、承諾時的回答。

例句 「あの、財布が 落ちましたよ。」「あっ、すみません。」
／「請等一下，您的錢包掉了喔。」「啊，謝謝您！」

☞ 哪裡不一樣呢？

- **ああ**：長音。表驚訝等或肯定。
- **あっ**：促音。表驚訝等。

370 あのう vs. もしもし

あのう

感 那個，請問，這位…；啊，嗯…

說明 為引起人注意時發出的聲音。又指說話時，躊躇不決或不能馬上說出下文。

例句 あのう、ちょっと すみません。トイレは どこでしょうか。
／不好意思，請問一下，廁所在什麼地方呢？

もしもし

感（打電話）喂；（叫住對方）喂

說明 用於打電話開始說話的時候；又用在叫住不認識的人時。

例句 もしもし、田中と　申しますが、中山さんは　いらっしゃいますか。／喂？敝姓田中，請問中山小姐在嗎？

☞ **哪裡不一樣呢？**

- あのう：用在搭話開頭。
- もしもし：用在電話開頭。

371 いいえ vs. ええ

いいえ

感 不是，不對，沒有

說明 用在否定的時候，很恭敬地表示「そうではない」（不是這樣的）的意思。

例句 いいえ、私の　靴は　それでは　ありません。
／不，那不是我的鞋子。

● 比較

ええ

感（表肯定）是的，嗯；（表驚訝）哎呀，啊

說明 發降調時，表示肯定、承諾對方的話；發升調，表示驚訝或反問時發出的感嘆詞。

例句 「日曜日、家に　いましたか。」「ええ、一日中　部屋の　掃除を　して　いましたよ。」
／「星期天你待在家裡嗎？」「是啊，一整天都在打掃房間喔。」

☞ **哪裡不一樣呢？**

- いいえ：用於否認事物時。
- ええ：表同意（降調）；驚訝（升調）。

372　さあ vs. では

さあ

⒜（勸誘，催促）來；（躊躇遲疑）呀

説明　邀請、勸誘對方，或催促對方做什麼時使用的呼喚聲；躊躇不決遲疑時的聲音。

例句　さあ、ここで 電車を 降りましょう。／來，在這裡下電車吧。

● 比較

では

⒝接續 那麼，那麼說，要是那樣

説明　轉換新話題時用的詞。

例句　では、どこかへ 一緒に 出かけましょう。
　　　／那麼，一起出門找個地方逛一逛吧。

☞ 哪裡不一樣呢？

- さあ：用於邀約等時。
- では：用於轉換話題。

373　じゃ・じゃあ vs. それとも

じゃ・じゃあ

⒜ 那麼（就）；那麼

説明　因為前面是這樣，所以會有後面的情況，做了後面的事；又表示跟前面的話題無關，用在轉變話題時。

例句　あなたは 25歳ですか。じゃあ、お姉さんは いくつですか？
　　　／你是二十五歲喔，這麼說，令姊幾歲呢？

それとも

接續 還是，或者

説明 詢問兩者之中究竟是哪一個的接續詞。

例句 あなたは　行きますか。それとも　行きませんか。
　　　／你會去嗎？還是不去呢？

☞ 哪裡不一樣呢？

- じゃ・じゃあ：轉換話題。
- それとも：選擇話題中出現的事物。

374 では vs. どうも

では

接續 那麼，那麼說，要是那樣

説明 轉換新話題時用的詞。

例句 では、どこかへ　一緒に　出かけましょう。
　　　／那麼，找個地方一起出門走走吧。

● 比較

どうも

副 實在是，真是

説明 表示非常謝謝。加在感謝或謝罪等客套話前面，起加重語氣強調的作用。

例句 「キムさん、日本語で　話して　ください。」「はい、どうも
　　　すみません。」／「金先生，請使用日語。」「好的，不好意思。」

☞ 哪裡不一樣呢？

- では：用於轉換話題。
- どうも：加強語氣。

375　しかし vs. でも

しかし

（接續）然而，但是，可是

說明 用來接續前後文。敘述跟前文相反，或無關的事時使用。

例句 車は　必要で　ある。しかし　買う　お金が　ない。
　　　／車子是必要的，但問題是沒有買的錢。

● 比較

でも

（接續）可是，但是，不過；話雖如此

說明 用在敘述與前文中所預料的正相反的事項；對對方的話提出反論或進行辯解。

例句 でも、もう　食べたく　ありません。
　　　／可是，我已經不想繼續吃了。

☞ 哪裡不一樣呢？

• しかし：前文跟後文相反。為書面用語。
• でも：與前文所預料的相反。為口頭用語。

376　そうして・そして vs. それから

そうして・そして

（接續）然後；而且，又，以及

說明 前一件事情之後，接著是下一件事情；又列舉幾個事物，然後進行補充。

例句 ハワイに　行きたいです。そして、泳ぎたいです。
　　　／我想去夏威夷，還想在那裡游泳。

それから

接續 還有，再加上；其次，接著；（催促）後來怎樣

說明 用以對某事物進行追加；也表示繼一事情之後，又發生另一事情；也用在催促對方談話時。

例句 家に 帰って ご飯を 食べました。それから テレビを 見ました。

／回到家裡吃了飯，然後看了電視。

☞ 哪裡不一樣呢？

- そうして・そして：事物的接續。
- それから：事物的追加。

---

377 それでは vs. どうぞよろしく

それでは

接續 那麼，那就；如果那樣的話

說明 總結前文，並轉換話題；承接前面敘述的事情，並由此推斷出下面的作法或結果。

例句 それでは、もっと 大きいのは いかがですか？

／這樣的話，再大一號的如何呢？

どうぞよろしく

寒暄 指教，關照

說明 初次見面，請對方以後多多關照時說的話。

例句 私が 山田で、この 人が 鈴木さんです。どうぞ よろしく。

／敝姓山田，這位是鈴木小姐，請多指教。

☞ 哪裡不一樣呢？

- それでは：總結並轉化話題。
- どうぞよろしく：請對方多關照。

次の文の（　）には、どんな言葉が入りますか。１・２から最も適当なものを一つ選んでください。

實力測驗
Q 哪一個是正確的？
>> 答案在題目後面

---

1 「こんな　ところに　ハンカチが　ありますよ。」「（　）、私のです。」
1. ああ
2. あっ

譯　「怎麼會有手帕掉在這種地方呢？」
「（啊），是我的！」
1. ああ：（表肯定）哦；嗯
2. あっ：（表驚訝等）啊

---

2 （　）、電話が　変わりました。田中でございます。
1. あのう
2. もしもし

譯　（喂？）電話轉接過來了，我是田中。
1. あのう：那個
2. もしもし：（打電話）喂；（叫住對方）喂

---

3 「手紙は　もう　出しましたか。」「（　）、切手を　貼って　から　出します。」
1. いいえ　2. ええ

譯　「信已經寄了嗎？」
「（沒有），等貼郵票後再寄。」
1. いいえ：用於否認事物時。
2. ええ：表同意（降調）、驚訝（升調）。

---

4 あっ、5時に　なりましたね。（　）、今日の　授業は　これで　終わりましょう。
1. さあ　2. では

譯　啊，已經五點了喔。（那麼），今天的課程就到這裡結束吧。
1. さあ：（表示勸誘，催促）來
2. では：那麼

---

5 好きなのは　A君ですか。（　）B君ですか。
1. じゃ
2. それとも

譯　妳喜歡的是Ａ君嗎？（還是）Ｂ君呢？
1. じゃ：那麼（就）
2. それとも：還是

頑張ってね！！

做對了，往 走，做錯了往 走。

がんばってください！！

6 「この 辞書、（　）ありが
とう ございました。」「いいえ、
どういたしまして。」
1. どうも　　**2.** では

譯 「（非常）感謝您借了我這部辭典。」
「別這麼說，不客氣。」
1. どうも：實在是
2. では：那麼

7 若かった ときは、よく テニスを
したよ。（　）、このごろは
しないな。
1. しかし　　**2.** でも

譯 我年輕時常打網球，（但是）最近不打
了呢。
1. しかし：然而
2. でも：話雖如此

8 この 本を 先に 読んで、
（　）、テストを しましょう。
1. そして
2. それから

譯 先讀這本書，（然後）再去考試吧。
1. そして：接著
2. それから：然後

9 「食事は まだです。」「（　）、
いっしょに 食事を しませんか。」
1. それでは
2. どうぞよろしく

譯 「我還沒吃飯。」「（既然如此），
要不要一起用餐呢？」
1. それでは：既然如此
2. どうぞよろしく：指教，關照

MEMO
_____
_____
_____

❶ 對「自己的手帕怎麼會掉下來」這件事感到驚訝的是答案的「あっ」（啊）；而「ああ」（嗯；啊），用在肯定或同意對方時的回答，也用在感嘆的時候。不正確。

答案：2

❷ 答案是「もしもし」（喂），用在電話開頭；而「あのう」（那個），用在搭話開頭。不正確。

答案：2

❸ 從「等貼郵票後再寄」這一線索，知道答案是表示否定的「いいえ」（沒有）；而「ええ」（嗯），表示肯定對方的話。不正確。

答案：1

❹ 答案是「では」（那麼），用在轉換新話題的時候；而「さあ」（來），用在勸誘、催促對方的時候。不正確。

答案：2

❺ 答案是詢問兩者（Ａ君、Ｂ君）之中究竟喜歡的是哪一個的「それとも」（還是）；而「じゃ」（那麼），用在轉換新話題。不正確。

答案：2

❻ 「ありがとうございました」（感謝）這一線索，知道答案是加強感謝語氣的「どうも」（實在是）；而「では」（那麼），用在轉換新話題。不正確。

答案：1

❼ 由於「年輕時常打網球」，預料應該會持續這樣的習慣，但後文卻是「最近不打了」。因此，答案是與前文所預料的相反的「でも」（但是）；而「しかし」（然而），是表示前文跟後文相反的事。不正確。

答案：2

❽ 從「先讀這本書」跟「再去考試」這些線索知道，答案是「それから」（然後），有動作接續的意思；而「そして」（並且，接著），表示事物相繼接著的意思。不正確。

答案：2

❾ 答案是「それでは」（既然如此），表示承接前面敘述的事情，並由此推斷出下面的作法；而「どうぞよろしく」（指教），表示請對方多加關照。不正確。

答案：1

副詞、副助詞

378 あまり vs. とても

あまり【余り】

副（後接否定）不太…，不怎麼…；過分，非常

說明 後接否定形式，表示事物的程度不高的狀態。是一種委婉的否定。多
用於消極的場合；也表示程度超過一般。

例句 丸い かばんは ものが あまり 入らないです。
／圓形的皮包裝不了太多東西。

● 比較

とても

副 很，非常；（下接否定）無論如何也…

說明 表示事物的程度非常之甚比一般還高。因為是說話者主觀上認為的程
度之甚，所以一般內容都是跟說話者有關的事；下接否定，表示無論
使用什麼方法，都不可能實現的心情。

例句 その ドレス、とても すてきですよ。
／那件洋裝非常漂亮喔。

☞ 哪裡不一樣呢？

- あまり：程度不高的狀態，後面接否定。
- とても：程度非常之甚，後面接肯定。

379 いつも vs. たいてい

いつも【何時も】

副 經常，隨時，無論何時

說明 表示不受時間、場合的限制，無論何時。

例句 いつも 兄と けんかします。
／我和哥哥經常吵架。

● 比較

たいてい【大抵】

副 大部分，差不多，一般；（下接推量）多半

說明 表示一般傾向，幾乎都是。份量上要比「だいたい」更接近「全部」
的「大部分」。大多用在可以一一數出來的事物上，而不是含糊不明
確大致的數量上。還有一般、普通的意思。

例句 夜は たいてい、テレビを 見ながら ご飯を 食べます。
／晚上通常一邊看電視一邊吃飯。

☞ 哪裡不一樣呢？

• いつも：不受時間、場合的限制，總是。

• たいてい：一般傾向，幾乎都是，大部分。

380 すぐ vs. まっすぐ

すぐ

副 馬上，立刻；（距離）很近

說明 指不浪費時間；距離非常近。

例句 車を 降りて すぐ、海に 行って 泳ぎました。
／下車後馬上衝進海裡游泳了。

● 比較

まっすぐ【真っ直ぐ】

副・形動 筆直，不彎曲；直接

說明 一點兒也不彎曲的樣子；又指中途哪兒也不去，一直朝著目的地前進。

例句 手で まっすぐ 線を 引くのは 難しい。
／只用手很不容易畫出直線。

381 ぜんぶ vs. みんな

ぜんぶ【全部】

(名) 全部，總共

說明 某個事物的全部，一個也不剩。

例句 二十歳は　もう　大人ですから、これからは　全部　自分で　やります。／二十歳已經是大人了，以後全部都要自己做。

●比較

みんな

(副) 全部；(名) 大家，各位

說明 當「副詞」時，表示在那裡所有的全部；當「代名詞」的時候，是向多數人打招呼。

例句 男の子は、みんな　電車が　好きです。／每一個男孩子都喜歡電車。

☞ 哪裡不一樣呢？

- **全部**：某事物的全部。
- **みんな**：存在那裡的全部。大家

382 たぶん vs. だいたい

たぶん【多分】

(副) 大概，或許

說明 表示對可能性相當大的事物的推測。推測的人是主觀的，不暗示有客觀的根據。

例句 夏休みは　たぶん、どこへも　遊びに　行かないでしょう。
／暑假大概哪裡也不去玩吧。

● 比較

だいたい【大体】

副 大致，差不多

說明 頻率副詞。用在大致估計的情況下，著重於主要的部份，大概、差不多的意思。

例句 朝<ruby>朝<rt>あさ</rt></ruby>は だいたい パンと <ruby>牛乳<rt>ぎゅうにゅう</rt></ruby>、それから <ruby>果物<rt>くだもの</rt></ruby>です。
／早上多半都吃麵包、牛奶，還有水果。

☞ **哪裡不一樣呢？**

- たぶん：主觀推測可能性相當大。
- だいたい：客觀估計大致上的頻率。

383 だんだん vs. よく

だんだん【段々】

副 漸漸地

說明 動作在逐漸進行中，或狀態在逐步變化的樣子。

例句 <ruby>日<rt>ひ</rt></ruby>が <ruby>沈<rt>しず</rt></ruby>んで <ruby>空<rt>そら</rt></ruby>が だんだん <ruby>暗<rt>くら</rt></ruby>く なりました。
／太陽下山，天色漸漸暗了下來。

● 比較

よく

副 經常，常常；非常，很；仔細地

說明 表示頻率很高；也表示行為狀態的程度很充分；也表示非常認真、仔細。

例句 <ruby>今日<rt>きょう</rt></ruby>は いい <ruby>天気<rt>てんき</rt></ruby>ですから、<ruby>遠<rt>とお</rt></ruby>くまで よく <ruby>見<rt>み</rt></ruby>えますね。
／今天天氣很好，連遠方也看得很清楚喔。

☞ **哪裡不一樣呢？**

- だんだん：動作或狀態在變化。
- よく：頻率很高或行為狀態的程度充分。

384 ちょうど vs. ちょっと

ちょうど【丁度】

(副) 剛好，正好；正，整

說明 數量不多不少，大小正好，時間不快不慢；也表示數量、大小、時間、位置等與某基準相吻合。

例句 ちょうど テレビを 見て いた とき、誰かが 来た。
　　　／我正在看電視的時候，突然有人來了。

● 比較

ちょっと【一寸】

(副・感) 一下子；一點點

說明 表示數量和程度的少、時間和距離的短；也比喻很少，意思跟「すこし」相近，但較口語。

例句 お金は ちょっとしか ありませんよ。
　　　／我只有一點點錢喔。

☞ 哪裡不一樣呢？

- **ちょうど**：數量、時間等，剛剛好。
- **ちょっと**：數量、程度或時間、距離等，一點點。

Track ◎ 54

385 どうして vs. どう

どうして

(副) 為什麼，何故

說明 表示對理由的質疑。有時候有不以為然的心理。又可以說成「なぜ」。

例句 どうして お兄さんと けんかしますか？
　　　／為什麼和哥哥吵架呢？

比較

どう

⑩ 怎麼，如何

說明 表示事物的狀態、方法、手段等帶有疑問心情。

例句 まだ、どうするか　決めて　いません。
　　／還沒有決定該怎麼辦。

☞ 哪裡不一樣呢？

- どうして：主要問理由。
- どう：主要問狀態、手段、方法。

---

386 ときどき vs. ながら

ときどき【時々】

⑩ 有時，偶爾

說明 並不是很頻繁地，而是中間隔一段時間，又重複去做同樣的事。

例句 日本には、ときどき　行きます。
　　／日本的話，我偶而會去。

比較

ながら

⑱ 邊…邊…，一面…一面…

說明 表示同一主體同時進行兩個動作，此時後面的動作是主要的動作，前面的動作為伴隨的次要動作。

例句 働きながら、学校に　通って　います。
　　／一面工作一面上學。

☞ 哪裡不一樣呢？

- ときどき：偶爾進行某事。
- ながら：同時進行兩件事。

387 いかが vs. なぜ

いかが【如何】

(副・形動) 如何，怎麼樣

說明 詢問對方的狀態、意見的詞；邀約對方詢問意願的詞。說法比「どう」更有禮貌。

例句 この　白い　かばんは　いかがですか。
／這個白色的皮包您覺得如何呢？

● 比較

なぜ【何故】

(副) 為何，為什麼

說明 不知道什麼原因造成那樣的結果，詢問理由的詞。

例句 「なぜ　食べないの？」「野菜が　嫌いだから。」
／「為什麼不吃呢？」「因為我討厭吃蔬菜。」

☞ 哪裡不一樣呢？

- いかが：詢問對方的狀態、意見。
- なぜ：詢問導致某狀態的理由。

388 また vs. まだ

また【又】

(副) 還，又，再；並且

說明 表示同一動作再做一次，同一狀態又反覆一次；又指附加某事項時用的詞。

例句 また、そちらに　遊びに　行きます。／再度去那邊玩。

● 比較

まだ【未だ】

(副) 還，尚；仍然

說明 某種狀態，還沒有達到基準點，或預定的階段；又指某種狀態不變，一直繼續著。

例句 まだ、なにも 飲んで いません。／我還什麼都沒喝。

☞ 哪裡不一樣呢？

• また：重複做某事。
• まだ：尚未預定做某事。

389 もう vs. もっと

もう
(副) 已經；另外，再；馬上就要

説明 表示某事已結束。該時已經過去的樣子；又表示「在這之上還要」的意思；又指時間或地方快要到了的樣子。

例句 もう あなたとは、友達では ありません。／你再也不是我的朋友了。

● 比較

もっと
(副) 更，再，進一步

説明 表示再加大現有的程度、狀態或數量的樣子。

例句 もっと きれいに なりたい。／真希望能變得更年輕漂亮一些。

☞ 哪裡不一樣呢？

• もう：事物的結束或極限。
• もっと：加大事物的程度或數量。

390 くらい・ぐらい vs. ころ・ごろ

くらい・ぐらい【位】
(副助) (數量或程度上的推測) 大概，左右，上下

説明 數量、時間及程度上的推測或估計，表示大約那個量或期間。又念「ぐらい」。

例句 今日の 気温は、30 度ぐらいです。／今天的氣溫大約三十度。

ころ・ごろ【頃】

名・接尾 （表示時間）左右，時候，時期

說明 籠統地指示某時間，包括其前後的詞。又念「ごろ」。

例句 兄は　10時ごろに　出かけました。

／哥哥在十點左右出門了。

☞ 哪裡不一樣呢？

- くらい・ぐらい：推測數量、程度或時間。
- ころ・ごろ：籠統地指時間或時期。

391　ずつ vs. だけ

ずつ

副助 每…，各…；表示反覆多次

說明 上接數量詞，表示平均分攤為同樣的數量的詞；又指反覆多次，每次數量相同。

例句 この　お菓子と　あの　お菓子を　二つ　ずつ　ください。

／這種糕餅和那種糕餅請各給我兩個。

● 比較

だけ

副助 只有…

說明 表示只限於某範圍，除此以外沒有別的了。與「だけ」相對的有「しか」（只有）一詞。「しか」下接否定，表示限定。常帶有因不足而感到可惜、後悔或困擾的心情。

例句 誕生日は　一年に　一日だけです。

／生日一年只有一次。

☞ 哪裡不一樣呢？

- ずつ：一個以上平均分配。
- だけ：只有一個。

実力テスト 做對了，往 走，做錯了往 ✖ 走。

次の文の（　）には、どんな言葉が入りますか。
1・2から最も適当なものを一つ選んでください。

實力測驗　Q哪一個是正確的？
>> 答案在題目後面

1 テレビは　（　　）　見_みません。
1. あまり
2. とても

✖

譯 我（很少）看電視。
1. あまり：（後接否定）不太…
2. とても：非常

2 彼_{かれ}は　（　　）　明_{あか}るい　顔_{かお}を
して　いる。
1. いつも
2. たいてい

✖

譯 他的表情（總是）非常開朗。
1. いつも：總是
2. たいてい：差不多

3 「いま　（　　）　薬_{くすり}を　飲_のみますか。」
「いいえ、寝_ねる　前_{まえ}に　飲_のみます。」
1. すぐ
2. まっすぐ

✖

譯 「現在（立刻）服藥嗎？」
「不，在睡覺前服用。」
1. すぐ：立刻
2. まっすぐ：筆直不彎曲

4 パーティーには　（　　）で
30人_{さんじゅうにん}　来_きました。
1. 全部_{ぜんぶ}
2. みんな

✖

譯 派對（總共）來了三十個人。
1. 全部：總共
2. みんな：全，都；大家

5 彼女_{かのじょ}は　（　　）　来_こないでしょう。
1. たぶん
2. だいたい

✖

譯 她（大概）不會來了吧。
1. たぶん：大概
2. だいたい：差不多

6 日本語_{にほんご}の　意味_{いみ}が　（　　）
分_わかりません。
1. だんだん
2. よく

✖

譯 我不（太）懂日文的意思。
1. だんだん：漸漸地
2. よく：非常

7 仕事_{しごと}は　（　　）　6時_{ろくじ}に　終_おわりました。
1. ちょうど
2. ちょっと

✖

譯 工作（恰好）在六點結束了。
1. ちょうど：恰好
2. ちょっと：一點點

 がんばってください！！

389

做對了，往 😊 走，做錯了往 ✗ 走。

8
日本の　生活は　（　　）ですか。
1. どう
2. どうして

【譯】在日本的生活（如何）呢？
1. どう：如何
2. どうして：為什麼

✗

9
父は　新聞を　読み（　　）
ご飯を　食べます。
1. ときどき
2. ながら

✗

【譯】爸爸（一邊）看報一邊吃飯。
1. ときどき：有時
2. ながら：一面…一面…

10
「こちらの　スカートは　（　　）
ですか。」
1. いかが
2. なぜ

✗

【譯】「這件裙子您覺得（如何）呢？」
1. いかが：如何
2. なぜ：為什麼

11
3階に　誰か　住んで　いますが、
（　　）どんな　人か　知りま
せん。
1. また　　2. まだ

✗

【譯】三樓有人住，但是（還）不曉得是什麼
樣的住戶。
1. また：又，再
2. まだ：尚未

12
「コーヒー、（　　）1杯　いかがで
すか。」「いいえ、けっこうです。」
1. もう
2. もっと

✗

【譯】「（再）來一杯咖啡如何？」「不了，
這樣就夠了。」
1. もう：再來
2. もっと：更加

13
橋本さんは　夕べ　1時間（　　）
テレビを　見ました。
1. ぐらい
2. ごろ

✗

【譯】橋本先生昨晚（大約）看了一小時的電視。
1. ぐらい：（數量或程度上的推測）大概
2. ごろ：（表示時間、時候）左右

14
カタカナ（　　）の　文は
読みにくい。
1. ずつ
2. だけ

✗

【譯】（只用）片假名書寫的句子很難讀懂。
1. ずつ：（表示均攤）各…
2. だけ：只有…

頑張ってね！！

390

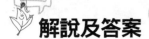

❶ 答案是「あまり」（不太…），表示程度不高的狀態，後面要接否定；而「とても」（非常），表示程度非常之甚，後面要接肯定。不正確。

答案：1

❷ 答案是「いつも」（總是），表示無論何時何地，每天都如此；而「たいてい」（差不多），用在可以一一數出的事物上，表示幾乎都是，一週中有五天的感覺。不正確。

答案：1

❸ 答案是「すぐ」（立刻），表示立刻進行某事；而「まっすぐ」（筆直），是一直朝著目的地前進的意思。不正確。

答案：1

❹ 答案是「全部」（總共），表示某事物全部合計在一起；而「みんな」（全，都），表示存在那裡的所有的人。不正確。

答案：1

❺ 從「来ないでしょう」（不會來了吧）這一線索，知道答案是「たぶん」（大概），表示主觀推測可能性相當大；而「だいたい」（差不多），是客觀估計大致上的次數、頻率。不正確。

答案：1

❻ 答案是「よく」（非常），表示行為的程度非常充分；而「だんだん」（漸漸地），是動作或狀態在變化。不正確。

答案：2

❼ 答案是「ちょうど」（恰好），表示時間、數量等剛剛好；而「ちょっと」（一點點），表示數量、程度、時間或距離等只有一點點。不正確。

答案：1

❽ 答案是「どう」（如何），用在詢問事物的狀況如何；而「どうして」（為什麼），用在問理由。不正確。

答案：1

❾ 從動詞ます形的「読み」（閱讀）跟「ご飯を食べます」（吃飯）這兩個動作，知道答案是同時進行兩件事的「ながら」（一面…一面…）；而「ときどき」（有時），表示偶爾進行某事。不正確。

答案：2

❿ 答案是推薦對方某物，詢問對方意見的「いかが」（如何）；而「なぜ」（為什麼），是詢問導致某狀態的理由。不正確。

答案：1

⓫ 答案是「まだ」（尚未），後接否定，表示某事態在當時還沒有實現；而「また」（又，再），表示重複做某事，重複某狀態。不正確。

答案：2

⓬ 答案是「もう」（再來），表示在這之上還要的意思；而「もっと」（更加），表示加大事物的程度或狀態。不正確。

答案：1

⓭ 答案是推測「時間長度」的「ぐらい」（大概），也就是昨晚大約看了一小時的電視；而「ごろ」（左右），是籠統地指某「時刻」的前後。不正確。

答案：1

⓮ 答案是「だけ」（只有…），表示在某範圍內只有一個的意思，這裡是「只用片假名書寫的句子」；而「ずつ」（各…），上接數量詞，表示等分分配某個數量的意思。不正確。

答案：2

接頭、接尾詞及其他

392　お・おん vs. ご

お・おん【御】

(接頭) 您（的）…，貴…

說明　接在體言或用言等和語之前（接在「訓讀」單字之前），表示尊敬。

例句　お金は、いくら　ありますか？／你有多少錢呢？

● 比較

ご【御】

(接頭) 您（的）…，貴…

說明　加在漢字詞（音讀字）前面，表示尊敬或鄭重；接在他人的行為或所持物等詞之前，表示尊敬；附在對方親屬等詞之前，表示尊敬。

例句　ご家族の　みなさんは　お元気ですか。／您府上一切安好嗎？

☞ 哪裡不一樣呢？

- お・おん：接在「訓讀」單字之前。表示尊敬。
- ご：接在「音讀」單字之前。表示尊敬。

393　じゅう vs. ちゅう

じゅう【中】

(名・接尾) 整個，全；期間

說明　表示整體範圍；表示整個期間或區域。

例句　一日中　孫の　相手を　して、疲れました。
／一整天陪孫子玩，累壞了。

比較

ちゅう【中】

(名・接尾) …期間；在…之中

說明 在某一時間之中；又指在做什麼事情的期間。

例句 勉強^{べんきょう}中^{ちゅう}だから、静^{しず}かに して ください。
／我正在用功，請保持安靜。

☞ 哪裡不一樣呢？

- 中^{じゅう}：前面多接名詞（期間）。表示整個期間或區域。
- 中^{ちゅう}：前面多接動作。表示在某一時間之中。

---

394 がつ vs. にち

がつ【月】

(接尾) …月

說明 接在數字後面，表示月份「…月」。

例句 リンゴは 九月^{くがつ}に 赤^{あか}く なります。
／蘋果在九月份會變紅。

比較

にち【日】

(名) 號，日，天（計算日數）

說明 接在數字後面，表示幾號「…號」。也指計算日數「…天」。

例句 十二月^{じゅうにがつ} 三十一日^{さんじゅういちにち}に、日本^{にほん}に 帰^{かえ}ります。
／我會在十二月三十一日回到日本。

☞ 哪裡不一樣呢？

- 月^{がつ}：用於月份。
- 日^{にち}：用於日期。

395 すぎ vs. まえ

すぎ【過ぎ】

(接尾) 超過…，過了…，過度

說明 上接動詞連用形，形容詞、形容動詞的詞幹，表示程度超過一般水準，超過限度的意思。

例句 夜 10時過ぎに、電話を かけて こないで ください。
／過了晚上十點以後，請不要打電話來。

● 比較

まえ【前】

(名) (時間的)…前，之前

說明 前接時間詞，表示過去，也就是現在以前。

例句 それは、何年 前の 話ですか？／那是幾年前的事呢？

☞ 哪裡不一樣呢？

- 過ぎ：超過時間。
- 前：時間以前。

396 がる vs. たい

がる

(接尾) 想，覺得…

說明 表示某人說了什麼話或做了什麼動作，而給說話人留下這種想法，有這種感覺，想這樣做的印象，「がる」的主體一般是第三人稱。

例句 息子が おもちゃを ほしがって いたので、買って あげました。
／由於兒子一直很想要玩具，所以買給他了。

● 比較

たい

(助動) 想，要（表示說話人、對方或第三者的希望）

說明 表示說話人（第一人稱）內心希望某一行為能實現，或是強烈的願望。

例句 休みの 日は ゆっくり 休みたいです。
／放假的日子希望能好好休息。

☞ 哪裡不一樣呢？

- がる：第三人稱給人的感覺。
- たい：第一人稱強烈的願望。

397 じん vs. ひと

じん【人】

接尾 …人

說明 某一國家的人。如：「アメリカ人」（美國人）、「外国人」（外國人）等。

例句 あの 人は、日本人です。／那個人是日本人。

●比較

ひと【人】

名 人，人類

說明 最高等的動物。智能高，使用語言，經營社會生活。

例句 あそこにも 人が います。／那邊也有人。

☞ 哪裡不一樣呢？

- 人：指某國的人。
- 人：指人（類）。

398 ど vs. など

ど【度】

名・接尾 …次；…度

說明 上接數字，表示次數；也指溫度、角度及眼鏡等的單位。

例句 一年に 一度、旅行を します。／每年去旅行一趟。

など【等】

(副助)（表示概括，列舉）…等

說明 表示並列了幾個同樣的東西，不僅只有所列出的這些，其他還有。

例句 日本料理には、寿司や　天ぷらなどが　あります。
／日本料理中有壽司和炸蝦等品項。

☞ 哪裡不一樣呢？

- 度：指次數、溫度、眼鏡度數。
- など：並列了幾項相同事物外，暗示還有其他。

399 ほう vs. ほか

ほう【方】

(名) 部分，類型

說明 用於並列或相比較之物的一方。

例句 この　本の　ほうが、面白いですよ。
／這本書比較有趣喔。

● 比較

ほか【外】

(名・副助) 其他，另外；別處，別的

說明 除此之外的事或物；也指不是這個，是別的東西、人、地方等。

例句 この　本屋、ほかの　本屋と　違うでしょう。
／這家書店和別家書店不一樣吧。

☞ 哪裡不一樣呢？

- ほう：互相比較後選擇另一項事物。
- ほか：除此之外的事物。

6 実力テスト

做對了，往 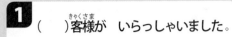 走，做錯了往 走。

次の文の（　　）には、どんな言葉が入りますか。1・2から最も適当なものを一つ選んでください。

實力測驗

Q 哪一個是正確的？
>> 答案在題目後面

1 （　　）客様が いらっしゃいました。
1. お
2. ご

譯 （貴）賓已經大駕光臨。
1. お：（訓讀）尊敬語及美化語
2. ご：（音讀）尊敬語及美化語

---

2 授業（　　）ですから、教室の ドアを 開けないで ください。
1. 中ちゅう
2. 中じゅう

譯 （現在正在）上課，請不要打開教室門。
1. ちゅう：正在…當中
2. じゅう：整個，全

3 一（　　）二日に 小さい 犬を 買いました。
1. 月がつ
2. 日にち

譯 在一（月）二號買了小狗。
1. 月：…月
2. 日：…號

---

4 ご飯を 食べる（　　）に、この 薬を 飲みます。
1. 過ぎ
2. 前まえ

譯 在吃飯（之前）先服用這種藥。
1. 過ぎ：超過…
2. 前：之前

5 私は もっと 話し（　　）です。
1. たがる
2. たい

譯 我還（想）跟你多聊聊。
1. たがる：想，覺得…（第三人稱）
2. たい：想要（第一人稱）

頑張ってね！！

397

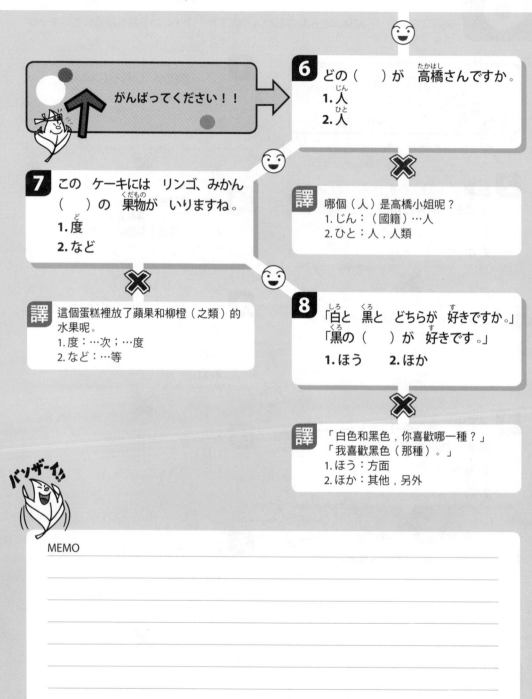

がんばってください！！

6 どの（　）が　高橋さんですか。
1. 人
2. 人（ひと）

譯 哪個（人）是高橋小姐呢？
1. じん：（國籍）…人
2. ひと：人，人類

7 この　ケーキには　リンゴ、みかん
（　）の　果物（くだもの）が　いりますね。
1. 度（ど）
2. など

譯 這個蛋糕裡放了蘋果和柳橙（之類）的水果呢。
1. 度：…次；…度
2. など：…等

8 「白（しろ）と　黒（くろ）と　どちらが　好（す）きですか。」
「黒（くろ）の（　）が　好（す）きです。」
1. ほう　　2. ほか

譯 「白色和黑色，你喜歡哪一種？」
「我喜歡黑色（那種）。」
1. ほう：方面
2. ほか：其他，另外

MEMO

解說及答案

❶ 從「客様」（客人）這一訓讀單字，知道答案是接在「訓讀」單字前，表示尊敬的「お」；而「ご」要接在「音讀」單字前，也是表示尊敬。不正確。

答案：1

❷ 答案是「中」（正在…當中），前接動作，表示在做某一動作中；而「中」（整個），前面多接期間或區域名詞，表示整個期間或區域。不正確。

答案：2

❸ 表達「一月二號」用「一月二日」，所以答案是「月」（…月），用在月份；而「日」（…號），用在日期。不正確。

答案：1

❹ 答案是表示某動作之前的「前」（之前）；而「過ぎ」（超過…），表示超過時間。不正確。

答案：2

❺ 看到「私」（我）這一線索，知道答案是「たい」（想要），表示第一人稱強烈的願望；而「がる」（覺得…），是第三人稱給人的感覺。不正確。

答案：2

❻ 答案是「人」（人），指人類；而「人」（…人），指某國的人。不正確。

答案：2

❼ 答案是「など」（…等），表示並列了幾個相同的東西，暗示還有其他；而「度」（…度），是指次數及溫度、眼鏡等的度數。不正確。

答案：2

❽ 答案是「方」（方面），表示互相比較後選擇另一項事物；而「外」（其他），表示除此之外的事物。不正確。

答案：1

【日檢專家 11】

新日檢 絕對合格

N5單字 比較辭典

[18K ＋MP3]

■ 發行人／林德勝

■ 著者／吉松由美・小池直子

■ 設計・創意主編／吳欣樺

■ 編輯／鄭庭安・陳宣羽

■ 出版發行／山田社文化事業有限公司
　地址　臺北市大安區安和路一段112巷17號7樓
　電話　02-2755-7622　　傳真　02-2700-1887

■ 郵政劃撥／19867160號　大原文化事業有限公司

■ 總經銷／聯合發行股份有限公司
　地址　新北市新店區寶橋路235巷6弄6號2樓
　電話　02-2917-8022　　傳真　02-2915-6275

■ 印刷／上鎰數位科技印刷有限公司

■ 法律顧問／林長振法律事務所　林長振律師

■ 書＋MP3／定價　新台幣329元

■ 初版／2017年1月

© ISBN：978-986-246-456-4
2017, Shan Tian She Culture Co., Ltd.